궁귀검신 2부 1
조돈형 新무협 판타지 소설

초판 1쇄 찍은 날 § 2004년 5월 10일
초판 1쇄 펴낸 날 § 2004년 5월 20일

지은이 § 조돈형
펴낸이 § 서경석

편집장 § 문혜영
편집 § 장상수 · 서지현
마케팅 § 정필 · 강양원 · 이선구 · 김규진 · 홍현경

펴낸곳 § 도서출판 청어람
등록번호 § 제1081-1-89호
등록일자 § 1999. 5. 31
어람번호 § 제2-0372호

주소 § 경기도 부천시 원미구 심곡1동 350-1 남성B/D 3F (우) 420-011
전화 § 032-656-4452 팩스 § 032-656-4453
http://www.chungeoram.com
E-mail § eoram99@chollian.net

ⓒ 조돈형, 2004

ISBN 89-5831-104-5 04810
ISBN 89-5831-103-7 (SET)

※ 파본은 본사나 구입하신 서점에서 교환하여 드립니다.
※ 저자와 협의하여 인지를 붙이지 않습니다.

조돈형 新무협 판타지 소설

궁귀검신

2부

弓鬼劍神

1

목 차

- 제1장 가족회의(家族會議) __ 7
- 제2장 거룡단(巨龍團) __ 35
- 제3장 수하(手下)를 얻다 __ 71
- 제4장 선상 수련(船上修練) __ 93
- 제5장 해남도(海南島) __ 121
- 제6장 비무(比武) __ 163
- 제7장 두 권의 책자(册子) __ 197
- 제8장 남궁세가(南宮世家) __ 221
- 제9장 새로운 시작(始作) __ 267

제1장

가족회의(家族會議)

가족회의(家族會議)

"싫습니다."

추호의 망설임도 없었다.

다섯 쌍의 눈, 열 개의 눈동자가 어떤 의미의 빛도 뿜어내기도 전에 대답을 던진 을지호(乙支虎)는 만사가 귀찮다는 표정으로 사타구니를 벅벅 긁어댔다.

"이놈이! 어디서 그런 태도를 보이느냐!!"

"아아, 그만두어라. 저런 모습이 어디 하루 이틀이더냐."

도끼눈을 치켜뜨며 발작적으로 소리를 치려 하는 을지휘소(乙支輝笑)를 제지한 을지소문(乙支蘇文)이 물었다.

"어쨌든 말이나 들어보자꾸나. 싫다는 이유가 무엇이냐?"

을지호는 영 못마땅한 표정으로 노려보는 가족들의 시선을 힐끔거리며 대꾸했다.

"저도 귀가 있는 놈입니다. 할아버님이나 아버지께서 어떤 연유로 중원에 다녀오셨는지 익히 들어 알고 있습니다. 설마 제가 그런 거짓말에 속아 넘어갈 것이란 생각을 하고 계신 것은 아니겠지요?"

을지소문이 치미는 노화를 억지로 가라앉히며 조용히 되물었다.

"거짓이 아니라면?"

"정말 너무들하십니다. 비록 본의 아니게 몇 번 사고를 쳤다지만 제가 누굽니까?"

을지호는 억울하다는 듯 자신의 가슴을 탕탕 두들겼다.

"그래도 장차 을지가를 이끌 장손(長孫)입니다. 장손을 이리 박대하는 법은 없습니다. 게다가 집으로 돌아온 지 이제 겨우 한식경이 지났습니다. 그렇게도 못마땅하십니까? 거짓말까지 하시면서 쫓아내려고 하시다니요! 하지만 소용없습니다. 무슨 말씀을 하셔도 전 안 갑니다. 사서 고생하고 싶은 마음은 요만큼도……."

"이놈!"

을지호가 자신의 엄지손톱을 들이밀며 시큰둥하게 대꾸하려는 순간 더 이상 참지 못한 을지휘소가 버럭 소리를 질렀다.

"보자 보자 하니까 못하는 말이 없구나! 본의 아닌 사고? 십여 년이 넘는 세월 동안 네놈이 저지른 사고치고 본의 아닌 게 뭐란 말이더냐? 의원 행세를 한답시고 환자들을 초주검으로 만드는 것도 모자라 멀쩡한 사람들까지 병신으로 만들 뻔하지 않았더냐!"

"아범이랑 뒷일을 수습하느라 고생깨나 했지."

을지소문이 고개를 끄덕이며 혀를 찼다.

"개똥만도 못한 잡풀을 가지고 천하제일 약초인 양 팔아먹어 가문의 이름에 먹칠을 하고, 사냥꾼이 되겠다고 장백산 산짐승의 씨를 말릴 뻔하기도 했다."

"어디 그뿐이라더냐. 장사를 해본답시고 집에 있는 돈을 몽땅 사기꾼 입에 처넣어 집안의 대들보를 휘청거리게 한 것이 바로 두 해 전이다."

"태평성대(太平聖代)에 의적(義賊)질을 한다고 부산을 떤 것이 작년이었지 아마?"

"또한……."

을지소문과 을지휘소 두 부자가 주고받으며 지적한 을지호의 과실은 두 손으로도 헤아리기 힘들 정도였다. 하지만 정작 을지호는 남의 이야기라도 듣는 듯 연신 하품하기에 바빴다.

"그리고 바로 어젯밤, 네 고모에게서 전갈이 왔다. 군인이 된다기에 이제사 정신을 차렸는가 했더니만 마음에 안 든다고 상관을 두들겨 패고 도망을 와? 그리고 뭐가 어째? 국경이 편안해져 더 이상 군대가 필요없어서 돌아와? 에라이, 이놈아! 어디서 감히 그 따위 뻔뻔한 거짓말을 한단 말이더냐!!"

갑자기 집으로 돌아온 자신을 보고 놀라는 가족들에게 둘러댄 거짓말이 들통났음에도 을지호는 조금도 당황하지 않았다. 되려 당당하게 대꾸했다.

"맞을 짓을 했기에 조금 두들겨 줬을 뿐입니다."

"이……!"

을지휘소의 눈에서 불꽃이 일었다.

바로 그때였다. 방 한쪽에 얌전히 앉아 있던 육금연(陸錦姸)이 벌떡 몸을 일으키려던 을지휘소의 소매를 슬며시 붙잡으며 조심스레 입을 열었다.

"어쨌든 고모부가 그 일을 무마하시느라 땀깨나 흘리신 모양이더라. 나중에 찾아뵙고 사죄드리도록 해라."

뭐라 대꾸하려던 을지호는 차분히 바라보는 육금연의 시선에 입을 다물고 말았다.

"사죄드린다고 약속을 한 것이다."

다른 사람이라면 몰라도 어머니의 당부마저 한 귀로 흘려들을 수는 없었는지 짧게 한숨을 내쉬곤 마지못해 고개를 끄덕이는 을지호의 얼굴은 잔뜩 구겨져 있었다.

"예. 그렇게까지 말씀하신다면… 까짓 그러지요."

"사죄를 하면 하는 것이지 까짓은 왜 들어가는 것이냐?"

을지호의 대답에 퉁명스럽게 쏘아붙인 을지휘소는 다소 누그러진 음성으로 말을 이었다.

"흠, 네 녀석이 쓸데없이 입을 놀리는 바람에 말이 빗나갔구나. 어쨌든 너는 나나 할아버님께서 너를 단순히 고생시키려 중원으로 보내려 한다고 오해를 하고 있는데……."

"오해가 아니라 사실이지요."

재빨리 끼어든 을지호가 또다시 말을 끊었다.

"이놈이 그래도! 그래, 좋다. 어디 또 한 번 주둥이를 놀려보거라."

어찌 될 것이라는 것은 뒤의 말을 듣지 않아도 알 수 있었다. 더 이상 말대답을 해봐야 좋을 것이 없다고 판단한 을지호가 슬며시 고개를 돌려 딴청을 피웠다.

을지휘소는 그런 을지호를 지그시 노려보며 끊어졌던 말을 이었다.

"거듭 말하거니와 할아버님께서 네게 말씀하신 것에는 조금의 거짓도 없다. 물론 네 말대로 고생스런 일일 것이다. 많이 힘들 것이라는 것도 안다. 하나 어쩌겠느냐? 할아버님의 처가(妻家)요, 아비인 나의 외가(外家)다. 그리고 무엇보다 중요한 것은 할머님의 가문이라는 것이다. 가문의 명맥이 경각에 달렸다는 소식을 접한 할머님의 심정이 어떠시겠느냐? 벌써 며칠째 식음을 전폐하시고 근심 걱정에 잠을 주무시지 못하셨다. 그뿐이더냐……."

하나 을지호는 엄숙한 음성으로 설명을 하는 을지휘소의 말에 귀를 기울이지 않았다. 그는 설명이 이어지는 동안 슬며시 고개를 숙이더니 가장 만만한 동생 을지룡(乙支龍)에게 전음을 날리고 있었다.

[정말이냐?]

동생이라 하지만 나이 차이가 제법 나서인지 아니면 을지호의 강압에 의해서인지 을지룡은 을지호의 말이라면 팥으로 메주를 쑨다고 해도 믿을 정도였다. 아니, 믿도록 세뇌되어 있다는 것이 옳을 것이다.

질문이 끝나기가 무섭게 을지룡의 고개가 돌려졌다. 순간 을지호의 팔꿈치가 을지룡의 옆구리를 슬그머니 찔렀다.

[너는 이 형님이 경치는 것을 보고 싶은 것이냐? 입으로 나불대지 말고 전음으로 얘기해.]

을지룡이 알아들었다는 듯 살짝 고개를 까딱거렸다.

[좋아. 아버지 말씀이 참말이냐?]

을지호가 단도직입(單刀直入)적으로 물었다.

[예.]

'우라질.'

을지호의 얼굴이 미세하게 일그러졌다.

[자세하게 읊어봐라.]

[할아버님이 말씀하신 그대로입니다. 조금의 가감도 없습니다.]

[말이 된다고 생각하냐? 수십 년이 지나도록 찾지 않으시다가 난데없이 가문은 뭐고 또 존폐는 뭐냐고!]

[나이가 드신 게지요. 근자에 작은할머님께서 고향 생각을 많이 하셨습니다. 수구초심(首丘初心)이라는 말도 있지 않습니까?]

[헛소리는 하지 말고! 흠, 그랬구나. 어쨌든 그래서?]

[해서 아버님이 중원을 오가는 상단에 남궁세가의 근황이 어떤지 알아봐 달라는 부탁을 드린 것으로 알고 있습니다.]

집에 붙어 있는 날이 가뭄에 콩 나듯 했으니 그런 사정을 알 리 없었다. 하지만 을지룡의 말이 이어질수록 을지호의 얼굴은 점점 더 굳어져 갔다.

[그리고 열흘 전에 기다리던 소식이 전해져 왔습니다. 남궁세가가 이미 오래전에 몰락한 것은 물론이고 최근엔 그 존립마저 위태로운 지경에 이르렀다고 하더군요.]

[젠장, 그만 해라. 충분히 알아들었다.]

을지호는 신경질적으로 말을 끊었다. 더 이상 설명을 듣지 않아도 일이 어찌 돌아가는 것인지를 확실하게 파악할 수 있었다.

'일났군.'

잔뜩 인상을 일그러뜨린 그는 숙였던 고개를 살짝 치켜들어 아랫목에 단정히 앉아 있는 노부인을 쳐다보았다.

남궁혜(南宮慧).

패천궁과의 싸움에서 잿더미로 변해 버린 가문을 뒤로하고 사랑하는 사람을 좇아 장백산으로 온 지도 벌써 오십여 년.

월궁항아(月宮姮娥)마저 울고 갈 정도로 뛰어났던 미색(美色)은 시간의 힘을 이기지 못했지만 단정히 앉아 조용히 눈을 감고 있는 그녀의 모습에선 온화하고도 부드러운 기운이 흘러나오고 있었다. 세월은 단지 그녀의 젊음만을 거둬들인 것이 아니라 그것을 대신하여 완숙한 기품이라는 또 다른 아름다움을 준 듯했다.

하지만 지금, 수심에 잠긴 남궁혜의 얼굴엔 슬픔과 회한(悔恨)만이 남아 있을 뿐이었다.

'많이 수척해지셨군.'

을지호의 입에서 나지막이 한숨이 흘러나왔다.

그러는 사이 진중하게 이어지던 을지휘소의 설명이 끝이 났다.

"…하여 오랜 숙고 끝에 내린 결정이니 잔말 말고 따르도록 하여라. 알겠느냐?"

"……."

을지호는 대답 대신 고개를 돌려 가족의 눈치를 살폈다.

을지소문과 을지휘소는 두 눈을 부라리며 을지호의 대답을 종용하고 있었고 남궁혜는 여전히 눈을 감고 있었다.

'젠장.'

을지호는 창백한 낯빛을 하고 있는 남궁혜의 모습에 마음 한구석이 무거워짐을 느꼈다. 그는 나직이 한숨을 내쉬고는 구원의 눈길로 육금연을 쳐다보았다.

그런데 육금연은 아들의 애원스런 눈길을 피했다. 아니, 피한 정도가 아니라 아예 외면을 해버렸다.

'어머니마저……'

육금연이 자신의 편이 되어줄 것이라 믿어 의심치 않았던 을지호의 안색이 참담하게 변색되었다.

되도 않을 배신감을 느끼는 을지호의 시선이 물끄러미 쳐다보는 을지룡에게 머물렀다.

'흠, 그렇다면 지금 이 상황에서 내 편이 되어줄 사람은 이 녀석밖에 없다는 소린데… 큭! 기댈 곳이 없어서…….'

그는 자신도 모르게 피식 웃음을 내뱉고 말았다.

바로 그때, 닫혔던 방문이 활짝 열리며 카랑카랑한 음성이 들려왔다.

"어이구! 사고뭉치 우리 장손 왔구나."

음성의 주인공이 누구인지는 보지 않아도 알 수 있었다. 가족이 모두 모인 자리에서 단순히 문을 여는 것이 아니라 아예 박살 낼 정도로 세차게 밀칠 수 있는 사람은 오직 큰할머니뿐이었다. 절로 한숨이 나왔다.

"어디, 오랜만에 얼굴 좀 보자꾸나."

나이에 걸맞지 않은 동작으로 을지호의 곁으로 다가온 환아(幻倻)는 을지호가 미처 피하기도 전에 볼을 잡아 쭉 늘어뜨렸다.

"기특한 녀석. 그렇지 않아도 아범이 사람을 보낸다고 하더니만 찾지 않아도 알아서 제 발로 나타났구나."

"아으. 아으."

을지호는 하염없이 늘어나는 양 볼과 그로 인한 고통에서 벗어나기 위해 입을 놀리고 손을 휘저었다. 그러나 환아는 고통스럽게 쳐다보는 을지호의 반응에 잡았던 손을 풀기는커녕 오히려 귀여워 죽겠다는 듯 이리저리 흔들기까지 했다.

"이쁜 내 새끼. 표정을 보아하니 도살장에 끌려온, 무슨 수를 쓰더라도 빠져나가려고 눈알을 굴리는 돼지 같구나. 호호, 그렇다고 너무 그렇게 우거지상은 하지 말아야지. 죽으러 가는 것도 아니면서. 에그, 귀여운 녀석."
 한참 만에 손을 거두고 알밤을 먹이는 것으로 오랜만에 집에 돌아온 손자를 환대한 환야가 남궁혜의 곁으로 움직였다.
 "사정이 급하다는 것은 알겠습니다. 그렇다고 꼭 제가 가야 할 필요까지는 없지 않습니까?"
 을지호는 빨갛게 부풀어 오른 볼을 비비며 불만 섞인 음성으로 되물었다.
 손자의 투정에 환야는 화를 내지 않았다.
 "그래? 그렇다면 어디 따져 보자꾸나. 연로(年老)한 네 할아버지나 할머니들이 갈 수도 없는 노릇이고 또한 아범은 가장(家長)이 아니더냐. 가장이 집을 비워서야 말이 안 되지. 그렇다면 남은 사람은 누굴까? 욘석아! 잔머리 굴려봐야 소용없어. 네가 아무리 발버둥을 치고 용을 써도 이미 결정난 일이야."
 '연로요? 누가요? 할아버지가요, 아니면 할머니가요!!'
 가능만 하다면 세상 모든 사람들이 다 듣도록 외치고 싶은 말이었지만 뒷감당할 자신이 없었기에 을지호의 외침은 그만이 들을 수 있는 공허한 절규일 뿐이었다.
 '꼼짝없이 따르게 생겼구나.'
 자신은 혼자고 상대는 가족 전체였다. 아무리 돌이켜 보려고 해도 대세는 기울어진 것이나 마찬가지였다. 하지만 그런다고 쉽게 포기할 수는 없었다.
 "당연하지요. 할아버님이나 두 분 할머님께서야 어디 연.로.해서 움직이실 수나 있겠습니까? 아버지 또한 가.장.이시군요. 그렇다면……."

을지호는 눈꼬리를 말아 올리며 자신을 주목하는 가족들의 시선을 애써 외면하더니 돌연 을지룡의 어깨에 손을 올려놓았다.

"이 녀석은 어떻습니까? 저보다 생각도 깊고, 차분하고, 무공도 그만하면 쓸 만하지 않습니까? 어디로 튈지도 모르는 데다가 허구한 날 말썽만 피워대는 저보다야 인석이 백 번 낫지 않을까 싶은데요."

을지호는 깜짝 놀라 몸을 빼내려는 을지룡을 억지로 옭아매며 빠르게 말을 이어갔다.

"또한 이 참에 돈 주고도 얻지 못할 소중한 경험도 시키는 겁니다. 험한 세상을 겪어봐야 세상살이가 만만치 않다는 것을 몸으로 느끼지요. 어차피 산전수전(山戰水戰) 다 겪은 저야……."

"이~놈!!"

"어이쿠!"

말을 하면서도 가족들의 행동을 유심히 살피던 을지호는 자신을 향해 섬전처럼 쏘아오는 곰방대에 기겁하며 고개를 숙였다. 간발의 차이로 머리를 스쳐 지나간 곰방대는 단숨에 벽을 뚫고 손잡이까지 깊숙이 박혀 버렸다.

을지호는 두 번째 공격을 대비했지만 더 이상의 공격은 없었다.

"그래, 네 말이 맞다! 도대체 무슨 생각을 하는지 알 수도 없고 제 잘난 맛에 마구 날뛰는 네놈보다야 룡아가 백 배 천 배는 믿음이 간다! 마음 같아선 너보다는 당연히 네 아우를 보내고 싶은 마음이다. 하지만 이제 겨우 열여섯이다, 열여섯! 어린 나이로 무엇을 할 수 있겠느냐? 물론 네 녀석이야 돌아가시기 전에 노망이 드신 두 분 때문에 열다섯의 나이에 그 많은 오랑캐를 쓸어버릴 수 있었는지는 몰라도… 윽."

눈에 쌍심지를 켜고 노호성(怒號聲)을 뱉어내던 을지소문은 허벅지에서 전신으로 퍼지는 고통에 이맛살을 찌푸리며 고개를 돌렸다. 환야가 나잇값도 못하냐는 듯 노려보자 찌푸려진 얼굴이 더욱 일그러졌다. 하지만 그것은 허벅지를 꼬집힌 고통 때문이 아니었다. 씁쓸하게 웃는 을지호의 모습 때문이었다.

'이런! 나도 모르게······.'

을지소문은 자신도 모르게 흥분하여 절대 해서는 안 될 실수를 했다는 것을 자책했다. 그것이 비록 을지호의 버르장머리없는 행동에 의한 것일지라도.

잠깐의 어색함이 흘러갔다.

"쯧쯧, 어째 예나 지금이나 하는 행동이 똑같누. 도대체 언제나 철이 드는지··· 어쨌든 호아야."

가늘게 실눈을 뜨고 연신 헛기침을 하고 있는 을지소문의 옆구리를 쿡 찌르며 다시 한 번 핀잔을 던진 환야가 부드러운 목소리로 을지호를 불렀다.

"예."

"내키지 않겠지만 어쩔 수가 없구나. 가야 한다는 것은 누구보다 네가 더 잘 알지 않느냐? 그냥 편한 마음으로 따르도록 하여라."

사실이었다. 한참 동안 이런저런 핑계를 대며 무슨 수를 쓰더라도 피하고 싶었지만 동생으로부터 할아버지의 말이 거짓이 아니라는 것을 안 순간부터 절대로 피할 수 없다는 것을 알고 있었다. 입으로야 불만을 토해냈지만 내심 마음의 준비도 하고 있었다.

"휴우우~"

을지호는 대답 대신 구들장이 꺼져라 한숨을 내쉬었다. 각오는 했어도 받아들이기가 쉽지 않은 모양이었다.

"급하게 적어보았다."

 을지호가 무언의 침묵과 한숨으로 중원행을 허락한 직후 남궁혜는 고개를 숙이고 있는 그에게 두 권의 책자를 내어놓았다.

 "하나는 세가의 근간(根幹)이 되는 '창궁무애검법(蒼穹無涯劍法)'이고 다른 하나는 너의 외고조부 되시는 분의 심득(心得)이 담긴 것이다."

 을지호가 힐끔 시선을 던져 쳐다보니 거무튀튀한 책의 겉 표면에는 '제왕검법(帝王劍法)'이라 적혀 있었다.

 "두 개뿐입니까? 할머님이 직접 만드신 무공도 있잖아요?"

 퉁명스런 을지호의 물음에 남궁혜는 엷은 미소로써 답했다. 그리고 의미심장한 말을 덧붙였다.

 "그것은 네가 더 잘 알지 않느냐?"

 "구결(口訣)만 알고 있으면 뭐 해요. 익히지도 않았는데……."

 슬그머니 책자를 집어 드는 을지호는 여전히 못마땅한 표정이다.

 "후~ 그나저나 제가 어찌하면 됩니까?"

 건성으로 책장을 넘겨보던 을지호가 책을 덮고 물었다.

 "뭘 말이냐?"

 앞뒤 말을 자른 뜬금없는 질문에 을지소문의 미간이 절로 찌푸려졌다.

 "어디까지 해야 하느냔 말입니다. 그저 무공만 전해주면 되는 것입니까, 아니면 무공을 익히는 것까지 봐야 합니까? 설마 다 무너진 세가를 과거와 같이 만들라는 말씀은……."

 을지호의 말은 단박에 끊기고 말았다.

"이런 고연 놈을 보았나! 그럼 딸랑 무공비급 하나 던져 주고 올 생각이었느냐? 그럴 생각이었으면 뭣 하러 너를 보내겠느냐? 어디로 튈지 모르는 불안한 너를! 그냥 오고 가는 상단이나 인편을 통해 비급만 전해주면 되는 것이지."

을지호의 얼굴이 참담하게 일그러졌다. 뭐라 대답도 하지 못하고 입만 쩌억 벌리고 말았다. 하지만 남궁혜는 을지소문과 생각이 조금 다른 듯했다.

"그럴 필요까지는 없다. 네게 준 무공비급을 전하고… 그래, 어느 정도 힘을 기를 때까지만 보살펴 주면 되겠지. 그 정도면 충분하다."

"하지만 부인……."

"가문이라는 것은 누가 만들어주는 것이 아닙니다. 스스로 일으켜야 하지요. 그래도 안 된다면 할 수 없는 노릇이고요."

을지소문의 말을 자르는 남궁혜의 어조는 그 어느 때보다 차분하고 진지했다.

"후우~"

을지소문이 짧은 한숨을 내쉬었다.

환야와는 달리 언제나 한발 뒤로 물러나 따르던 남궁혜였지만 저렇듯 눈을 반짝이며 입술을 지그시 깨물고 있을 때엔 천지가 뒤집혀도 소용이 없다는 것을 알고 있기 때문이었다. 그렇다고 이대로 물러날 수는 없었다.

"그럼 모든 것을 이 녀석의 판단에 맡기도록 합시다."

을지소문은 남궁혜가 미처 반박하기 전에 단호한 어조로 명을 내렸다.

"단순히 무공만을 전해주고 올 것인지 아니면 세가를 일으킬 안정적인 기반까지 닦아줄지는 네가 알아서 판단하여라. 어찌할 것인지는 전적으로 너의 결심에 달린 것이다. 나는 관여하지 않겠다."

"예."

을지호는 자신도 모르게 고개를 끄덕이며 대답했다.

"되었다. 네게 모든 것을 맡겼고 또 알아서 판단한다고 했으니 더 이상 뭐라 하지 않으마. 어쨌든 잘 판단하리라 믿는다."

말을 마친 을지소문이 비스듬히 몸을 누였다.

을지호는 굳게 입을 다물고 미간을 찌푸리는 할아버지의 모습에서 단순히 무공만을 전하지는 말라는, 그리고 그럴 생각이면 아예 돌아올 생각조차 하지 말라는 무언의 경고를 읽어낼 수 있었다.

"그렇다면 어찌합니까?"

을지소문의 의지를 보다 확실히 인식한 을지호의 힘없는 질문이 이어졌다. 다만 이번 질문의 대상은 을지소문이 아니라 환야였다.

"또 뭐가 말이냐?"

환야는 풀이 죽은 을지호가 귀엽기만 한지 되묻는 음성엔 웃음이 절로 묻어났다.

"할아버지께서 장강 이남이 패천궁(覇天宮)의 영역이라 하셨습니다."

"그런데?"

"세가를 일으켜 세우자면 자연히 패천궁하고 부딪치겠고……."

잠시 말을 멈춘 을지호가 환야의 눈치를 살폈다.

"부숴도 되는 겁니까?"

환야가 기도 안 찬다 듯 이마를 짚었다.

"부순다라… 호호호! 인석아, 너는 그곳이 마치 산적 나부랭이들 몇

몇이 모여 만든 것인 줄 아는구나. 어디, 할 수 있으면 해보거라."

"까짓 못할 것도 없지요. 하나 할머님을 봐서 가능하면 피해보도록 해보겠습니다. 물론 귀찮게 한다면야……."

"귀찮게 하면?"

환야가 재빨리 되물었다.

"잘 모르겠습니다. 후~ 피는 보고 싶지 않은데… 어찌 변할지는 저도 장담을 못해서……."

을지호의 탄식에 환야가 피식 웃음을 터뜨렸다.

"호랑이는 자신의 영역에 들어온 호랑이는 용서하지 않는다. 그러나 다른 동물들 따위는 신경도 쓰지 않지. 어차피 그래 봤자 먹잇감에 불과하니까."

환야의 시선이 잠깐 동안 남궁혜에게 머물렀다.

"어차피 큰 충돌은 없을 게야. 내가 알고 있는 패천궁은 그렇게 옹졸한 곳이 아니고 힘만 앞세워 다른 이들을 억압하는 그런 곳도 아니다."

"두고 보면 알겠지요."

"욘석아, 까불지 말고 이거나 받거라."

핀잔과 더불어 환야가 검 한 자루를 던졌다.

환야의 손을 떠나 허공으로 날아오른 검은 고작 반 장 정도의 짧은 비행을 마치고 을지호의 눈앞에서 급제동을 하더니 깃털과도 같은 움직임으로 천천히 하강을 했다.

"언니!"

"부인!"

남궁혜와 을지소문이 을지호의 손에 안착하는 검과 검을 던진 환야를 번갈아 쳐다보며 소리쳤다.

"쯧쯧, 뭘 그리들 놀라누. 어차피 내겐 쓸모도 없는 물건인데."

그다지 놀랄 일도 아니라는 듯 환야는 손을 휘휘 내저으며 웃었다. 하지만 둘의 표정엔 놀람과 경악 그 이상의 뭔가가 있었다.

환야의 말과는 달리 그 검은 절대로 쓸모없는, 그저 그런 물건이 아니었기 때문이다.

지금이야 성정 괄괄한 노파로 변하여 가족들을 전전긍긍하게 만들었지만 과거 환야의 신분이 어떠했던가.

패천궁의 궁주이자 불패(不敗)의 신화를 자랑했던 소림사(少林寺)의 전설을 깨뜨리고 백도를 굴복시킨 절대자(絶對者)요, 비록 사흘간의 짧은 기간이었지만 무림(武林)의 진정한 패자(覇者)였다. 그리고 애병(愛兵) 풍혼(風魂)은 다름 아닌 그녀의 상징이었다.

그런 검을 을지호에게 건넨 것이었으니 을지소문과 남궁혜가 그토록 경악하는 것은 너무나 당연한 반응이었다. 하나 진정 그들을 당황하게 만드는 일은 따로 있었다.

"이런 건 필요없습니다. 들고 다니는 데 귀찮기나 하지."

건성으로 검을 빼본 을지호가 도로 검을 내어놓는 것이 아닌가!

아무런 장식도 무늬도 없이 색이 바랜 검집과는 달리 살짝 모습을 드러낸 것만으로도 방 안의 공기를 서늘하게 만드는 검의 예리함과 검배(劍背)에 멋들어지게 새겨져 있는 '風魂'이라는 글자도 을지호에겐 조금의 흥미를 주지 못한 듯했다.

"이, 이놈이!!"

시큰둥한 표정으로 검을 물리는 을지호의 행동에 벌떡 몸을 일으킨 을지소문은 무슨 말인가를 하려다가 입을 다물고 말았다. 남궁혜마저

설레설레 고개를 내저었다.

"잔말 말고 들고 가거라. 이건 할미의 명이니라."

환야가 다소 가라앉은 음성으로 을지호에 말했다.

"그다지 필요할 것 같지가……."

"어서."

과거 위세를 떨쳤던 남궁세가가 몰락하여 가문의 존폐마저 위태로운 상황까지 처하게 된 이유가 무엇이던가? 바로 패천궁과의 싸움 때문이었다. 게다가 그녀는 세가를 다시 일으켜 세워야 했을 남궁진(南宮眞)을 단순히 질투심 때문에 병신을 만들어 버린 과오도 있었다. 물론 그 당시 상황에선 어쩔 수 없었던 일이라고 변명할 수도 있는 것이었지만 사감(私憾)이 들어간 것은 부인할 수 없는 사실이었다. 을지소문은 물론이고 남궁혜 또한 지금껏 애써 피하고 내색은 하지 않았지만 환야는 남궁혜를 볼 때마다 늘 그때의 일로 죄책감을 느끼고 있었다.

바로 그런 죄책감, 미안한 마음을 조금이나마 지우고픈 마음 때문에 패천궁은 물론이고 어쩌면 무림을 좌지우지할 수도 있는 풍혼을 내어 줬다. 한데 그런 그녀의 마음을 알 길 없는 을지호가 그것을 단지 귀찮다는 이유만으로 거부하고 있는 것이었다.

을지호의 모든 행동을 용인하던 환야도 이때만은 안색을 굳히고 있었다.

"할 수 없지요. 알겠습니다."

환야의 변화를 재빨리 감지한 을지호가 슬그머니 손을 뻗어 검을 끌어왔다. 그제야 환야의 굳은 표정이 풀렸다.

"진작 그럴 것이지. 인석아, 행여나 귀찮다거나 혹은 돈이 떨어졌다고 노자로 바꾸는 짓은 하지 말아야 한다. 보기와는 달리 꽤 귀한 검이야. 너도 짐작은 하고 있겠지만 말이다."

을지호 역시 풍혼이 얼마나 귀한 검이고 중요한 의미를 지닌 검인지 모르지는 않았다. 또한 가족들의 바람대로 남궁세가를 재건하는 데 무척이나 큰 힘이 될 수 있다는 것도 알고 있었다. 시간도 훨씬 단축될 것이 분명했다. 하지만 그는 검의 힘에, 아니, 단순히 검이 아니라 할아버지나 할머니의 명성과 힘에 의지하고 싶은 마음이 조금도 없었다. 하지 않으면 모를까 기왕 할 것이면 스스로 해야 했다. 물론 중원행이 결정된 지금도 그다지 가고 싶은 마음이 들지 않는다는 것이 문제였지만.

"기왕 들고 가는 것, 그런 짓은 안 합니다. 그리고 다른 사람들에겐 어떤지 몰라도 제게 그저 한 자루 검일 뿐입니다."

을지호가 인상을 찡그리며 풍혼을 툭툭 건드렸다.

"호호호, 아무렴 네가 누구의 손자인데."

을지호의 대답에 환야가 빙그레 웃음 지었.

그녀에겐 다른 것은 몰라도 을지호가 풍혼을 받았다는 것, 그리고 그것으로 남궁세가와 남궁혜에게 진 마음의 빚을 조금이나마 덜게 되었다는 것이 중요했다. 어쩌면 그로 인해 패천궁이 을지호에게 시달림을 받게 될 것이었지만 그런 문제는 이미 그녀의 뇌리에서 사라진 지 오래였다.

"언제 떠날 것이냐?"

을지휘소가 남궁세가의 후손에게 전해질 무공과 풍혼이 을지호에게 건네지자마자 때를 기다렸다는 듯 물었다.

"마음이 내킬 때 떠날 겁니다. 내일이 될 수도 있고 닷새 후가 될 수도 있습니다. 뭐, 당장 오늘 밤에 사라질 수도 있고 말이지요."

"무슨 소리를! 오랜만에 집에 왔는데 어미가 해주는 음식은 먹고 가야지."

환야가 다소 근심스런 표정으로 앉아 있는 육금연을 바라보며 말했다. 육금연이 살짝 고개를 숙였다.

"그래도 사흘은 넘기지 말거라. 행여나… 아니다. 곧 먼 길을 떠나야 할 터. 가서 쉬도록 하여라."

을지호의 인상이 일그러지는 것을 보고는 재빨리 말꼬리를 돌린 을지소문의 말을 끝으로 물경 한 시진에 걸친 가족회의는 그렇게 끝을 맺었다.

'이제 얼마 남지 않았다!'

부릅뜬 눈으로 목표를 확인한 을지룡이 질끈 입술을 깨물었다. 무려 석 달 동안 자신을 괴롭힌 과제를 정복하기까지 이제 겨우 일 장이 남았을 뿐이다.

을지룡이 무공을 수련하는 곳은 집 앞을 흐르는 냇가의 상류였다.

원래는 구룡천(九龍川)이라는 좀처럼 어울리지 않는 거창한 이름을 가지고 있었지만 십여 년 전 이곳에서 무공 수련을 하던 을지호가 이를 갈면서 붙인 인내천(忍耐川)이란 이름이 이제는 더욱 친숙하게 변해 버린 곳, 을지룡은 그곳에서 벌써 석 달째 고생을 하고 있었다. 을지호가 어째서 인내천이란 이름을 붙이게 되었는지를 몸으로 느끼면서.

'앞으로 반 시진, 반 시진만 지나면 끝이다.'

머리와 양쪽 어깨, 좌우로 벌린 손에 올려진 돌멩이가 시간이 지날수록 짓누르는 힘을 더하고 때마침 불어난 냇물이 매서운 힘으로 다리를 휩쓸고 지나갔지만 이미 충분히 단련된 을지룡은 비교적 여유있게 버텨내었다.

"어허, 쓸데없는 생각을 하고 있구나. 그래서야 성공한다 해도 얻는 것이 없지 않느냐. 잡생각 따위를 하느라 기력을 허비해서야 되겠느냐? 힘을 내거라, 이제 얼마 남지 않았느니!"

냇가 한 켠에 자리를 깔고 술을 홀짝이던 을지소문이 미세하게 변하는 을지룡의 감정 변화를 놓치지 않고 소리쳤다.

"알겠습니다."

을지룡은 자신의 속마음을 들켰다는 생각에 부끄러워하며 얼른 대답을 하였다. 그 바람에 몸이 조금 흔들리고 말았다. 덩달아 몸에 놓인 돌멩이가 흔들렸다. 자칫 잘못하여 돌멩이를 떨어뜨린다면 불호령은 물론이거니와 그동안의 노력이 물거품이 되고 말 것이었다.

'이런!'

을지룡은 필사적으로 몸의 중심을 잡고자 하였다. 하나 한번 흔들린 중심은 쉽사리 돌아오지 않았다. 머리 위에 놓인 돌이 세차게 요동쳤다.

'아, 안 돼!'

정수리에 놓여야 할 돌이 스르륵 미끄러지는 것을 느끼며 을지룡의 얼굴이 일그러졌다. 원점으로 돌아가서 지금 서 있는 곳까지 도착하려면 최소한 일주일은 걸릴 것이었다. 한순간의 실수로 지난 며칠간의 고생은 물론이고 석 달의 시간마저 저 멀리 날아갈 것을 생각하니 참담하기만 했다. 바로 그 순간 을지룡에게 구원의 손길이 전해져 왔다.

"쯧쯧, 정신을 차려야지."

"혀, 형님!"

떨어지려는 돌을 제 위치에 돌려주고 흔들리는 몸까지 바로잡아 준 사람은 다름 아닌 을지호였다.

"뭘 그리 놀라냐?"

허리까지 내려오는 머리는 상투를 트는 대신 흰 천으로 아무렇게나 질끈 동여매고 등에는 제법 두툼한 봇짐을 메고 있던 을지호는 깜짝 놀란 눈으로 쳐다보는 을지룡의 이마를 살짝 튕기며 웃었다. 육금연이 장도(壯途)에 오르는 그를 위해 이틀 밤을 꼬박 세워가며 정성스럽게 손질한 백삼(白衫) 자락과 가죽신이 흠뻑 젖었지만 별로 상관없다는 태도였다.

"떠나려는 것이냐?"

이미 한참 전부터 을지호가 나타난 것을 알고 있던 을지소문이 담담하게 물었다.

"예."

물에 젖어 다소 불편한지 흐느적거리는 움직임으로 뭍으로 나온 을지호가 허리를 숙이며 대답했다.

"기왕 가기로 한 것 하루라도 빨리 가는 것이 좋을 듯하여……."

"잘 생각했다. 그래, 두 분 어르신들께 인사는 드렸고?"

"지금 막 다녀오는 길입니다."

"할머님들은 보았느냐?"

"예."

"아비와 어미도?"

"예."

"흠, 그런데 어째서 배웅 나온 사람이 아무도 없느냐?"

을지소문이 을지호의 뒤를 살피며 물었다.

"제가 싫다고 했습니다. 번거로운 것이 싫어서요."

"잘했구나."

이해가 갈 만했다. 모르긴 몰라도 마음 약한 며느리는 눈물깨나 쏟고 있을 것이다.

"소손 다녀오겠습니다. 강녕(康寧)하십시오."

을지호가 무릎을 꿇고 큰절을 했다. 바위에 비스듬히 몸을 기대고 있던 을지소문이 자세를 바로 하고 절을 받았다. 그리곤 천천히 몸을 일으키는 을지호의 어깨와 등을 두드렸다.

"오냐, 집 걱정은 하지 말고 잘 다녀오너라. 그 옛날 이 할아비도 다녀왔고 네 아비도 다녀온 길이니라. 고생이야 조금 하겠지만 네가 지닌 능력이라면 모든 것을 잘 해내리라 믿는다."

"예, 그럼 다녀오겠습니다."

공손히 허리 숙여 예를 표한 을지호가 몸을 돌렸다. 뭔가가 생각난 듯 을지소문이 을지호를 불러 세웠다.

"외가에 먼저 들른다고 하였더냐?"

"그럴 생각입니다. 외조부님을 뵌 지도 오래되었고 육로(陸路)로 가는 것보다는 그곳에서 해로(海路)와 수로(水路)로 움직이는 것이 더 편할 듯하여……."

"잘 생각했다. 초행길에 여러 모로 도움도 될 터. 또한 지난번에 다녀가신 네 외조부께서 너를 만나지 못해 몹시 서운해하시더구나."

"들어 알고 있습니다."

"그래, 가거든 잊지 말고 안부 여쭈어라."

"알겠습니다."

"되었다. 이제 떠나거라."

지그시 눈을 감은 을지소문은 손을 두어 번 내젓는 것으로 작별 인사를 대신했다. 을지호가 그런 을지소문에게 다시 한 번 예를 표하더니 몸을 돌렸다. 하지만 그에겐 인사를 나눌 사람이 한 명 더 있었다.

을지호는 느릿느릿한 걸음걸이로 여전히 힘들게 발걸음을 떼고 있는 을지룡에게 다가갔다.

"출행랑(出行狼)… 힘들어 보인다."

"아, 아닙니다."

을지룡이 재빨리 대답했다.

"하긴, 힘들어도 어쩔 수 없지. 가문 대대로 내려오는 무공이 아니더냐. 나는 너보다 훨씬 어린 나이에 이곳에서 뼈를 깎았다."

"알고 있습니다."

을지룡은 혹여나 돌멩이가 떨어질까 조심조심 대답했다.

"내가 없는 동안 집안의 장손은 너다. 부탁한다."

"예, 형님."

을지룡은 최대한 조심스레 고개를 돌려 대답했다. 그리곤 재차 말을 이었다.

"형님처럼 잘할 수 있을지 자신은 없지만 혼신의 힘을 다해 노력하겠습니다. 집안 걱정은 하지 말고 잘 다녀오세요."

을지룡의 음성이 안타까움으로 물들었다. 어느새 눈물까지 흘렸는지 눈시울이 붉어졌다. 한데 그런 을지룡을 보는 을지호의 입가엔 장난스런 미소만이 맴돌았다.

"하하, 이 녀석아. 입에 발린 말은 그만둬라. 내가 집에 붙어 있던 적이 얼마나 있다고 그런 낯부끄러운 소리를 해."

"그, 그게 아니라……."

"관둬라. 어쨌든 걱정해 주니 고맙구나. 그런 의미로 네게 선물 하나를 주고 가지."

당황하는 을지룡을 모른 체하며 을지호가 손가락을 입으로 가져가더니 길게 휘파람을 불었다.

낮은, 그러나 장백산 끝자락까지 울려 퍼질 정도로 긴 여운을 남긴 휘파람이 끝나자 산 정상에서 하나의 점이 보이기 시작했다. 처음 모래알처럼 작기만 하던 점은 순식간에 커지더니 하나의 형상을 띠기 시작했다.

다가오는 물체를 확인한 을지룡의 얼굴이 노랗게 변했다. 그리곤 어떻게든 자신에게 닥치는 위기를 면해보고자 했다. 하나 방법이 있을 리가 없었다. 아니, 방법이 있다 해도 도저히 눈으로 따라가지 못할 무서운 속도로 날아와 머리 위의 돌멩이를 채버리는 그 움직임을 막을 자신은 없었다.

"후~"

체념은 빨랐다. 어차피 을지호에 의해 위기를 벗어났을 때부터 예상했던 바가 아니었던가.

을지룡의 손이며 어깨에 있던 돌멩이가 떨어져 내렸다. 돌멩이들이 물속으로 떨어지기도 전에 머리에 올려져 있던 돌멩이는 이미 사라지고 없었다.

풍덩.

돌멩이들이 물속으로 떨어지며 요란한 소리를 냈다. 그 소리를 듣는 을지룡의 입가에 씁쓸함이 맴돌았다. 며칠간의 고생이 너무도 허무하게 무너진 것이었다.

"하하, 너무 서운해하지 마라. 그것이 출행랑의 전부가 아니지 않더냐. 앞으로 더욱더 끔찍하고 힘든 수련이 기다리고 있는 터. 이 형님은 사랑스런 아우의 고생을 조금이나마 늦추고자 한 것이다."

"어련하시겠습니까? 신경 쓰지 말고 잘 다녀오세요."

을지룡이 퉁명스레 대꾸했다.

"하하, 인상 좀 펴지 그러서. 그래, 아무튼 다녀오마. 그동안 잘 지내라."

심통난 얼굴의 을지룡을 보며 기분 좋게 웃은 을지호의 손가락이 다시 입으로 향했다. 예의 휘파람 소리가 들리며 을지룡의 돌멩이를 채간 물체가 허공에 나타났다.

"인석아, 늦장 부리지 말고 빨리 따라와!"

어느새 허공으로 몸을 솟구친 을지호가 그의 뒤로 따라붙는 매, 철왕(鐵王)에게 외쳤다. 주인의 말을 알아듣기라도 했는지 더욱 속도를 낸 철왕은 순식간에 다가와 그의 어깨에 안착했다.

"다녀오겠습니다, 할아버지."

허공에서 울리는 을지호의 음성은 이미 그 끝이 들리지 않았다.

멍한 표정으로 을지호의 뒷모습을 살피던 을지룡이 슬그머니 고개를 돌려 을지소문의 눈치를 살폈다. 떠난 사람은 떠난 사람이고 지금은 자신에게 닥친 일의 해결이 급했다.

을지룡의 시선을 느끼며 눈을 뜬 을지소문은 을지룡의 표정에서 억울함을 호소하는 의미를 찾을 수 있었다. 하나 해줄 수 있는 대답은 오직 하나, 그 역시 언젠가 조부로부터 들었던 말뿐이었다.

"도로아미타불."

제2장

거룡단(巨龍團)

거룡단(巨龍團)

 배를 움직이기엔 최상의 날씨였다.
 하늘엔 구름 한 점 없고 적당히 불어주는 순풍에 돛은 한껏 부풀어 올랐다. 지난 사흘간 미친 듯이 요동치던 물결도 언제 그랬냐는 듯 잔잔하기만 했다.
 이리저리 갑판을 오가며 부산을 떠는 선장(船長)과 선원(船員)들의 움직임엔 활기가 넘쳤다. 며칠 동안의 기상 악화로 마음을 졸이며 신경을 잔뜩 곤두세웠던 모습은 이미 온데간데없었다.
 그들만이 아니었다.
 '시간은 금(金)과 같다' 라는 말을 금과옥조(金科玉條)로 여기는 상인(商人)들, '약속한 기일은 목숨을 걸고 지킨다' 라는 신념을 국훈(局訓) 삼아 지금껏 단 한 번의 기한도 어긴 적이 없는 것을 늘 자랑으로 여기는 산동표국(山東鏢局)의 식솔들 또한 적잖이 안도하는 모습들이었다.

　수심에 잠겼던 그들의 표정이 바뀐 데에는 가슴 깊이 쌓여 있는 찌꺼기까지 단박에 날려 버릴 만큼 상쾌한 날씨 탓도 있지만 시간을 맞추는 것은 물론이고 하루 정도는 더 단축할 수 있을 것이라는 선장의 한마디가 실로 컸다.
　그러나 단 한 사람, 길이만 이십여 장에 이르고 폭도 칠 장이 넘는, 산동 지방에선 둘째가라면 서러울 만큼 거대한 크기를 자랑하는 상선(商船) 풍운(風雲)의 갑판 후미에 걸터앉아 난간을 부여잡고 멍청히 고개를 쳐들고 있는 을지호만은 예외였다.
　"쯧쯧, 젊은 사람이 저토록 몸이 허해서야……."
　바다에서 태어나 나이 육십이 되도록 뱃일로 잔뼈가 굵은 노(老)선원이 을지호의 모습을 연신 흘깃거리며 한심하다는 듯 혀를 찼다.
　아닌 게 아니라 혼이 빠져 있는 듯 홀로 떨어져 있는 을지호의 모습이 어딘가 이상했다.
　오랜 무공으로 다져진 다부진 몸은 장백산을 떠나올 때의 모습 그대로였지만 흐릿하고 퀭하게 파인 두 눈, 푸석푸석 변해 버린 피부, 가죽만 남은 얼굴 등 예전의 건강했던 모습은 찾아볼 수 없었다. 족히 몇 년 동안 중병을 앓고 있는 사람처럼 볼품없이 변한 것이었다.
　"하하, 형님도 참. 뭍에 살던 사람들이야 어디 우리 같겠소? 다 그런 것이지."
　혀를 찼던 노선원과 거의 같은 연배의 선원이 너털웃음을 터뜨리며 대꾸했다.
　"유별나도 너무 유별나니 그렇지 않은가."
　"하긴, 그렇긴 하외다. 심하기 심하지요. 하하하."

두 노선원은 서로를 마주 보며 한참이나 웃음 지었다.
'저 영감탱이들이!'
그들은 그들 나름대로 소리를 죽여 웃는다고 노력은 하였지만 수십 장 밖에서 낙엽이 떨어지는 소리까지 감별해 내는 을지호였다. 그들의 낮은 웃음소리는 그의 귀엔 천둥 치는 소리보다 더욱 요란하게 들렸다.
을지호의 고개가 천천히 그들에게 향했다. 황급히 웃음기를 지운 선원들이 크게 헛기침을 하며 딴청을 피웠다. 그리곤 을지호에게 주었던 시선을 거두고 자신들의 일에 몰두하는 척했다.
적당히 나이만 먹었어도 가만두지 않았겠지만 을지호는 노인들을 상대로 드잡이할 마음은 없었다. 사실을 사실대로 말하는데 뭐라 할 말이 있겠는가.
'후~ 미치겠네, 정말!'
을지호는 한숨을 내쉬며 다시 멍한 눈으로 꼬리를 물고 길게 퍼져 나가는 물보라만을 쳐다봤다. 그리곤 몇 년이 지난 것처럼 멀게만 느껴지는 지난 며칠의 일들을 떠올렸다.

장백산을 떠난 을지호의 최종 목적지는 당연히 남궁세가가 되겠지만 우선적으로 들러야 할 곳은 어머니 육금연의 고향이자 그의 외가가 있는 해남도(海南島)였다.
집을 나서기가 무섭게 곧바로 국경을 넘은 을지호는 요동반도(遼東半島)까지 한걸음에 달려갔다.
광활한 대륙에서도 최남단에 위치한 해남도까지 가기 위해선 배 이외에 다른 수단은 생각할 수도 없었다. 그러나 멀어도 너무 멀었다. 여객선(旅客船)은 물론이고 상선조차 해남도로 가는 것은 존재하지 않았다. 적어도 서너 번은 갈아타야 했다.

외가고 뭐고 당장 방향을 바꿔 육로로 여행하고 싶은 마음에 을지호는 한참을 고민했다. 그렇지만 외가에 들르라고 신신당부하던 어머니의 얼굴을 떠올리며 차마 발길을 돌리지 못했다. 그는 결국 반도의 끝 금주(金州)에서 배에 올랐다.

수난은 바로 그때부터 시작되었다.

을지호는 배를 타본 적이 없었다. 아니, 강을 오르내리는 조그마한 배들은 타본 경험이 있으니 엄밀히 말하자면 배를 타보지 못한 것은 아니었다. 다만 강을 오르내리는 배와 바다를 항해하는 배는 천지 차이라는 것을 경험해 보지 못했을 뿐이었다.

규모나 모양은 둘째 치고 우선 배에 전해오는 흔들림이 달랐다. 급격히 흔들린다거나 목숨을 걱정할 정도의 위험이 도사리는 것은 아니었지만 은근히 신경을 긁으며 몸의 균형을 빼앗고 속을 뒤집는 무언가가 있었다.

항해를 한 지 고작 한 시진 만에 을지호는 그날 먹은 음식을 모조리 바닷물에 쏟아내었다.

그가 간신히 몸을 추슬렀을 땐 정확히 이틀이란 시간이 흘렀고 배는 이미 산동의 등주(登州)에 도착한 이후였다. 그러나 등주에서도 해남도로 바로 가는 배는 존재하지 않았다.

한 번의 경험으로 뱃멀미에 웬만큼 자신이 붙은 을지호는 잠깐의 휴식을 취하곤 곧바로 배편을 알아보았다. 그리고 등주에서 항주(杭州)까지 운행하는 배를 그다지 어렵지 않게 찾을 수 있었다.

시간에 쫓겨 급하게 배에 오르던 을지호는 회심의 미소를 지었다. 산동 제일의 상선이라기에 어느 정도 기대를 했었지만 포구(浦口)에 정박해 있는 배의 규모는 상상을 불허했다. 마치 바다에 떠 있는 작은 섬을 연상케 할 정도였다. 더구나 출항했을 때의 그 조용한 움직임은 이전의 배와 비교할 바가 아니었다. 이 정도의 배라면 아무리 장시간을 여행한다 해도 큰 무리가 없을 것이라 여겼다.

그의 만족감이 깨진 것은 출항 후 이틀이 지난 후였다.

바람이 거세지고 파도가 커지면서 을지호는 자신이 배의 규모를 너무 과신했다는 것을 절실히 느낄 수 있었다.

끝도 없이 드넓은 바다에 비하며 상선은 백사장의 모래알보다도 못한 존재였다. 이리저리 흔들리며 힘겹게 전진하는 배 위에서 을지호는 또다시 뱃속의 모든 음식물을 물고기들에게 적선했다. 하지만 인간만큼 환경에 적응을 잘하는 동물이 없다던가. 사흘 밤낮을 꼬박 뱃멀미에 시달리던 그는 당장 바다로 뛰어들고 싶은 충동을 느끼게 만든, 진절머리가 나도록 고통스러웠던 뱃멀미를 극복해 내는 데 성공했다.

모든 일이 순조롭게 풀리는가 싶더니 전혀 엉뚱한 곳에서 문제가 터져 나왔다.

끔찍할 만큼 지독했던 뱃멀미를 극복한 을지호가 가장 먼저 찾은 것은 음식이었다.

금주에서부터 배를 타고 뱃멀미에 시달린 이후 제대로 된 음식을 먹은 것은 등주의 객점(客店), 먼 옛날 신라인이 세우고 그 후손이 지금껏 운영하여 조선에서 온 상인들이 많이 찾는다는 신라관(新羅館)에서였다. 그리고 그곳에서 준비한 간단한 음식으로 평탄했던 처음 이틀 동안 허기를 때운 것이 전부였다.

그 이후엔 제대로 된 음식은커녕 먹었던 음식마저 모조리 게워내고 말았다. 나중엔 위액도 말라 버려 구토를 해도 나오는 것이 없을 지경이었으니 뱃속이 오그라드는 고통을 참아내면서 멀미를 이겨낸 을지호가 가장 먼저 음식을 찾는 것은 어쩌면 너무나 당연한 일이었다.

그동안 을지호의 모습을 안타깝게 지켜보던 배의 선원들은 음식을 찾는 그에게 환한 미소를 지으며 그들 나름대로 최고의 음식을 준비해 주었다. 허기에 쫓겼던 그는 미처 감사의 사례를 하기도 전에 손을 뻗어 음식을 입에 쏟아 넣었다. 한데 두어 번이나 씹었을까? 뭔가가 이상했는지 을지호가 음식을 씹던 턱의 움직임을 가만히 멈추고 고개를 갸웃거렸다.

딱 한 번의 호흡을 했다.

숨을 내쉬고 들이마시는 순간 을지호의 얼굴이 똥을 씹은 듯 일그러졌다. 그리곤 갑자기 괴성을 지르며 배의 후미로 뛰어가더니 갑판의 난간을 붙잡는 것과 동시에 구역질을 시작했다.

뱃멀미를 할 때와 비교할 바가 아니었다.

눈이 뒤집히고 뱃속으로 들어간 음식은 물론이거니와 음식에 닿은 장기(臟器)마저 모조리 끄집어낼 정도로 격렬한 구토였다. 구토는 한 시진이나 이어졌다.

그날 이후로 그는 선원들이 준비한 음식은 쳐다보지도 않았다. 선원들은 그를 걱정하여 계속 음식을 권했지만 을지호는 그것을 먹느니 차라리 굶어 죽겠다며 고개를 흔들었다. 그때 그가 지닌 음식이라고 해봐야 고작 먹다 남은 육포(肉脯) 한 조각뿐이었다.

"후~ 앞으로 이틀이라고 했던가."

잠시 상념에 빠졌던 을지호의 입에서 힘없는 한숨이 흘러나왔다. 항주까지는 앞으로 이틀. 이틀이란 시간이 이처럼 길게 느껴질 줄은 꿈에도 몰랐다.

"우라질!! 분명 아셨어! 그때의 눈빛, 그리고 어머니의 말문을 막고 웃었던 것엔 다 이유가 있었다니까."

예상외로 지독하긴 했지만 을지호는 뱃멀미에 대해선 충분히 각오하고 있었다. 과거 그의 할아버지인 을지소문이 그랬고 을지휘소 역시 해남도를 찾아가며 거의 죽다 살아났다는 말을 들은 터였다. 하지만 길을 떠나던 날 보여준 을지휘소의 행동은 지금 생각해도 영 수상한 것이었다.

육금연이 길을 떠나는 을지호를 염려하여 이런저런 당부의 말을 전할 때였다. 가만히 듣기만 하던 을지휘소는 육금연의 입에서 향채(香菜)라는 단어가 튀어나오기가 무섭게 재빨리 입을 막고 눈치를 주었다. 의구심이 일었지만 그러려니 하고 넘어간 것이 문제였다.

을지호가 회심의 미소를 짓는 을지휘소와 한숨을 내쉬며 물러나던 육금연의 행동이 무슨 의미를 지녔는지 알게 된 것은 그를 빈사(瀕死) 상태로 만들었던 음식에 장식처럼 올려져 있던 조그만 야채, 그것이 바로 향채였다는 것을 설명받고 힘없이 갑판에 주저앉은 직후였다.

"어찌 그런 것을 먹는지……."

향채의 맛을 기억해 낸 을지호가 또다시 몸서리를 쳤다. 떠올리는 것만으로도 끔찍했다. 아무리 생각하고 백 번을 양보해도 향채는 아니었다.

향기는 그런대로 맡을 만했다. 하지만 그 조그만 잎을 씹었을 때의 느낌이란… 세상 그 어떤 종류의 음식, 양념도 그 오묘한 맛을 내지는 못할 것이다. 흉내조차 내지 못하리라!

입에서부터 시작해 식도(食道)를 타고 내려가 뱃속을 뒤집고 전신의 감각을 마비시키며 정신을 몽롱하게 만드는 데 걸리는 시간은 눈꺼풀을 그저 두어 번 깜빡거릴 정도의 짧은 시간에 불과했다.
 그 짧은 시간이 지나가면 당장 입에 들어간 음식과 위(胃)에 남아 있는 음식은 물론이거니와 장(腸) 속에서 몸 밖으로 빠져나가기만을 기다리는 찌꺼기까지 역으로 거슬러 올라오게 되는 것이다.
 문제는 거의 대다수의 중국인들이 지나칠 정도로 향채를 좋아한다는 것이었고 그에 부응하여 향채가 빠진 음식을 찾아보기 힘들다는 데 있었다. 앞으로 얼마를 중원에서 보내야 할지 모르는 그로선 실로 눈앞이 캄캄할 일이었다. 당장 항주까지 갈 때까지 버티는 것도 문제였다.
 선실 한쪽에 주방까지 갖춘 대형 상선에 음식을 가지고 타는 사람이 있을 리 없을 터. 다른 음식을 구한다는 것은 사실상 불가능했다. 혹여 그것이 가능하더라도 을지호로선 도대체가 믿을 수가 없었다. 모든 음식에 향채를 첨가하는 사람들이고 보니 어떤 음식에서 향채 맛이 날지 몰랐다. 한 번 씹기만 하면 최소한 하루 정도는 입가에 그 끔찍한 맛이 맴돌게 된다. 차라리 똥물을 퍼먹으면 먹었지 그 맛을 다시 경험하고 싶지는 않았다.
 "에라, 모르겠다. 뭍에 오르면 무슨 수가 나겠지. 그때까지 우선 버티고 보자."
 생각할수록 골치가 아픈지 을지호는 난간에 기댄 몸을 축 늘어뜨리고 눈을 감았다. 마지막 육포를 소비한 지금 최대한 움직임을 자제하고 편한 자세로 힘을 비축해야 했다.
 그러나 편안한 휴식도 얼마 가지 못했다. 두려움에 사로잡힌 외침이 배 안에 울려 퍼졌기 때문이었다.

그것은 드넓은 배를 뒤흔들 정도로 크면서도 모든 이를 일대 공황에 빠뜨리기에도 충분한 뜻을 내포한 외침이었다.

"해적(海賊)이다!!"

그 한마디로 평온했던 갑판은 순식간에 아수라장으로 변했다. 겁에 질린 여행객들과 상인들은 어쩔 줄을 몰라 하며 두려움에 떨고 표물(鏢物)을 운반 중이던 산동표국의 표사(鏢師)들 역시 긴장한 빛이 역력했다.

선원들마저 우왕좌왕했다면 혼란은 극에 달했을 것이다. 하나 일엽편주(一葉片舟)로 시작해 지금의 위치에 오른 선장 마충(馬忠)은 산전수전을 다 겪은 노련한 사람이었다. 해적이 나타났다는 말을 듣는 즉시 모든 선원들을 단속하고는 재빨리 손님들을 한데 모았다.

"젠장, 이거야 원 시끄러워서."

아무리 무신경한 성격의 을지호라도 아수라장이 된 갑판에서 잠을 청한다는 것은 불가능했다.

해적이란 외침에 슬그머니 눈을 뜨고 몸을 일으킨 을지호는 상선을 향해 서서히 접근하는 두 척의 배를 찬찬히 살펴보았다. 제법 거리가 있어 자세한 것은 알 수 없었지만 육중한 상선에 비하면 몹시 날렵해 보였다. 해적선이 맞다면 배 안에는 무수히 많은 해적들이 약탈의 기회를 노리고 있을 것이었다.

"호오~ 해적이라……."

을지호가 해적선을 보고 눈빛을 빛내고 있을 때 한쪽에선 대책 마련에 분주했다.

"뿌리칠 수 있겠소?"

이번 산동표국의 표행을 이끌고 있는 표두(鏢頭) 이기(李騎)가 물었다.

"불가능하외다."

마충이 고개를 흔들었다.

"해적선의 빠르기는 군선(軍船)도 감히 미치지 못하는 게요. 아무리 용을 써도 곧 따라잡히고 마오."

혹시나 하고 기대를 하던 사람들의 낯빛이 창백해졌다.

"그렇다면 어찌하실 생각이오? 싸울 생각이시오?"

"필요하다면."

사뭇 떨리는 목소리의 이기와는 달리 마충은 추호의 흔들림도 없었다.

"어, 어찌 싸운다는 말이오? 저들은 해적들이고 여기 있는 사람들은 싸움이라곤 구경도 못해본 사람들이오. 장사치란 말이외다. 선원들의 수가 제법 된다고는 하지만 어찌 저들을 감당할 수 있겠소?"

화려한 의복에 염소수염을 나름대로 멋있게 기른 중년인이 자꾸만 아래로 처지는 배를 부둥켜안고 물었다.

힐끔거리는 시선으로 질문자를 쳐다본 마충은 모두에게 들으라는 듯 큰 소리로 대답을 했다.

"싸우게 되면 싸우는 것이오! 하나 아직은 모르니 너무 걱정하지 마시구려. 싸움은 최악의 상황이 벌어졌을 때를 가정한 것이니. 그냥 앉아서 죽기 억울할 때 최후의 발악으로 해보자는 것이외다. 물론 결과는 신통치 않겠지만."

"허면 무슨 방법이 있는 것이오?"

이기가 차분해 보이는 마충의 표정에 일말의 희망을 걸고 물었다.

"방법은 없소. 그냥 운에 맡길 뿐이오."

담담히 내뱉는 마충의 말에 이기의 얼굴이 구겨졌다. 사람들의 반응 역시 이기와 다르지 않았다.

피식 웃음을 터뜨린 마충이 말을 이었다.

"뱃길을 다닌 지 수십 년이오. 지금까지 수도 없이 많은 해적들도 만나보았고 위기도 많이 겪어보았소. 거기서 얻은 경험으로 말하건대 해적이라고 무차별하게 살생만 하는 인간들은 아니외다. 충분히 대화가 가능한 이들이오. 억수로 운이 좋기도 하였지만 말이오."

"대화가 가능하겠소이까?"

고개를 돌려 질문자를 찾던 마충은 곧 포기하고 고개를 끄덕였다.

"장담은 하지 못하겠지만 가능성은 높소. 그만한 대가를 치러야겠지만."

마충의 말이 끝나기가 무섭게 이곳저곳에서 웅성거리는 소리가 들렸다.

"치르겠소. 대가는 얼마든지 치르겠소이다."

"목숨만 건질 수 있다면야……."

그 어떤 것이 목숨에 비할까. 대부분의 사람들은 어떠한 희생을 감수하고라도 목숨만큼은 보존하고 싶어했다. 싸움은 생각조차 하지 않았다. 그것이 대다수의 의견이었다.

"기다려 보시오. 해적이라는 것을 제외하곤 아직 저들의 정체를 확실하게 파악하지 못했소. 어떤 대가를 치를지는 그때 가서 결정하면 될 것이오. 모두들 진정해 주시고… 특히 쓸데없는 행동을 하여 상황을 악화시키지 않았으면 좋겠소이다."

긴장한 표정이 역력한 산동표국의 표사들과 이기를 넌지시 바라보며 말을 마친 마충은 갑판 이곳저곳을 몹시 분주한 걸음으로 옮겨 다녔다. 다른 이들과 마찬가지로 불안에 떨고는 있지만 애써 내색하지 않고 있는 선원들을 달래기 위함이었다.

처음 해적선이 모습을 드러낸 후 반 각 정도의 시간이 흘렀다. 해적선은 어느덧 상선의 좌현으로 삼십여 장까지 접근한 상태였다.
"꽝!"
갑자기 뇌성(雷聲)과 비견될 정도의 폭음이 들리고 배에서 고작 오류 장밖에 떨어지지 않은 곳에서 물보라가 튀어 올랐다. 해적선이 화포(火砲)를 쏘기 시작한 것이다.
"어, 어째서 해적들이 군이 지니고 있어야 할 화포를 지니고 있단 말이오!"
그것이 마충의 잘못도 아니련만 갑판에 배를 깔고 납작 고개를 숙인 한 장사꾼이 소리쳤다.
"그러니까 해적 아니오."
마충이 어이없다는 듯 대답했다. 그런데 그의 입가에 걸린 것은 분명 안도의 미소였다.
제아무리 철석간담을 지닌 사람이라도 제 목숨이 걸린 일에까지 태연하기는 어려웠다. 마충이 비록 겉으로는 태연한 척하며 끝까지 담담한 모습을 유지하고 있었지만 그 역시 한낱 사람, 속마음까지 평정을 유지하기란 쉽지 않았다. 그러나 이제는 마음을 졸일 필요가 없었다. 그가 아는 한 뱃머리에 용두(龍頭)의 조각상을 내걸고 저렇듯 화포를 쏘아대는 해적은 오직 한 곳뿐이었다.
"거룡단(巨龍團)… 천만다행이군."
그 어떤 해적들보다 숫자도 많고 강력한 힘을 지니고 있는 곳. 그럼에도 자신들의 힘을 과시하여 살육을 즐기는 몇몇 해적들과는 달리 비교적 대화가 잘된다는 해적이 바로 거룡단이었다.
"일단은 산 것인가……."
자신만이 알아들을 수 있는 작은 목소리로 중얼거린 마충이 겁에 질린 선원들에게 큰 소리로 명령을 내렸다.

"백기를 올려라, 어서!!"

마충의 말이 끝나기가 무섭게 돛대 위에 커다란 백기가 걸리고, 그래도 혹시 몰라 갑판 이곳저곳 흩어진 선원들은 저마다 백기를 들고 요란스레 흔들었다.

꽝! 꽈꽝!

포격은 선원들이 백기를 흔들고 나서도 대여섯 차례나 이어진 다음에야 중지되었다.

잠시 후, 양쪽으로 갈라진 해적선은 각각 상선의 좌측과 우측으로 다가왔다. 배는 이미 움직임을 멈추고 스르르 미끄러져 다가오는 해적선을 마중하듯 기다리고 있었다.

어느 정도 접근했을까? 해적선에서 무수히 많은 갈고리들이 배를 향해 날아왔다. 갑판 위에 떨어진 갈고리들이 괴기한 소리를 내며 갑판을 긁더니 난간에 단단히 고정되었다. 더불어 상선과 해적선의 간격도 급격히 줄어들었다.

"다리를 놓아라!"

누군가의 외침이 들리고 순식간에 이십여 개의 다리가 상선과 해적선 사이를 가로질렀다. 다리라야 그저 탄력이 좋은 나무판자에 불과했지만 그 역할을 하기엔 충분했다.

"와아!!"

나무판자가 걸쳐지기도 전에 몸을 날린 해적들이 저마다 무기를 들고 특유의 괴성을 지르며 날뛰었다. 그리고 처음 배에 뛰어든 해적의 몇 배에 달하는 인원이 다리를 통해 밀려들었다.

옷을 입고 있는 이들은 거의 없었다. 입고 있는 옷도 아무렇게나 풀어혜쳤다. 들고 있는 무기들 또한 다양했다. 도검(刀劍)을 들고 있는 자들을 비롯하여 낫, 도끼, 철퇴 등 저마다 각양각색이었다. 다만 특징이 있다면 그들 모두 팔뚝에 당장에라도 승천(昇天)할 것만 같은 용의 문신(文身)이 새겨져 있다는 것이었다.

충돌은 없었다. 상인들과 선원들은 겁에 질려 벌벌 떨 뿐이었고 산동표국의 식솔들만이 이기를 중심으로 한데 모여 잔뜩 긴장한 표정을 짓고 있었다. 그들 역시 마충이 당부한 대로 별다른 행동은 하지 않았다. 다만 상황이 돌변하면 언제라도 무기를 꺼낼 수 있도록 만반의 준비를 갖추고 있었다.

배에 오른 해적들은 갑판에 나와 있던 인원들은 물론이고 숨죽이며 선실에 숨어 있던 사람들까지 모조리 갑판 위로 끌어내었다. 그리곤 을지호가 앉아 있는 배의 후미로 모든 사람을 몰아세웠다.

차 한 잔 마실 시간도 되지 않아 상선 풍운은 거룡단의 해적들에 의해 완벽하게 점령되었다.

"대표자는 나서라!"

수하들에게 배를 완벽하게 장악했다는 보고를 받으며 한 사내가 소리쳤다. 쳐다보기만 해도 질릴 정도의 거대한 도끼를 한 손으로 짚고 서서 좌중을 노려보는 사내의 이름은 용부(龍斧)였다. 짚고 있는 도끼를 제외하고도 몸 이곳저곳에 늘 네다섯 개의 작은 도끼를 숨기고 다닌다는 용부는 거룡단에서는 열 손가락 안에 드는 실력자였다.

"대표자는 나서라 했다!"

용부가 목청을 높여 소리쳤다.

"내가 이 배의 선장이오."

마충이 앞으로 나서며 대답했다.

"난 선장이 아니라 이 배의 대표를 원한다!"

용부는 앞으로 나선 마충을 보는 둥 마는 둥 하며 재차 소리쳤다. 그가 말하는 대표란 단순히 선장을 의미하는 것이 아닌 배에 탄 모든 이들의 의견을 대변할 수 있는 자를 말함이었다.

"그가 대표자요."

이기가 의미심장한 눈빛으로 자신과 표시들을 응시하는 용부의 눈빛을 피하지 않고 대꾸했다. 용부가 의외라는 듯 이기와 마충을 번갈아 보았다.

"흠, 어쨌든 좋아. 백기를 든 것은 항복의 의미로 알겠다. 선장이라면 우리의 율법(律法)은 잘 알고 있겠지? 아, 물론 지금이라도 대항을 해도 상관은 없다."

용부는 대항이란 말을 언급하며 좌중을 둘러보며 싸늘한 시선을 던졌다. 그와 눈이 부딪친 사람들이 깜짝 놀라며 황급히 고개를 숙였다. 용부의 눈빛을 견디는 사람은 역시 선장 마충과 표두 이기, 그리고 그 뒤에 서 있는 몇몇 인물들뿐이었다.

"대항할 생각은 전혀 없소. 율법 또한 잘 알고 있소."

마충이 슬며시 눈을 깔며 대꾸했다.

"좋아. 알고 있다니 피차 얼굴 붉히지 않아도 되겠군. 통행세만 적당히 낸다면 우리도 가진 것을 몽땅 뺏을 생각은 없어. 목숨도 절대적으로 보장하지. 좋은 게 좋은 것이니까. 하하하!!"

모든 재물을 빼앗고 목숨을 앗아봐야 당장은 어떨지 몰라도 장기적으론 전혀 도움이 되지 않았다. 소문이라도 나면 당장 운행하는 배의 수가 줄어들 것이고 그것은 곧 수입의 감소로 돌아온다. 어쩌면 백성들의 등쌀에 못 이겨서 관에서 나설지도 몰랐다. 두려운 것은 아니었지만 껄끄럽고 귀찮은 것만은 틀림없었다.

"어느 정도면 되겠소?"

마충이 조심스레 물었다. 모든 이들의 시선이 용부에게 향했다.

용부의 입가에 정복자의 미소가 떠올랐다. 그는 기다리다 지칠 정도로 느릿느릿한 동작으로 세 개의 손가락을 펴 보였다.

"삼 할."

이곳저곳에서 신음 소리가 흘러나왔다. 목숨을 보장받는 것은 다행한 일이었지만 삼 할이라면 결코 작은 액수가 아니었다. 대다수의 얼굴에서 곤란하다는 표정이 떠올랐다. 막상 목숨을 보장받고 나니 손해 보기 싫어하는 상인들 특유의 기질이 나타난 것이다.

헤아릴 수도 없이 많은 배를 습격했던 용부가 그것을 눈치 못 챌 리가 없었다. 당연히 그럴 줄 알았다는 듯 입가엔 미소마저 감돌았다. 그리고 그는 지금과 같은 상황을 단번에 뒤집어 버릴 수 있는 방법을 알고 있었다.

"아니면 관두고."

용부의 말이 끝나자마자 해적들의 얼굴에 살기가 피어올랐다. 소란스러웠던 갑판에 급작스런 침묵과 함께 팽팽한 긴장감이 조성되었다. 사람들은 그제야 자신들이 처한 상황, 잠시 동안 망각했던 위기감을 인식했다.

사람들의 간절한 시선을 받으며 마충이 힘없이 입을 열었다.

"알겠소. 삼 할을 바치겠소. 대신……."

"대신?"

용부가 감히 조건 따위를 다느냐는 듯한 표정으로 되물었다.

"이후의 안전은 확실히 보장해 줘야 할 것이오."

용부가 피식 웃음을 터뜨렸다.
"하하하, 당연한 것을. 이후의 뱃길은… 목적지가 어디냐?"
"항주요."
"좋아. 더 이상의 위험은 없을 것이다. 우리의 식솔들은 물론이고 다른 친구들 역시 너희들을 건드리지 않을 것임을 거룡단의 이름으로 장담하지."
"믿겠소."
다시 한 번 다짐을 받은 마충이 눈짓을 했다. 마충의 눈짓에 따라 상인들이 저마다의 목숨 값을 지불하기 시작했다.
여행객은 통보(通寶)와 지폐(紙幣)를, 대부분의 상인들은 금과 은을 준비했다. 때로는 장사를 하기 위해 준비한 물건에서 일부를 떼는 사람들도 있었는데 그들 대부분은 가난한 상인들이었다.
수하들을 시켜 갑판 위에 큰 자루를 펼쳐 놓은 용부는 느긋한 시선으로 돈을 내는 사람들을 쳐다보았다. 일일이 확인을 하지도 않았다. 맨 처음 거짓으로 몸값을 지불하다 들킨 상인의 잘린 팔과 흘린 피가 아직 식지도 않은 상황에서 감히 거짓말을 할 담력을 지닌 자는 없을 테니까.
하지만 용부와는 달리 그 밑의 해적들은 도끼눈을 부라리고 있었다. 더러는 머뭇거리는 이들에게 위협을 가하며 빨리 돈을 내어놓으라고 종용하기도 했다.
그런 종용을 당한 사람 중에 을지호도 끼어 있었다.
배를 점령한 해적들이 사람들을 배의 후미로 몰아넣었기 때문에 을지호는 난간에 기대어 앉아 있던 그 자세에서 변함이 없었다. 그런 그에게 다가온 해적 한 명이 시퍼렇게 날이 선 손도끼를 흔들며 위협을 가하는 것이 아닌가.

"뭐~어?"

을지호가 살짝 고개를 치켜 올리며 귀찮다는 듯 대꾸했다. 어이없이 쳐다보던 해적이 돌연 눈을 부라리며 소리쳤다.

"이놈이 귓구멍에다 말뚝을 처박았나! 지금껏 하는 소리를 듣지 못했다는 말이냐? 네놈은 돈을 바치는 사람들의 모습이 보이지도 않는 모양이구나!"

"그래서~어?"

속이 쓰린지 배를 살살 문지르던 을지호가 천연덕스럽게 되물었다.

말이 필요없었다. 황당해하는 표정이 떠오르는 것도 잠시, 사내의 눈가에 살기가 스치며 손도끼가 더할 나위 없이 빠른 움직임으로 을지호의 이마를 찍어왔다. 물론 그것은 사내의 생각이자 그리하려는 부질없는 의지였을 뿐이다.

을지호는 사내의 눈가에 살기가 감돌고 흔들거리던 손도끼가 다음 동작을 위해 잠시 멈추는 사이 이미 모든 행동을 마친 상태였다.

"너, 몇 살이냐?"

을지호가 짐짓 엄숙한 음성으로 물었다. 하지만 사내는 혈도(穴道)를 제압당하여 움직일 수 없는 것은 물론이고 아혈(啞穴)마저 점혈된 상황이라 대답이 나올 리 만무했다.

을지호의 표정이 돌변했다.

"싸가지없는 놈. 어따 대고 반말이야."

을지호의 손가락이 사내의 이마를 튕겼다. 점혈은 당했어도 그 감촉은 남아 있는지 사내의 얼굴이 고통으로 일그러졌다.

"보아하니 이제 겨우 스물 남짓 되어 보이는데, 할 짓이 없어서 해적질이냐? 안 그래도 기분이 더러운데 네놈들까지 나서서 설칠 건 뭐냐고? 그래, 니들 참 잘 만났다. 이놈들을 그냥… 응?"

뱃멀미로 인한 고통과 짜증을 풀어낼 상대를 드디어 만났다는 듯 상기된 얼굴로 고개를 돌리던 을지호는 조금 전과는 전혀 다른 분위기의 상황에 멈칫거렸다. 그리곤 그 분위기를 이끌어낸 사람들을 보며 고개를 끄덕이고 의미심장한 미소를 지었다.

"역시, 내 눈이 틀리지 않았군. 그냥 끝날 일은 아니었어."

최대한 충돌을 자제했던 산동표국의 모든 표사들이 분분히 검을 빼어 들고 해적들과 대치하고 있었고 나름대로 화기애애했던 갑판의 공기는 싸늘히 식어 있었다.

상인들은 물론 선장 마충마저 난처한 표정으로 한 걸음 물러났다. 이미 사태는 그가 제어할 수준을 넘어선 상태였다.

표사들의 인원이라야 고작 열 명 남짓이었다. 그에 반해 해적들의 수는 그들의 몇 배였다. 더구나 아직 이쪽으로 건너오지 않은 인원까지 포함한다면 도저히 비교가 되지 않는 전력이었다. 그런데도 표사들은 조금도 물러서지 않았다. 오히려 결의를 다지고 있었다.

뭔가를 믿는 듯한 그들의 모습, 그 중심엔 표두 이기가 아닌 전혀 다른 인물이 서 있었다. 낡지만 깨끗하게 정돈된 적삼을 입은 사내는 주변의 상황에 그다지 위축감을 느끼지 않는 듯했다.

"해보겠다는 것이냐?"

용부가 싸늘히, 그러나 약간은 어이없다는 음성으로 물었다. 사내가 주변을 훑어보며 대꾸했다.

"꼭 싸울 생각은 없소."

"그렇다면 무엇이냐? 어째서 내라는 돈은 내지 않고 무기를 꺼내 대

항하는 것이냐?'

용부의 물음에 사내가 잠시 생각에 잠겼다. 그리고 담담하면서도 힘이 실린 어조로 대답했다.

"나는 악균(岳筠)이라 하오. 악가(岳家)에 적을 두고 있소."

"악가고 나발이고… 응?"

용부의 눈이 휘둥그레졌다.

"악… 가라면 혹 산동의 그 악가를 말씀하시는 것이오?"

흠칫 놀라는 것과 동시에 던지는 용부의 음성에 미미한 떨림이 있었다. 말투 또한 비교할 수도 없이 정중해졌다.

"산동에 본 가를 제외하고 악가라 불리는 다른 곳이 있다면 모를까 없다면 생각하는 곳이 맞을 것이오."

"음."

용부의 입에서 짧은 침음성이 터져 나왔다.

산동악가(山東岳家).

과거 무림을 호령하며 이름을 떨치다가 몰락의 길을 걸었지만 절치부심(切齒腐心), 삼십여 년 전 악극(岳戟)이라는 걸출한 인물을 배출하며 다시금 과거의 위명을 되찾은 전통의 명문무가(名門武家)였다. 사람들은 몰락해 버린 남궁세가를 대신하여 산동악가를 강호 오대세가(五大世家)로 명명하는 데 주저하지 않을 정도였다.

'하필 악가라니…….'

거룡단의 세력이 아무리 막강하고 바다를 지배하고 있다지만 그것은 말 그대로 해적들의 세계에서나 가능한 일이었다. 몇몇 요직을 차지하고 있는 두령(頭領)들을 제외하고는 제대로 무공을 익힌 자들도 없거니와 또 익혔다고 하더라도 그 실력이란 하늘과 땅만큼이나 차이가 나는 것이었다.

막말로 악가와 같은 무가에서 작심하고 고수들을 파견한다면 그들이 살아남는 길은 그저 바다로 도망치는 수밖에 없는 것이다.

'젠장, 그렇다고 이대로 물러나자니 영 그렇고.'

용부의 눈에 당장에라도 공격할 듯이 살기를 내뿜으며 무기를 치켜세우고 있는 수하들이 들어왔다. 더러는 직접적으로 공격 명령을 내려 달라고 요청하기도 했다.

'멍청한 놈들. 아무리 그래도 악가의 이름쯤은 들어보았을 것 아냐!'

상대가 악균과 몇 안 되는 표사뿐이라면 충분히 승산이 있었다. 아니, 싸움 자체가 성립하지 않았다. 그냥 짓밟아 버리면 그만이었다. 문제는 그들 뒤에 악가라는 무시무시한 세력이 있다는 데 있었다. 체면과 명분에 목숨을 걸고 그것을 지키기 위해서라면 무서우리만큼 잔인하고 집요하게 달려드는 자들이 소위 말하는 명문정파들이었다. 그 끝이 어떠하리라는 것은 불을 보듯 뻔했다.

어쩔 수 없이 싸움을 하게 되었을 땐 절대로 증거를 남겨선 안 됐다. 그러자면 산동표국의 사람들뿐만 아니라 배에 승선한 모든 사람들의 목숨 또한 빼앗아야 했다. 하지만 세상에 완벽한 비밀이란 존재할 수가 없는 법. 언젠가 자신들이 저지른 일이 악가의 귀에 들어갈 것이고 틀림없이 그 대가를 받게 될 것이다.

'어쩐다. 이대로 물러나자니 체면이 말이 아닌데…….'

용부의 고심을 알기라도 하듯 엷은 미소를 지은 악균이 입을 열었다.

"한 가지 의견이 있는데 들어보시겠소?"

"말씀해 보시오."

용부가 숨통이 트였다는 듯 반기며 재빨리 대꾸했다.

"한 나라에는 그 나라만의 법도가 있소. 본 가가 비록 산동에서 조금의 이름을 얻고 있다지만 그건 어디까지나 산동에서이고 이곳에서는 바다를 지배하는 그대들의 법도를 따라야 한다고 생각하오."

"계속해 보시오."

반갑기보다는 불안감이 더해왔다. 악균이 어째서 그런 말을 하는지 이해할 수 없었던 용부가 떨떠름한 표정을 지었다.

"우선 오해는 하지 마시오. 우리는 그대들이 요구하는 돈, 목숨 값이라 해둡시다. 목숨 값을 지불할 용의가 있소. 해서 일부러 나서지 않고 있었소."

"……"

"잘 알려져 있지는 않지만 사실 산동표국은 본 가와 상당히 밀접한 관계가 있소. 국주(局主)가 본 가 출신임을 말할 것도 없고 표사의 대부분이 본 가에서 무공을 익힌 제자들이라 보면 맞을 것이오. 또한 이번 표행의 물건은 본 가에서 직접 의뢰한 물건이고… 내가 그 책임을 맡고 있소이다."

잠시 말을 끊은 악균이 용부를 똑바로 쳐다보았다. 용부가 자신도 모르게 움찔하며 몸을 떨었다.

"삼 할은 너무 많다고 생각하오만."

분위기가 무르익었다고 생각한 악균이 다소 강한 어조로 말했다.

"그 이하는 어림도 없소."

악균의 말이 끝나기가 무섭게 대꾸한 용부의 얼굴이 일그러졌다. 반사적으로 대답이 튀어나오긴 했지만 그것은 자신의 의사와는 전혀 상관없는 대답이었기 때문이다.

삼 할은 아니더라도 어느 정도 통행세를 지불할 생각이 있다는 악균의 말은 악가나 거룡단 양쪽의 체면을 해치지 않는 범위에서 문제를 해결하는 최상의 방법이었다. 그런 것을 자신도 모르게 거부하고 만 것이다.

'우라질!!'

용부가 아무런 생각도 없이 요구 조건을 거부해 버린 자신의 무지몽매함과 급한 성격을 자책하며 어쩔 줄을 몰라 할 때 악균은 악균 나름대로 인상을 찌푸리고 있었다. 그 역시 용부가 자신의 요구를 거부할 줄은 몰랐다는 표정이었다.

어색한 긴장감이 선상을 휩쓸었다. 충돌을 의식했는지 양쪽의 진영에서 뿜어져 나오는 기운이 거세어졌다.

모든 이들의 시선이 악균에게 쏠렸다. 특히 상인들의 불안감은 극에 달했다. 그들은 산동표국과 해적들 간에 싸움이 일어날 경우 자신들의 목숨이 어찌 될 것이라는 것을 너무나 잘 알고 있었다.

악균도 그들의 시선에 몹시 부담을 느꼈다. 자신들만이라면야 모를까 애꿎은 상인들의 목숨까지 희생시킬 수는 없는 노릇이었다.

"흠, 참으로 곤란하구려. 하나 좋소. 그것이 불가하다면 한 가지 제의를 더 하겠소."

"뭐든 들을 준비가 되어 있소."

용부가 치고 나가려는 수하들을 제어하며 황급히 대꾸했다.

"우리는 이 할 정도라면 그냥 지불할 의향이 있었소. 하나 그쪽에서 요구하는 것은 삼 할, 그 차이가 생각보다 크구려. 해서 해결책으로……."

답답함에 침을 삼키는 것인지 용부의 목덜미가 꿈틀거렸다.

"모든 것을 비무(比武)로 해결했으면 좋겠소."

악균의 말을 이해할 수 없었던 용부가 깜짝 놀라 되물었다.
"비… 무란 말이오?"
아닌 밤중에 봉창 두드리는 소리도 아니고 난데없이 무슨 비무란 말인가!
"그렇소. 비무를 하여 이긴 쪽의 조건을 들어주는 것으로 합시다. 그쪽에서 승리할 경우 우리는 군말없이 목숨 값으로 물건 값의 삼 할을 지불할 것이고 다행히 우리가 득을 본다면 이 할의 값을 지불할 것이오."
"흠."
괜찮은 생각이었다. 악균의 조건을 처음부터 받아들였으면 모를까 거부한 상황에서 어쩌면 이 이상의 방법은 없을 것 같았다. 비무에서 이기면 더할 수 없이 좋고―물론 벼락을 맞고 죽을 만큼의 확률만큼도 되지 않았지만―진다고 해도 상대는 명문무가의 고수였다. 애당초 말도 되지 않는 것. 잃을 것은 없었다. 더구나 승리를 거두고도 이 할의 돈을 지불한다고 하니 절대로 손해나는 일은 아니었다.
용부는 악균의 말을 듣는 순간 이미 마음을 굳혔다. 그러나 수하들의 이목도 있고 하여 잠시 뜸을 들이고 있었는데 그사이 악균이 재차 입을 열었다.
"구태여 피를 볼 필요는 없다고 보오. 목숨을 거는 비무가 아니라 어느 한쪽의 우위만을 결정하는 것으로 합시다."
결정적인 한마디였다. 께름칙한 마음 한구석을 단숨에 날려 버리는 악균의 제의에 용부가 흔쾌히 고개를 끄덕였다.
한데 용부가 입을 열기도 전 악균의 제의를 수락하는 대답은 전혀 엉뚱한 곳에서 터져 나왔다.

"꽤나 재밌을 것 같소. 그렇게 합시다."

좌중의 시선이 일제히 목소리가 들려온 곳으로 향했다.

한 사내가 다리를 건너고 있었다. 사내가 걸음을 옮길 때마다 판자로 만든 다리가 안쓰러울 정도로 휘청거렸다.

사내가 갑판에 발을 내려놓자 해적들이 일시에 무기를 치켜세우며 환호성을 질렀다. 용부에게도 보여주지 않았던 공경의 표시였다.

"소단주!"

용부가 다소 난처한 표정으로 허리를 숙였다. 사내는 용부를 쳐다보지도 않고 악균에게 포권(抱拳)을 했다.

"해웅(海熊)이라 하오."

"아, 악균이외다."

악균 또한 황급히 포권하며 인사를 했다. 얼떨결에 인사를 나누기는 했지만 악균은 자신을 해웅이라 소개한 사내를 쳐다보며 믿을 수 없다는 표정을 짓고 있었다.

정중한 어조와 묵직한 음성에 어울리지 않게 해웅의 나이는 많아봐야 약관(弱冠)이나 지났을까 의심스러울 정도였다. 그런데 덩치가 실로 장난이 아니었다. 어찌나 키가 큰지 악균의 머리가 고작 해웅의 가슴께에 이를 뿐이고 천년 거목(巨木)과 같은 허벅지는 어지간한 장정의 허리만했다. 벗어 젖힌 상체는 강철 같은 근육으로 꿈틀거렸는데 보고 있노라면 마치 웅장한 산세를 연상케 할 정도였다.

게다가 들고 있는 무기는 난생처음 보는 거부(巨斧)였다. 무기라 하기에 부르기에도 마땅치 않은, 분명 도끼의 모습을 하고는 있었지만 손잡이의 길이만 반 장이요, 날만 해도 두 자가 넘는 도끼가 존재한다는 말을 들은 적이 없었으니까.

'도대체 이런 덩치는……'

뭐라 할 말이 없었다. 사십 평생, 짧지 않은 생을 살아왔지만 해웅만큼 어마어마한 덩치를 본 적이 없었다.

비단 악균만이 아니었다. 상인들은 물론이고 해웅의 모습을 늘 보아와 이제는 만성이 되었을 법도 하련만 해적들도 여전히 놀라는 듯한 모습이었다.

'이야! 끝내주는구나. 뭐 저렇게 생겨먹은 놈이 다 있지. 군에 있을 때 한덩치 하는 놈들을 꽤나 보아왔지만 이거야 원……'

을지호는 주제도 모르고 덤비려던 해적의 손에서 빼앗은 손도끼를 이리저리 놀리며 해웅의 덩치에 연신 감탄사를 연발했다.

이렇듯 사람들이 해웅의 모습에 놀라고 있을 때 정작 해웅은 태연스레 입을 열었다.

"용 두령, 이번 비무는 나에게 맡겨두는 게 좋겠소."

부탁조로 말했지만 그것이 거부할 수 없는 명령이라는 것을 모르지 않았다.

"알겠소이다."

자신이 비록 거룡단에선 강자로 통한다지만 체계적으로 무공을 배운 고수들에겐 그야말로 조족지혈(鳥足之血)이었다. 어차피 나서봐야 얼마 못 가 패배를 인정해야 함을 알고 있던 용부는 기꺼이 자리를 양보했다. 해웅의 강함은 익히 알고 있는 터. 어쩌면 승리를 거둘지도 모르는 일이었다.

용부에게 양해를 구한 해웅이 돌연 몸을 돌리며 도끼를 세우며 예를 차렸다.

"거룡단의 소단주 해웅이오."

그것이 비무의 시작임을 알리는 신호였기에 악균 또한 검을 곧추 세우고 정중히 예를 표했다.
"산동악가의 악균이라 하오."
서로간의 통성명이 끝나기가 무섭게 해웅의 도끼가 허공을 갈랐다. 해웅은 믿기지 않는 거력으로 드는 것조차 불가능해 보이는 도끼를 젓가락 놀리듯 휘둘렀다.
도끼가 바람을 가르며 내는 파공성이 순식간에 갑판을 뒤덮었다. 해웅은 악균이 미처 반격할 여유도 주지 않겠다는 듯 끊임없이 공격을 퍼부었고 악균은 별다른 공세를 취하지 못하고 피하기에 급급해 보였다.
그런데 뭔가 이상했다. 해웅이 열심히 공격을 하는 것 같고 나름대로 승기를 잡은 듯 보였지만 사실상 그가 얻는 것은 아무것도 없었다. 해웅이 공격할 때마다 악균은 그저 침착하게 피하기만 했다. 악균의 움직임을 잡아내지 못한 도끼는 무시무시한 힘으로 갑판을 찍으며 이곳저곳에 흉한 상처를 남길 뿐이었다. 그럴 때마다 잔뜩 찌푸린 마충의 이마엔 주름살만 늘어갔다.
"뭐야, 저 녀석."
을지호가 황당하다는 듯 입을 쩍 벌렸다.
"고작 힘만 앞세우는 곰탱이잖아!"
어떻게 싸움이 진행될 것인가에 적잖이 기대를 하고 있던 을지호의 입에서 대뜸 욕이 튀어나왔다. 다행히 혼잣말이라 그런지 그의 말에 신경 쓰는 사람은 아무도 없었다.
"와아!!"
산동표국의 식솔들이 갑자기 함성을 내질렀다. 허허로운 걸음걸이로 해웅의 공격을 피하기만 하던 악균의 공세가 마침내 시작되었기 때문이다.

해웅의 도끼가 어깨 너머로 흘러가는 것을 놓치지 않은 악균의 검이 허공을 갈랐다. 적당히 상처만 입히고 비무를 끝낼 요량인지 검이 노린 곳은 도끼를 들고 있는 오른쪽 어깨였다. 일체의 헛된 동작을 배제한 깨끗한 솜씨에 보는 이들이 저마다 탄성을 내질렀다. 그러나 용부와 해적들의 입가에 걸린 것은 분명 조소(嘲笑)였다.

까깡!

날카로운 금속성과 동시에 해웅의 어깨에 적중했던 검이 크게 휘었다.

"이런!"

자신도 모르게 경악성을 터뜨리고 당황하여 자세가 흐트러진 악균의 전면으로 육중한 도끼가 날아들었다. 미처 몸을 빼지 못한 악균이 검을 들어 도끼를 막았다.

깡!

거대한 도끼와 그에 비해 초라해 보이기만 하는 검이 부딪쳤다. 도끼에서 뿜어져 나오는 무시무시한 힘을 견디지 못한 악균의 신형이 무려 오 장이나 밀려났다.

천근추(千斤錘)의 수법으로 더 이상 몸이 밀려나는 것을 막은 악균이 황당한 눈으로 해웅을 쳐다보았다. 믿을 수 없는 힘도 힘이지만 그는 조금 전에 일어났던 상황을 이해할 수가 없었다.

분명 공격은 성공이었다. 악균은 그 한 번의 공격으로 승리를 확신했었다. 한데 어깨를 파고들었어야 할 검이 조그만 상처도 입히지 못하고 튕겨져 나온 것이 아닌가.

'괴사(怪事)로군. 아니면 뭔가 특별한 능력이 있던가. 곧 알게 되겠지. 그나저나 엄청난 힘이로구나. 명검(名劍)은 아니더라도 보검(寶劍)

축에는 끼는 것인데. 어쨌든 주의해야겠어.'

악균은 한쪽이 형편없이 떨어져 나간 검의 날을 보며 가슴 한구석에 한기가 스며드는 것을 느꼈다. 단 한 번의 충돌로 검의 상당 부분이 손상된 것을 보면 도끼에 실린 힘을 능히 알 수 있었다. 자칫 잘못하여 검이 부서지기라도 하면 큰 낭패였다.

좋은 기회를 놓쳤다는 듯 거친 숨을 내뱉은 해웅이 악균을 향해 재차 돌진했다. 오 장의 거리는 그다지 먼 거리가 아니었다. 그는 순식간에 거리를 좁히며 악균을 압박했다. 덩치에 어울리지 않는 빠른 움직임에 이곳저곳에서 또다시 탄성이 터져 나왔다. 하지만 그것은 별다른 무공을 지니지 못한 상인들이나 해적들의 관점에서 본 것이었고 악균의 눈에는 별다른 위협으로 보이지 않았다.

'기초도 닦이지 않았구나. 그 따위 움직임엔 잡힐 내가 아니다.'

특별히 보법(步法)을 사용하는 것 같지는 않았다. 혹여 뭔가가 있을까 주의를 기울였지만 아무리 살펴봐도 그저 양다리를 힘껏 내뻗어 번갈아가며 갑판을 차는 것이 움직임의 전부였다.

악균은 그제야 해웅이 제대로 무공도 익히지 않은 초보자라 단정 지을 수 있었다. 그런 초보자에게 오 장이나 밀려나고 검에 손상을 입었다는 것을 떠올리자 저 발치에서부터 수치심이 치밀어 올랐다.

"타핫!"

악균의 움직임이 갑자기 빨라졌다. 좌우로 두어 번 몸을 흔들어 눈을 현혹하고 해웅이 내려친 도끼가 갑판을 찍는 사이 재빨리 그의 등 뒤로 돌아갔다. 그리고 좌측 어깨를 향해 검을 휘둘렀다. 조금 전과는 달리 상당한 힘이 실린 공격이었다.

깡!

검이 튕겨 나오며 또다시 별 성과를 거두지 못했다. 오른쪽 어깨에 이어 왼쪽 공격까지 실패한 악균의 얼굴이 일그러졌다. 그렇지만 머뭇거릴 틈은 없었다. 그사이 중심을 잡은 해웅의 도끼가 매서운 속도로 접근했기 때문이었다.

악균이 상체를 살짝 뒤로 누이고 한 발 물러섰다. 도끼가 간발의 차이로 머리를 스쳐 지나갔다. 해적들의 입에서 아쉬워하는 탄성이 흘러나왔다. 그것이 최소한의 움직임으로 공격을 피해내는 악균의 실력이라는 것을 알지도 못한 채.

"타핫!"

공격을 피한 악균이 누일 때의 배나 되는 속도로 몸을 일으켜 해웅에게 접근했다. 그리고 재차 검을 휘둘렀다. 검이 해웅의 배를 가르고 지나갔다. 하지만 이번 역시 들려온 것이라곤 철판을 긁는 듯한 괴이한 마찰음뿐이었고 잘려 나간 것은 입고 있던 옷이 전부였다.

"외공(外功)을 익혔구려. 그것도 상당한 수준으로."

잠시 몸을 뒤로 뺀 악균이 진정 감탄했다는 표정으로 말했다.

"과찬이오."

"사부님의 존함을 여쭤봐도 되겠소?"

"딱히 사부는 없소. 다만 어릴 때 얻은 책자에 나오는 대로 연마했을 뿐."

"허!"

뭐라 할 말이 없었다. 해웅의 태도로 보아 거짓을 말하는 것 같지는 않았다. 악가의 여러 고수들에 비하며 손색이 있기는 했지만 나름대로 고수라 자부하던 악균은 사부도 없이 지금의 성취를 이뤄냈다는 해웅의 말에 고개를 들 수가 없었다.

'스스로 익힌 무공이 이 정도란 말인가. 실로 부끄럽구나!'

이쯤 되면 사정을 봐줄 수가 없었다. 세금을 더 내고 덜 내고를 떠나 작게는 악균 자신과 크게는 악가의 체면과 자존심이 걸린 문제였다.

크게 심호흡을 한 악균이 자세를 고쳐 잡았다.

악균의 변화를 제일 먼저 감지한 사람은 당연히 해웅이었다.

검을 살짝 치켜세운 기세부터가 달랐다. 별다른 공격이 없었음에도 전해오는 압박감이 상당했다.

'대단하군.'

하나 해웅은 조금도 물러서지 않았다. 그가 내세울 수 있는 무기란 천성적으로 타고난 강한 힘과 단단한 몸뚱이, 그리고 누구에게도 지고 싶지 않은 투지(鬪志)뿐이었다.

한껏 내공을 끌어올린 악균은 해웅의 공격을 더 이상 허용하지 않았다. 빠른 발과 몸놀림으로 거의 일방적인 공격을 퍼부었다.

검이 움직일 때마다 검풍(劍風)이 일어 해웅의 전신을 타격했다. 머리에서 발끝까지 검이 이르지 않는 곳이 없었다. 하지만 악균의 거센 공격에도 해웅은 끄떡도 하지 않았다. 수도 없이 몸을 휘청거리고 연신 뒷걸음질치면서도 그는 쓰러지지 않았다. 다른 곳에 비해 자신할 수 없었던 얼굴 부위는 어떤 수를 쓰던지 보호하며 틈틈이 역공까지 펼쳤다. 비록 악균에 비해 한없이 느려 터진 움직임이었지만 때때로 악균이 깜짝 놀랄 만큼 위협적인 것도 있었다.

'정녕 괴물 같은 자다.'

한참을 공격했고 수도 없이 몸에 적중을 시켰지만 막상 얻은 것이라곤 해웅의 옷을 누더기로 만든 것에 불과했다. 이러다간 상대가 쓰러지기 전에 자신이 기운을 잃고 쓰러질지도 몰랐다. 은근한 불안감이 악균의 머리 속을 혼란케 만들었다.

'그럴 순 없지. 절대로! 이번 공격으로 끝낸다!'

이를 악문 악균이 최후까지 아껴두었던 내공을 모두 끌어올려 검에 주입했다. 검봉(劍鋒)에서 한 자 정도의 희뿌연 기운이 치솟아올랐다.

"거, 검기(劍氣)! 검기다!"

상선이나 털러 다닌 해적들이 검기를 쓰는 고수를 만났을 리 만무했다. 말로만 들었던 검기가 직접 눈앞에 나타나자 경악을 금치 못한 용부가 두 눈을 부릅뜨고 소리쳤다.

'호오~ 제법이네. 하나 어설퍼. 저것도 검기라 불러야 하나? 어쨌든 기세만큼은 대단한데 그래.'

흥미진진하게 싸움을 지켜보던 을지호가 용부를 비롯하여 깜짝 놀라고 있는 해적들의 반응에 피식 웃음을 터뜨렸다.

"조심하길."

상대를 염려한 것인지 아니면 무공에 대한 자신감 때문인지는 모르나 해웅에게 경고를 보낸 악균이 빙글 몸을 회전시키며 검을 휘둘렀다. 광풍제월(曠風霽月)이라는 절초로 그가 아는 최고의 무공이었다.

'온다!'

악균이 휘두른 검에서 묘한 소성이 발하며 한 자 정도 치솟았던 희뿌연 기운이 그대로 쏟아져 오는 것을 느낀 해웅은 바싹 긴장하며 양손을 교차해 얼굴을 보호했다. 그리곤 전신을 갈가리 찢을 기세로 밀려오는 검기에 대항해 몸을 피하는 것이 아니라 오히려 전진을 했다.

팔뚝을 세워 얼굴을 보호하며 전진하는 모습이 마치 상처 입은 곰이 물불을 가리지 않고 달려드는 것을 연상케 하였는데…….

꽈꽈꽝!

악균의 검기와 해웅의 몸뚱이가 부딪치자 상당한 충돌음이 선상을 뒤흔들었다. 몇몇 상인들이 그 충격을 이기지 못해 바닥에 쓰러졌지만 누구 한 사람도 넘어진 사람에 대해 신경 쓰지 않았다. 심지어 엉덩방아를 찧거나 한쪽 구석으로 굴러간 사람들도 몸을 일으키려 애쓰기보다는 충돌의 결과를 알기 위해 눈을 떼지 못했다.

"와아아아아!!"

해적들의 입에서 기세 좋은 환호성이 터져 나왔다. 반면 산동표국의 식솔들은 너무도 어이없는 광경에 입을 다물 줄 몰랐다.

무참히 쓰러져야 할 해웅이, 목숨을 잃는 정도는 아니더라도 최소한 심각한 부상을 입고 갑판을 굴러야 할 그가 악균의 검기를 정면으로 받아낸 것이었다. 더구나 몸은 멀쩡했다. 아니, 멀쩡한 정도가 아니라 전신으로 검기를 막아내며 도리어 역공을 펼치고 있었다. 물론 직접적으로 검기의 힘이 미친 팔뚝은 깊이 패어 많은 피가 흘렀지만 해웅에게 있어 그것은 상처라 불릴 만한 것도 아니었다.

꽝!

해웅의 도끼가 악균의 몸을 살짝 스치며 갑판을 찍어 눌렀다. 형편없이 부서진 나뭇조각들이 사방으로 비산했다.

악균은 이미 체력적으로 한계를 느끼고 있었다. 그동안 무수한 공격을 퍼붓느라 상당한 힘을 사용했고 거기에 무리를 해가며 감행했던 최후의 공격마저 통하지 않았다는 데서 오는 상실감이 그를 더욱 지치게 했다. 이전과 같은 움직임은 사실상 불가능했다.

하지만 해웅은 달랐다. 지친 것은 고사하고 오히려 힘이 넘치는 듯했다. 악균이 도끼를 피해 간신히 발걸음을 움직이는 사이 그는 전보다 훨씬 빠른 움직임으로 악균을 몰아쳤다. 악균은 변변히 대응을 하지 못하고 연신 뒷걸음질쳤다.

바로 그 순간, 악균에게 최악의 상황이 닥쳐왔다. 뒤로 물리던 발이 하필 해웅의 도끼에 의해 박살난 갑판에 끼어버린 것이었다.

"이런!"

악균은 급작스레 무너진 중심을 바로 세우고 갑판 사이에 낀 다리를 빼려 했다. 하나 해웅의 도끼가 그보다 조금 더 빨랐다.

'끝인가? 결국……'

악균은 머리 위로 떨어지는 도끼를 뻔히 바라보면서도 막을 방법이 없다는 것에 허탈해하며 눈을 감아버렸다. 이제 곧 엄청난 고통이 몰아치리라. 그렇지만 목숨 따위는 상관없었다. 자신의 패배 또한 문제 될 것은 없었다. 실력이 없으면 패하는 것은 당연한 이치였다.

하나 강호의 고수도 아닌 해적 따위에게 패한다는 것은 도저히 용납 될 수 없는 치욕이었다. 어쩌면 뭇 사람들의 입방아에 악가 전체가 조롱을 당할지도 모르는 일이었다. 그것이 악균의 가슴을 후벼 파고 있었다.

목숨을 걸고 하는 비무가 아니라는 말을 기억했는지 해웅은 처음 머리로 향하던 도끼의 방향을 틀어 좌측 어깨로 움직였다.

해적들은 기대에 찬 눈으로 해웅의 승리를 당연시하고 있었고 반대로 산동표국의 식솔들은 마치 초상(初喪)이라도 당한 듯 죽을상이었다.

쉬잇.

은밀한 바람 소리와 함께 아무도 예상하지 못한 일이 일어난 것은 도끼의 날이 악균의 어깨를 막 짓이기려 할 때였다.

제3장

수하(手下)를 얻다

수하(手下)를 얻다

캉!

강한 쇳소리와 함께 방향을 튼 도끼가 악균이 팔이 아닌 갑판에 박혔다.

해웅의 발 밑으로 그의 공격을 무위로 만들어 버린 자그마한 손도끼 하나가 떨어졌다.

대부분의 사람들이 무슨 영문인지 몰라 어리둥절하였지만 몇몇 눈썰미 좋은 사람들은 손도끼의 주인을 찾아 고개를 돌렸다. 해웅 또한 자신의 공격을 막고 손을 얼얼하게 만든 주인이 누군지 알고 싶어했다.

그들의 눈에 갑판의 난간에 느긋하게 기대고 앉아 다리를 꼬고는 몸이 굳은 듯 꼼짝도 못하고 있는 해적의 정수리를 톡톡 건드리며 장난치고 있는 을지호가 들어왔다.

을지호는 자신을 향해 물끄러미 시선을 던지는 해웅에게 공격을 방해해서 미안하다며 손을 흔들었다.

"미안하게 됐다. 하나 이미 끝난 싸움인데 팔까지 자를 건 없잖아. 그래도 성이 차지 않는다면… 흐흐, 내가 상대해 주지."

"마음대로."

해웅이 갑판에 박힌 도끼를 천천히 꺼내 들며 대꾸했다. 을지호는 당연히 그럴 줄 알았다는 듯 피식 웃음을 터뜨리며 천천히 몸을 일으켰다.

그사이 이기의 명을 받은 산동표국의 식솔들이 악균을 안전한 곳으로 옮겼다. 사실 누구의 부축을 받을 만큼 큰 부상을 입은 것은 아니었으나 악균은 승부에 패하고 악가의 명예를 훼손했다는 자책감에 이미 스스로를 무너뜨리고 있었다.

모든 이들의 시선을 한눈에 받으며 걸음을 옮기는 을지호, 어깨를 건들거리며 걷는 모양이 거리를 누비는 불량배들과 영락없이 닮았는데…….

일고여덟 걸음이나 걸었을까?

"으… 이건!!"

흠칫 걸음을 멈춘 을지호가 갑자기 인상을 찡그리며 서둘러 코와 입을 틀어막았다. 그리곤 반사적으로 몸을 돌렸다.

보무도 당당히 걸음을 옮기던 을지호를 가로막은 것은 다름 아닌 냄새였다. 갑판과 선실을 연결하는 통로에서부터 흘러나오는 향채 냄새. 해적들이 침입하기 전까지 요리를 하고 있었는지 향기가 제법 짙었는데 그것이 때마침 그곳을 지나가던 그의 코를 자극한 것이었다.

배의 후미에 있을 땐 순풍으로 인해 맡지 못했던 향기가 코로 엄습하자마자 간신히 진정되었던 을지호의 뱃속은 또 한바탕 난리가 났다.

허겁지겁 처음의 자리로 돌아간 그는 상체를 바다를 향해 구부리며 연신 구역질을 해댔다.

"우웩! 우웩!"

"……."

그 누구도 을지호의 행동을 이해하지 못했다. 황당하기 그지없는 상황 앞에선 살기 띤 눈의 해적들, 잠시나마 기대와 염려에 찬 눈빛을 했던 상인들과 여행객, 심지어 해웅까지도 어처구니없는 표정으로 쳐다볼 뿐이었다.

"제길! 미치겠네, 정말."

한참 만에 구역질을 멈춘 을지호가 입을 쓱쓱 문지르며 상체를 세웠다. 구역질을 하느라 많은 기운을 쏟았는지 얼굴에 핏기라곤 하나도 없었다.

"어이, 거기 외눈깔! 그래, 너 말이야!"

한쪽 눈을 안대로 가리고 긴 낫을 들고 있는 해적을 지목한 을지호가 소리쳤다. 을지호는 손가락으로 자신을 가리키다 말고 분기탱천한 사내가 뭐라 대꾸하기도 전에 호통을 쳤다.

"쳐다보긴 누굴 쳐다보는 거냐? 눈깔 없는 놈은 너밖에 없잖아! 어쨌든 거기 문 좀 닫아라."

"미친놈이 감히 뭐라 씨부리는 것이냐!"

"씨부리긴… 내가 뭐랬냐? 그냥 문이나 닫으라고."

"이……!"

독목(獨目)의 사내는 당장에라도 덤빌 듯 을지호를 노려보았다. 하나 해웅의 앞이었다. 감히 경거망동했다간 훗날을 장담하기 어려웠다. 그저 연신 씩씩거리며 화를 삭일 뿐이었다.

을지호는 그런 사내의 반응이 재밌다는 듯 또다시 염장을 지르는 말 한마디를 내뱉었다.

"망아지처럼 콧김이나 뿜어대지 말고 빨리 닫거나 해."

"네, 네놈이 정녕 죽기를 청하는구나! 오냐, 그렇게 채근하지 않아도 곧 죽여줄 테니 아가리나 닥쳐라!!"

독목의 사내가 낫으로 갑판을 꽝 찍으며 소리쳤다. 을지호의 말에 동료 해적들까지 키득거리며 웃자 미칠 지경이었다. 치미는 분노를 참기 위해 입술을 깨물었는지 사내의 턱밑으로 한줄기 핏물이 흘러내렸다.

"짜식, 싫으면 관둘 것이지. 꼭 그렇게 자해까지 해야겠냐? 누가 해적 아니랄까 봐. 철왕아!"

해적이 들이닥쳤는지 싸움이 일어났는지 알 바 없다는 듯 돛대 위에 앉아 한가로이 깃털을 고르고 있던 철왕이 주인의 음성에 우아한 호선을 그리며 날아와 어깨에 내려앉았다.

"가서 문 좀 닫고 오너라."

을지호가 살짝 어깨를 튕기며 말했다.

철왕이 어깨를 박차고 날아올랐다. 속도가 돛대에서 내려올 때와는 비교조차 되지 않을 정도로 빨랐다. 그런데 목표가 달랐다. 단 두 번의 날갯짓으로 독목의 사내에게 접근한 철왕이 대뜸 다리를 치켜들었다. 그리곤 양다리의 날카로운 발톱으로 어깨를 찍어 누르고 부리로는 정수리를 쪼아댔다.

"크아악!!"

안다 해도 피하지 못할 빠름이었다. 어찌해 볼 도리도 없이 공격을 당한 사내는 처절한 비명을 지르며 뒹굴었다. 발톱이 박혔던 어깨는 한 움큼도 넘는 살점이 뜯겨 나가고 정수리에선 피가 솟구쳤다.

"이놈아, 문 닫고 오랬지 누가 피 보고 오랬냐?"

을지호는 어느새 공격을 마치고 돌아와 앉아 있는 철왕의 머리를 살짝 때리며 인상을 찌푸렸다.

"쯧쯧, 그러게 말 좀 듣지 그랬어? 어이, 거기 문 좀 닫으쇼!"

을지호가 동료들의 도움을 받으며 황급히 지혈을 하는 사내의 모습에 혀를 차며 문 가까이에 있던 한 상인에게 소리쳤다.

방금 전 을지호의 부탁을 거부했다가 어떤 꼴을 당했는지 너무나 생생하게 목격한 상인은 철왕이 날아오를까 겁을 내며 부리나케 문을 닫았다.

문이 닫히고도 잠시, 살짝 인상을 구긴 을지호는 혹여 냄새가 남아 있을까 두려워하며 조심스레 코를 벌름거렸다. 미약하게 냄새가 남아 있긴 했지만 참지 못할 정도는 아니었다.

"미안하게 됐다. 이놈의 코가 조금 까다로워서 말이야."

을지호가 다소 민망하다는 듯 웃으며 말했다.

"그런 것은 상관없다. 그런데 너는 누구냐?"

철왕이 무표정하게 물었다.

"뭐, 이름은 차차 알게 되겠고. 그나저나 그렇게 싸우고도 아직도 기력이 남은 모양인데… 재밌어, 정말 재밌어."

해웅은 온갖 풍상(風霜)을 견뎌낸 천년거목의 모습처럼 당당히 서 있었다. 그런 해웅을 지그시 쳐다보던 을지호의 눈빛에 묘한 기운이 감돌고 있었다.

"해웅이라고 했냐?"

"그렇다."

"바다 곰이라… 하하하! 이름 한번 멋지게 지었는데 그래."

좋게 보면 여유로운 것이었지만 좋게 볼 사람은 아무도 없었다. 한없이 건방지게만 보이는 을지호의 태도에 가장 먼저 노화를 터뜨린 것은 용부였다.

"저, 저, 저런 쳐 죽일 놈을 보았나! 감히 어디서!"

분노의 불똥은 전혀 엉뚱한 곳으로 튀었다.

"뭣들 하느냐! 당장 저놈의 주둥아리를 찢어버려라! 아니면 네놈들의 모가지를 따버릴 것이다!"

그러잖아도 자신의 소단주를 어린아이 다루듯 하는 태도에 기분이 상할 대로 상하여 터지기 일보 직전이었다. 더구나 동료는 새 따위에게 부상까지 당하는 망신을 당했다. 거기에 용부의 엄한 질책까지 받자 해적들의 살기는 정점을 향해 내달리고 있었다.

거룡단의 해적들은 용부의 명이 떨어지기가 무섭게 어느 누구라고 할 것도 없이 일제히 움직이기 시작했다.

하지만 살기를 풀풀 풍기고 괴성을 지르며 달려들던 그들은 '쿵' 하고 갑판을 울리는 소리에 몇 걸음 내디뎌 보지도 못하고 걸음을 멈추었다. 해웅이 도끼로 갑판을 내리찍으며 나섰기 때문이다. 일순 행동을 멈춘 해적들이 해웅의 눈치를 살폈다.

"함부로 나서지 마라."

나직하지만 거스르기 힘든 위엄이 담긴 명령이었다.

"하지만 소단주, 저놈은……."

용부가 영문을 모르겠다는 듯 입을 열었다.

"결코 만만히 상대할 자가 아닙니다."

단박에 말을 자른 해웅이 고개를 돌렸다.

다른 사람은 몰라도 그는 을지호가 결코 만만한 상대가 아니라는 것을 직감적으로 느끼고 있었다.
　구역질을 해대는 우스꽝스러움에 그 누구도 깨닫지 못하고, 심지어 그 자신 또한 한참이 지난 후 비로소 의식하게 된 것이었지만, 을지호가 걸음을 옮기다 갑자기 몸을 돌려 제자리로 돌아가며 보여주었던 움직임은 분명 인간의 것이 아니었다. 마치 처음부터 그곳에 있었다는 듯한 착각마저 일으키게 할 정도였다. 악균도 빨랐지만 그에 비하면 기는 것만도 못했다.
　뭐라 반박을 하려던 용부는 해웅의 단호한 태도에 샐쭉한 표정을 지으며 입을 닫았다.
　"하하, 그렇게 막을 필요까지는 없었는데 말이지."
　을지호가 내키지 않는 표정으로 뒤로 물러나는 용부에게 살짝 미소를 보이며 웃음 지었다.
　"아무튼 싸우기 전에 나도 조건이나 걸어볼까?"
　"……."
　해웅의 침묵이 허락의 의미라 생각한 을지호가 말을 이었다.
　"시시하게 돈 따위가 아니야. 그래도 남자 대 남자의 싸움인데."
　"말해라."
　을지호가 기다렸다는 듯 대답했다.
　"난 승리의 대가로 네가 나의 종복… 아니, 수하라고 하는 게 낫겠군. 네가 나의 수하나 되라. 그렇다고 그렇게 겁먹을 것은 없어. 평생 쫓아다니라고는 하지 않을 테니까."
　"내가 이긴다면?"
　"하하, 대단한 자신감인데. 좋아, 내가 패하면 네가 좋을 대로 해라.

수하로 부리고 싶으면 수하로 부리고 목숨을 취하고 싶으면 취해라. 모든 결정을 너에게 맡기겠다. 응하겠느냐? 까짓 지금이라도 두려우면 물러서고. 강요하지는 않는다."

해웅을 처음 본 순간부터 중원행의 동반자로 삼고 싶었던 을지호는 그가 혹여 거절이라도 할까 봐 은근히 심기를 건드리는 말까지 늘어놓았다. 하나 그런 격장지계(激將之計)는 펼칠 필요도 없었다. 을지호의 말을 기다릴 것도 없다는 듯 해웅이 이미 자세를 잡고 있었기 때문이다.

"무기를 꺼내라!"

자세를 잡던 해웅이 을지호가 빈손인 것을 의식하곤 외쳤다. 을지호는 손을 벌리며 어깨를 으쓱이는 것으로 대답을 했다.

상대의 여유엔 그 이유가 분명 있을 터. 더구나 전신을 부르르 떨게 할 만큼 긴장감을 주는 고수였다. 보다 확실한 것은 시간이 지나봐야 알겠지만 이 정도의 고수를 만나본 적이 없었다.

"하압!"

해웅은 두말하지 않았다. 대신 우렁찬 기합성과 함께 선공(先功)을 취했다.

해웅이 휘두른 도끼가 을지호의 정수리를 노리며 날아들었다. 기세에 놀라 제법 움츠러들 만도 하였지만 을지호에게선 그런 기색을 조금도 찾아볼 수 없었다.

해웅의 도끼가 무서운 기세로 내리 꽂혔지만 을지호는 미동도 없었다. 다만 도끼의 날이 정수리에 거의 도착했을 때 상체를 살짝 비트는 것이 방어의 전부였다.

목표를 잃은 도끼가 허무하게 허공을 갈랐다. 바로 그 순간 또다시 갑판을 찍는가 싶던 도끼가 갑자기 방향을 틀어 을지호의 허리를 노리며 들이닥쳤다. 해웅의 재빠른 연결에 이곳저곳에서 탄성이 흘러나왔다.

그러나 이미 예상했다는 듯 을지호는 믿기지 않는 동작으로 허리를 뒤로 누였다. 도끼의 날이 안면과 불과 한 치의 틈을 두고 빗나갔다. 도끼가 일으킨 바람에 머리카락이 휘날렸지만 그는 한 점 흐트러짐도 없었다. 무릎을 접은 상황에서 뒤통수가 거의 갑판에 닿을 정도로 상체를 누였던 을지호는 해웅의 도끼가 허공을 가르자 재빨리 몸을 일으켰다.

"쯧쯧, 이리 느려서야 원. 좀 더 날카로운 공격을 해보지 그래."

을지호의 조롱에 해웅은 아무런 대꾸를 하지 않았다. 그저 지그시 이를 악물고 그가 지닌 모든 힘을 동원하며 보다 신중히 공격할 뿐이었다.

거대한 도끼가 춤을 추고 도끼가 일으킨 바람에 때 아닌 폭풍이 갑판을 휩쓸었다. 위에서 아래로, 좌에서 우로, 전후좌우를 가리지 않고 밀려드는 해웅의 공격에도 을지호는 여유있는 웃음을 잃지 않았다.

매서운 공격이 해일처럼 들이닥쳐도 을지호는 처음의 자리에서 고작 두어 걸음 움직였을 뿐이다. 그것도 해웅의 도끼질로 인해 갑판이 패이지 않았으면 있지도 않았을 움직임이었지만.

그렇게 일각이란 시간이 흘렀다.

끊길 줄 몰랐던 해웅의 공격이 점차 무뎌지고 악균과의 싸움에서도 흐트러지지 않았던 호흡도 몹시 거칠어졌다. 일그러질 대로 일그러진 얼굴, 눈에선 시퍼런 불길이 활화산처럼 뿜어져 나왔다. 하나 그것은 을지호에 대한 적의가 아니라 아무것도 하지 못한 자신의 무력함에 대한 분노였다.

해웅의 공격이 주춤하는 사이 을지호가 휙휙 팔을 내저었다.

수하(手下)를 얻다 81

"충분히 기회도 주었으니 이제 내 공격을 막아봐야겠지?"

뿌리를 박은 듯 굳건히 자리를 지키던 을지호의 다리가 서서히 움직이기 시작했다. 아니, 움직였다고 생각하는 순간 이미 허공을 날아 해웅의 옆구리를 걷어차고 있었다.

턱.

"음!"

둔탁한 소리와 함께 해웅의 입에서 짧은 신음성이 터져 나왔다.

"호오, 역시 단단하군. 제법 힘이 실렸는데 말이야. 어디, 다시 한 번."

을지호의 신형이 좌측으로 움직였다.

해웅이 두 번의 공격은 허용하지 않겠다는 듯 도끼로 몸을 보호하며 재빨리 좌측으로 몸을 틀었다. 하나 그의 시선이 을지호의 몸을 쫓는 사이 을지호는 이미 반대로 돌아가 있었다.

꽝.

"크윽!"

이전보다 조금 더 강한 격타음이 들리고 해웅의 입에서 터져 나오는 신음성 역시 조금 더 커진 듯했다.

"하하하! 좋아, 아주 좋아."

자신의 공격이 제대로 통하지 않았음에도 뭐가 그리 좋은지 을지호는 그저 싱글벙글한 표정이었다.

"저 양반 고생깨나 하는 것 같더니 이해가 가는구나. 꽤나 단단한 몸뚱이인걸. 하지만 그건 다른 사람의 얘기지 나한텐 아니야. 이런, 그렇게 서둘 것 없잖아. 잠시 숨 좀 돌리지 그래."

을지호가 번쩍 도끼를 쳐드는 해웅에게 손가락을 흔들곤 몸을 뒤로 뺐다. 해웅은 쫓아갈 엄두를 내지 못하고 멀뚱히 쳐다만 봤다.

어느 정도 거리를 확보한 을지호가 철왕을 불러 어깨에 앉혔다.

"옛날에 말이야, 내가 아주 어렸을 때 나를 가르치셨던 두 분 할아버님께 질문을 한 적이 있었다. 겉이 아주 단단한 적을 만나면 어찌 상대해야 하느냐고 말이야."

을지호가 철왕의 목덜미를 잡아 흔들며 말을 이었다.

"사실 이 녀석 때문이었지. 새끼 때부터 하도 비실비실하기에 집에 있는 약이란 약은 몽땅 먹였는데 이후 몸뚱이가 금강석(金剛石)보다 단단해지지 뭐냐. 말도 죽어라 안 듣고. 하하, 아무리 두들겨 패도, 심지어 검기로 공격을 해도 끄떡없는 너처럼 말이다. 해서 무슨 방법이 없을까 방법을 강구하다 여쭤본 건데… 뭐라 대답하셨을까? 크크크, 간단했어. 단단하면 더욱 단단한 힘으로 부수면 된다. 어때? 정말 간단한 이치잖아."

을지호가 철왕을 날려 보내며 악균에게 슬쩍 고개를 돌렸다.

"그리고 또 하나의 방법이 있었다. 나중에 알게 된 것이었는데 내가중수법(內家重手法)이라고 하던가? 단단한 겉은 건드리지 않으면서 속을 상하게 하는 공격 방법. 조금 전 내가중수법이 사용되었다면 패하는 것은 아마 너였을걸."

악균은 부끄러움에 차마 고개를 들지 못했다.

검기를 발출할 수 있는 고수라면 당연히 내가중수법 정도는 알고 있을 것. 어째서 무모한 공격만을 고집하다 패배를 자초했느냐는 질책이 교묘하게 담긴 말이었다. 안 그래도 심적으로 많이 힘들어하는 악균에게 을지호의 말은 또 하나의 비수가 되어 가슴을 휘저었다.

"그럼 이만 끝내볼까?"

수하(手下)를 얻다 83

손가락의 뼈마디를 우두둑거리며 나름대로 부드러운 얼굴과 음성으로 말했지만 해적들의 눈에 보이는 을지호는 한없이 사악하기만 했다.
"막을 수 있다면 최선을 다해 막아봐."
을지호와 해웅은 정확히 오 장의 거리를 격하고 서 있었다. 을지호는 조금도 움직이지 않는 듯 보였다. 하지만 마지막 말을 마쳤을 때 그는 이미 해웅의 코앞에 서서 살짝 고개를 치켜세우고 있었다.
사람들은 어째서 을지호의 신형이 해웅의 곁에 나타났는지 이해할 수가 없었다. 오직 마주하고 있는 해웅만이 뭔가가 어렴풋이 다가온다는 것을 느꼈고, 느꼈을 땐 이미 접근을 허용한 다음이었다.
급히 숨을 머금은 해웅은 그가 할 수 있는 최대한의 속도로 몸을 빼며 도끼를 휘둘렀다. 그러나 도끼가 미처 움직이기도 전에 을지호는 축이 되는 오른쪽 발을 빙글 돌려 좌측으로 움직이는 해웅의 신형을 쫓고 하늘로 치켜 올린 왼쪽 발로 어깨를 강타했다.
단순한 공격으로 보였지만 위에서부터 내리찍는 을지호의 발엔 천근의 힘이 실려 있었다. 제아무리 강한 몸뚱이를 지닌 해웅이라 하더라도 온전히 서서 그 힘을 받아낼 순 없었다.
우지직!
무릎을 꿇는 것도 모자라 해웅의 몸은 갑판을 뚫고 들어가 가슴까지 묻혀 버렸다. 하나 그는 그 정도로 쓰러질 만큼 약하지 않았다. 어깨에서부터 밀려오는 고통이 상당했음에도 단지 얼굴을 일그러뜨리는 것으로 참아낸 해웅은 갑판을 빠져나오기 위해 발버둥을 쳤다.
"역시 대단하다니까. 하지만 이게 끝이 아니라는 것은 알지?"
감탄인지 아니면 조롱인지 분간하기 힘든 음성으로 입을 연 을지호가 씨익 웃으며 해웅의 목덜미를 잡아챘다. 그리고 위로 힘껏 치켜 올렸다. 족히 이백 근은 넘게 나갈 해웅의 거구가 너무나 간단히 갑판을 빠져나왔다.

몸이 갑판을 빠져나오는 순간 때를 놓치지 않고 해웅이 팔을 휘둘렀다. 솥뚜껑만한 주먹이 을지호의 얼굴로 날아들었다. 그런데 을지호는 날아오는 주먹을 뻔히 보면서도 피하지 않았다.

퍽!

을지호의 고개가 크게 흔들렸다. 입술 한쪽이 찢어져 피가 흘렀다.

"맵군. 하지만 이 정도는 되어야 수하 될 자격이 있지."

을지호가 흐르는 피를 혀끝으로 살짝 핥으며 말했다. 그리곤 잡았던 멱살을 놓고 손을 활짝 펴 해웅의 뺨을 갈겼다.

짝~!

경쾌한 격타음과 함께 해웅의 몸이 휘청거렸다. 더 이상의 공격은 없었다. 을지호는 묘한 미소를 지으며 해웅을 응시했다.

"끄……."

괴이한 신음성을 흘린 해웅이 양손으로 머리를 감싸 쥐더니 그대로 바닥에 주저앉았다.

"하하, 괴롭지? 쪼끔 괴로울 거다."

해웅의 곁으로 다가와 쪼그리고 앉은 을지호가 유쾌하게 웃으며 말했다. 아래로 처박혔던 해웅의 고개가 을지호를 향했다.

"으으으."

뭔가를 말하려는 듯했지만 입으로 나오는 말이라곤 알아듣지 못할 신음성뿐이었다. 활화산같이 빛나던 눈빛은 간데없고 마치 꿈속에서 헤매는 듯 두 눈은 몽롱하게 풀려 있었다. 반쯤 벌어진 입에선 침까지 흘러내리고 있었다.

"어지러워 미치겠고 머리가 터질 것 같지? 내가 왜 이럴까 혼란스럽기도 하고? 하하, 귓속에는 몸의 중심을 담당하는 기관이 있는데 그곳에 타격을 입으면 천하의 어떤 고수라도 너처럼 헤매기 마련이다. 머리가 텅 빈 것 같고 세상이 빙글빙글 도는데 당해낼 재간이 있나. 다소 과하게 손을 쓴 것 같아 미안하긴 한데 곧 괜찮아질 테니까 걱정은 하지 마라. 어쨌든 몸이라는 것은 참으로 신기해. 별것 아닌 것 같은 데도 때로는 이렇게 치명적인 위력을 발휘하니까 말이야. 하하하!"

더 이상 신음 소리는 흘러나오지 않았다. 충격이 조금 완화됐는지 머리를 감싸고 있던 손도 내려졌다. 하지만 해웅의 눈은 여전히 초점을 잃고 몽롱한 상태였다.

을지호가 입가에 웃음을 지우고 제법 진지한 어투로 말을 이었다.

"금강불괴(金剛不壞)라고 들어봤지? 도검(刀劍)이 불침하고 수화(水火)도 어쩌지 못한다는 경지. 아직 본 적은 없지만 말만 들어도 대단할 것 같지 않아? 한데 말이지… 겉만 단단하다고 그런 경지에 이른 것은 아니야. 그것은 아무런 소용도 없어. 허울만 좋은, 그저 반쪽일 뿐이야. 진정 금강불괴를 이루고 싶다면 겉만이 아니라 뇌(腦)는 물론이고 몸 안의 장기까지 능히 보호할 수 있어야지. 거기에 천지가 뒤집히는 혼란 속에서도 흔들리지 않는 부동(不動)의 심기가 합쳐져야만이 진정한 경지를 이룰 수 있다. 그때야 비로소 그 어떤 공격도 통하지 않는 금강불괴를 이루었다고 할 수가 있는 것이겠지."

을지호가 잠시 말을 끊고 해웅을 살폈다.

"네가 익힌 것이 외문무공임을 감안했을 때 그 최후의 경지는 금강불괴의 이르는 것. 오늘 이후론 금강불괴의 경지를 이루는 것을 목표로 끝없이 정진해라. 도와달라면… 까짓 귀찮기는 하지만 도와줄 용의도 있다. 이상 충고 끝."

해웅은 말이 없었다. 그저 을지호의 얼굴만 뚫어져라 쳐다볼 뿐이었다. 무슨 말을 하더라도 자신은 패했다. 그것도 두말할 것도 없이 완벽한 패배였다.

잠시 후, 그의 입에서 짧은 한숨이 흘러나왔다.

'졌군. 확실하게.'

패배의 결과는 참으로 쓰디쓴 것이었다. 한데 이상하게 화가 나지 않았다. 스스로 자책도 해보고 화도 내고 싶었다. 뭐라 변명의 말도 하고 싶었지만 도무지 입이 떨어지지 않았다. 정신이 혼란스러워서 그런 것은 아닌 것 같았다. 분명 뭔가가 있는데 그것이 뭔지 알 수가 없었다. 정작 화를 낸 사람은 전혀 엉뚱한 사람들이었다.

"뭣들 하느냐! 당장 저놈의 목을 베어 소단주님을 구하지 않고!!"

해웅의 패배를 믿을 수 없다는 듯 쳐다보던 용부가 고래고래 소리를 질렀다.

"절대로 살려줘선 안 된다! 몸뚱이는 갈기갈기 찢어 고기밥으로 던져 주고 나머지 놈들도 모조리 수장(水葬)시켜 버려!"

패한 사람은 승리자의 수하가 된다. 그것이 싸움에 걸린 조건이었다. 약속대로라면 해웅은 꼼짝없이 을지호의 수하가 될 터. 무슨 일이 있어도 막아야 했다. 만약 이대로 돌아간다면 상상도 하지 못할 추궁이 따를 것이었다. 아니, 그보다는 거룡단의 미래를 생각해서라도 용납할 수 없는 일이었다.

용부가 앞장섰다. 그 뒤로 흉험한 살기를 풀풀 풍기는 몇몇 고참 해적들이 따르고 나머지 해적들은 겁에 질린 여행객이며 상인들을 을지호 쪽으로 몰며 주변을 에워쌌다. 산동표국의 표사들이 무기를 꺼내 대항하려 했지만 이미 기세에 눌렸는지라 연신 뒷걸음질치기에 바빴다.

자신은 물론이고 애꿎은 사람들까지 수장시켜 버리라는 용부의 말에 지금껏 여유롭기만 했던 을지호의 몸이 굳어졌다. 그리고 얼굴에 처음으로 그늘이라는 것이 만들어졌다.

"경고하는데, 함부로 설치지 않는 게 좋을 거다."

을지호가 용부를 향해 싸늘히 말했다.

"경고? 건방진 놈! 눈에 뵈는 게 없는 모양이로구나! 뭣들 하느냐! 놈을 당장 염왕부(閻王府)로 안내하지 않고!"

용부가 코웃음을 치며 호통쳤다. 이미 그의 머리 속엔 일방적으로 농락당하며 패한 해웅의 모습은 지워진 지 오래였다.

"아악!!"

해적들과 가까이에 있던 상인 한 사람이 쓰러지며 비명을 질렀다. 순간, 을지호의 얼굴에서 웃음이 사라졌다.

갑자기 계절이라도 변할 것일까? 갑판에 때 아닌 찬바람이 불기 시작했다. 그리고 을지호가 고개를 돌렸을 때 그것은 곧 엄청난 한기, 살기로 변해 버렸다.

"경고했지, 함부로 설치지 말라고."

높낮이가 없는 나직한 음성이었다. 을지호의 살기에 짓눌린 해적들이 멈칫하며 용부의 눈치를 살폈다.

"뭣들 하느냐! 당… 큭!"

눈치를 보는 수하들을 다그치던 용부는 더 이상 말을 이을 수가 없었다. 그의 목이 어느새 다가온 을지호의 손아귀에 잡혀 있었기 때문이다.

"아나? 배에 올랐을 때 다짜고짜 살상부터 했다면 너희들은 죽었다. 하나도 남김없이 죽었을 거다. 그러지 않았기에 두고만 봤다."

"커… 컥!"

손아귀에 힘이 들어가는지 용부가 눈을 뒤집으며 발버둥을 쳤다.

"내가 가장 싫어하는 족속들이 바로 너희 같은 놈들이다. 힘없고 가난한 사람들을 괴롭히고 재산도 빼앗고 끝내는 목숨까지 해치는 놈들."

을지호의 눈이 점점 충혈되기 시작했다.

"으악!"

을지호가 크게 팔을 휘두르자 사오 장의 거리를 날아간 용부는 갑판 한구석에 처박히며 비명을 질러댔다. 형편없이 처박힌 용부의 몸은 몇 번인가 꿈틀거리는가 싶더니 곧 잠잠해졌다.

단숨에 우두머리인 용부를 잠재운 을지호가 어정쩡하게 서 있는 해적들을 노려보았다.

"덤벼."

갑판을 휘감았던 살기가 폭풍이 되어 해적들을 휩쓸기 시작했다. 거친 바다에서 아무리 오랫동안 노략질을 했다지만 이런 종류의 살기를 경험해 보지 못한 해적들로선 실로 감당하기 어려운 기운이었다. 그때였다.

"자, 잠깐……."

중심을 잡지 못하여 비틀거리는 해웅이 을지호에게 다가왔다.

"잠시만… 기다려 주십시오."

을지호를 향해 정중히 고개를 숙인 해웅이 이내 자세를 바로잡고 버럭 소리를 질렀다.

"뭣들 하는 짓이냐! 나를… 이 해웅을 승부에서 지고도 인정 못하는

수하(手下)를 얻다

얼간이로 만들 셈이냐!!"
반박하는 사람은 아무도 없었다.
"당장 무기를 내려놔라! 비록 해적들이 모여 만든 곳이긴 하나 거룡단은 한 번 내뱉은 약속은 어겨본 적이 없다!"
그렇지 않아도 을지호의 기세에 눌려 어찌할 바를 모르던 해적들은 해웅의 추상같은 질책에 치켜세웠던 무기를 슬그머니 내려놓았다. 더러는 불만 어린 표정을 짓는 사람도 있었지만 극히 일부일 뿐이었다.
"용서해 주시기 바랍니다."
해웅이 허리를 숙이며 용서를 구했다. 수하들로 인해 얼굴을 붉히기는 했지만 용서를 구하는 해웅의 태도는 조금도 비굴하지 않고 당당하기만 했다. 을지호가 빙그레 웃음 지었다.
"너……."
해웅의 고개가 살짝 들렸다.
"마음에 든다."
"……."
거룡단의 소단주로 지금껏 많은 공경을 받았던 해웅이었다. 수도 없이 많은 칭찬도 들어봤다. 하지만 지금과 같이 심장이 터질 것만 같은 기분을 느낀 적은 단 한 번도 없었다.
무공을 익히고 처음으로 상대를 맞이했을 때의 긴장감과 떨림, 또 그 비무에서 승리했을 때 가슴에 밀려들었던 만족감과 환희도 지금의 두근거림에 비하면 아무것도 아니었다.
'마음에 든다'라는 말. 어쩌면 아무런 의미도 없이 툭 던진 한마디일 수도 있었다. 하나 그 한마디에 해웅의 심장은 그 자신조차 주체할 수 없을 정도로 뛰고 있었다.

"뭐, 뭐야! 감격할 일이 그렇게도 없었냐? 사내자식이 그 정도에 감격해하긴……. 나 이거야 원."

을지호는 해웅의 격정적인 반응을 미처 예상하지 못했다는 듯 다소 민망한 표정을 지었다.

"어쨌든 내가 이겼다는 것에 불만은 없겠지?"

"없습니다."

"그럼 당장 해야 할 일이 뭔지 알겠지?"

"물론입니다!"

힘차게 대답하며 몸을 돌린 해웅이 망연자실한 눈으로 둘의 대화에 기를 기울이던 해적들에게 명을 내렸다.

"모든 물건을 당장 돌려주고 즉시 배에서 떠나라! 나는 새로 모신 주군을 따라갈 것이다."

"소, 소단주, 그럴 수는……."

간신히 정신을 차리고 수하들의 부축을 받고 있던 용부가 고개를 흔들었다.

"용 두령, 이미 결정난 일이오. 아버님께 그리 전해주시구려."

"하, 하지만……."

"끝난 일이라고 하지 않았소. 더 이상 아무런 말도 하지 마시오."

해웅은 냉정할 만큼 차갑게 용부의 말을 끊어버렸다. 용부는 뭐라 말도 못하고 한숨만 내쉬었다. 조금은 안된 생각이 들었는지 을지호가 나섰다.

"하하, 너무 걱정하지 마시구랴. 평생 데리고 다닐 생각은 없으니까. 일이 끝나는 대로 돌려보내겠소. 이무기가 아니라 진짜 용을 만들어서 말이오. 하하하!"

용부의 시선이 을지호에게로 향했다. 모든 원인이 을지호 때문이라 생각하는 그이기에 시선이 고울 리가 없었다.

'후~ 일났군.'

뭔가 방법을 찾기 위해 아무리 머리를 굴려봐도 뾰족한 생각이 떠오르지 않았다. 그저 본채로 돌아가 엄히 추궁당할 일만 남은 것이다.

한참을 망설이던 용부가 몸을 돌리며 힘없이 내뱉었다.

"돌아간다."

단단히 결심을 굳힌 해웅의 마음을 돌리는 것이 불가능하다고 판단한 용부와 거룡단의 해적들은 통행세 명목으로 받았던 돈과 물건의 대부분을 토해내고 돌아가려 했다.

그러나 상인들은 어차피 이번 한 번만 장사를 하고 끝낼 것도 아닌지라 아무래도 눈치가 보였는지 해웅이 모조리 돌려주라 명을 했고 용부 또한 그리하려 했음에도 그들은 최초 지불했던 것에서 절반 정도는 통행세로 인정해 달라고 요청했다.

해웅은 수하들의 노고(?)도 있고 상인들이 무엇을 걱정하고 있는지 알고 있기에 한참 동안을 고민했다. 그리고 결국 을지호에게 무언의 허락을 얻어 그들의 요구를 받아들였다.

작별 인사를 할 때까지 죽을상을 하고 있던 용부와 수하들을 실은 해적선이 떠나자 멈추었던 상선도 목적지를 향해 서서히 항해를 시작했다.

남궁세가를 재건하기 위해 중원으로 향하는 을지호와 거룡단의 소단주에서 일개 수하로 변한 해웅의 여행은 그렇게 시작되었다.

제4장

선상 수련(船上修練)

선상 수련(船上修練)

여행은 무척이나 순조로웠다.

거룡단의 해적들이 돌아가고 해웅이 을지호를 수행하기 시작한 지도 이틀이 지났다.

어느덧 항주를 코앞에 둔 상선의 갑판은 생각과는 달리 몹시 한가했다. 물론 그것은 을지호가 자리 잡고 있는 갑판의 후미에 국한된 것이었지만.

"허, 무식해. 정말 무식한 방법이로다."

자리를 깔고 한가로이 갑판에 누워 있던 을지호가 낡다 못해 이제는 글씨조차 판독하기 힘들 정도로 해어진 책자 하나를 넘기며 절레절레 고개를 흔들었다.

"세상에 우리 가문만큼 무식하게 무공을 가르치는 곳이 또 있을까 했더니 이것을 남긴 사람도 못지않아. 아니지. 어쩌면 능가할지도 모르겠군."

책장을 넘기면 넘길수록 을지호의 표정은 황당함 그 자체로 변하고 있었다.

"내공심법(內功心法)은 훌륭하네. 이만하면 뭐라 흠잡을 곳이 없어. 그러나 이건 도대체가……."

내공심법을 지나 이후 적혀 있는 무공을 상기하자 그나마 살짝 빛나던 을지호의 눈동자엔 결국 황당함 그 자체만이 남아 있었다.

"그래, 좋아. 까짓 이런 말도 안 되는 무공을 만든 사람은… 뭐, 그렇다고 치자. 그런데 저놈은 뭐야? 그것을 죽어라 익히는 저놈은 또 뭐냐고!"

을지호는 질린 표정으로 책을 던지고 무공 수련에 한참인 해웅을 바라보았다.

웃통을 벗어 젖히고 무공 수련에 한참인 해웅, 사람들에게 괜한 공포심을 주지 말라는 핀잔 때문에 갑판 한구석으로 내몰린 그는 땀을 뻘뻘 흘리며 기마(騎馬) 자세를 취하고 있었다.

빡!

을지호가 시선을 돌린 것과 때를 같이해 둔탁한 격타음이 선상에 울려 퍼졌다.

"내가 미치지."

규칙적으로 귓속을 파고들며 머리 속마저 울려 버리는 타격음에 인상을 찌푸리며 벌떡 몸을 일으킨 을지호가 주먹으로 머리를 두들겼.

벌써 한 시진째였다. 상당한 시간이 흘렀음에도 맞는 해웅이나 때리는 두 수하들의 모습에선 그 어떤 흐트러짐도 찾아볼 수 없었다. 몽둥이를 휘두르는 동작 하나하나에 절도가 있고 신중한 것이 마치 종교의

식이라도 치르는 듯 진지하다 못해 경건하게까지 느껴질 정도였다.
 "지겹지도 않냐? 이제 그만 좀 하지 그래?"
 "한 시진을 채우려면 아직도 시간이 조금 남았습니다, 주군."
 막 몽둥이를 휘두르고 호흡을 가다듬던 사내가 황급히 허리를 숙이며 대답했다.
 "남긴 뭐가 남아! 정확히 한 시진 지났어. 이제 그만 해."
 을지호의 짜증 섞인 음성에 두 사내는 곤란한 표정을 지으며 멈칫거렸다. 그러자 지금껏 단 한 번도 자세를 풀지 않던 해웅이 굽혔던 무릎을 폈다.
 "알겠습니다. 그만 하도록 하지요. 너희들도 이제 그만 쉬어라."
 해웅이 옆에 놓아둔 옷가지로 흐르는 땀을 닦으며 말했다.
 "예, 소단주님."
 두 사내가 동시에 대답을 하며 허리를 숙였다.
 두 사내. 해웅과 어렸을 적부터 형제처럼 자라온 초번(草蕃)과 뇌전(雷電)은 떼어놓으려면 차라리 죽이고 가라며 막무가내로 우기며 따라온 불청객들이었다.
 태어난 곳이 풀이 무성한 풀밭이라 하여 초번이란 이름을 지니고 있는 사내는 적당한 키에 해적에겐 어울리지 않는 곱상한 외모를 지니고 있었고, 벼락이 치던 날 바닷가로 떠밀려 왔다는 뇌전은 험한 사내들만 모여 있다는 거룡단에서도 둘째가라면 서러울 정도로 강렬한 인상을 자랑했다. 그리고 을지호는 그 둘의 이름을 한번에 아울러서 번뇌라 부르고 있었다. 물론 초번과 뇌전은 질색을 하며 싫어했지만.
 "어이, 번뇌!"
 "예, 주군."

선상 수련(船上修練)

을지호의 음성에서 노기 어린 기운을 감지한 초번과 뇌전이 다소 불안한 기색으로 대답을 했다. 그들의 예상대로 을지호는 잔뜩 화가 난 표정을 짓고 있었다.

"번뇌, 너희들이 나를 진정 번뇌(煩惱)케 하는구나."

을지호가 머리가 아픈지 이마를 짚으며 고개를 흔들었다.

"무슨 말씀이신지……."

초번보다는 조금 강단이 있던 뇌전이 조심스레 질문을 던졌다.

"내가 조금 전 명령을 내렸다, 그만두라고."

을지호의 시선이 해웅에게 향했다. 을지호가 무슨 말을 하려는지 눈치 챈 해웅이 슬그머니 고개를 돌렸다.

"이 기회에 확실해 해두자. 너희들이 모시는 해웅이 나에겐 어떤 위치냐?"

"수… 하입니다."

뇌전이 아뿔싸 하는 표정을 지으며 대답했다.

"허면 내 수하의 수하인 너희들에게 나는 무엇이냐?"

"하늘입니다."

초번이 발딱 고개를 들고 재빨리 대답했다.

"뺀질거리긴. 공연한 아부 따위는 하지 말고 똑바로 대답해."

"당연히 수하입니다."

아무렇게나 옷을 걸친 해웅이 다가오며 대답했다.

"그렇다면 나의 명령이 먼저냐 해웅의 명령이 먼저냐?"

"당연히 주군의 명이……."

"네게 물은 것이 아니다, 해웅."

을지호가 정색을 하며 노려보자 해웅은 황급히 입을 닫고 말았다.

"대답해라."

"주군의 명이 먼저입니다. 죄송합니다."

뇌전이 기어들어 가는 음성으로 대답했다. 하지만 해웅은 그들이 평생을 모셔온 친구이자 형제요 주군이었고, 을지호는 고작 이틀 전에 새로 모시게 된 주군이었다. 분명 차이가 있을 수밖에 없었다. 을지호도 그것을 모르지는 않았다. 그러나 하루 이틀을 지낼 것도 아니고 처음부터 짚고 넘어갈 것은 확실히 짚고 넘어가야 해야 했다.

"지금이라도 알면 됐다. 지난 일은 더 이상 거론하지 않겠다. 차후 이런 일이 없을 것이라 믿는다."

"물론입니다, 주군."

초번과 뇌전이 질식하기 일보 직전의 상황에서 숨통이 트인 사람처럼 가쁜 숨을 몰아쉬며 대답했다.

"그리고……."

굳었던 얼굴을 펴고 어느새 예전의 모습으로 돌아온 을지호가 은근히 목소리를 깔았다.

"그… 주군이라는 말, 어떻게 다른 말로 바꾸면 안……."

을지호의 음성은 채 이어지지 못했다.

"안 됩니다!"

을지호의 말을 단번에 끊은 해웅이 버럭 소리를 질렀.

초번과 뇌전이 깜짝 놀라 두 눈을 동그랗게 뜨고 을지호는 어이가 없는 듯 헛웃음을 흘려댔다. 그제야 자신의 실수를 깨달은 해웅이 슬그머니 음성을 낮추며 말을 이었다.

"험험, 어쨌든 그것은 불가합니다. 수하 된 입장에서 주군을 주군이라 부르는 것은 너무나 당연합니다."

"수하라고 꼭 주군이라 불러야 하냐? 공자(公子)도 있고 두목… 아니지, 이건 아니군. 어쨌든 이전에도 말했지만 내가 영 불편해서 그래. 그러니 이제 그만 고집 좀 꺾어라."

주군이란 호칭 때문에 그들은 벌써 이틀 동안 지루한 언쟁을 벌였다.

을지호의 말을 전적으로 존중하고 따르면서도 해웅은 주군이란 호칭을 사용하는 것에 대해서만큼은 조금의 고집도 꺾지 않았다. 지리한 논쟁이 싫기는 했지만 그 주군이라는 소리가 왠지 듣기 거북했던 을지호는 기회가 생기기만 하면 무슨 수를 써서라도 존칭을 바꾸고 싶어했다.

"제가 누누이 말씀드리지 않았습니까? 절대로 안 됩니다. 그리고 조금 전 주군께서 번뇌… 험, 초번과 뇌전에게 말씀하신 의미가 무엇입니까? 제겐 '수하면 수하답게 처신하라' 는 말로 들렸습니다만."

"너희들이 나를 따라온 순간부터 이미 생사(生死)를 함께하는 사이, 꼭 그런 의미는 아니었다. 다만……"

"알고 있습니다, 무슨 말씀을 하시려는지. 하나 아무리 허물없이 지내고 생사를 함께한다 해도 주군은 주군이고 수하는 수하일 뿐입니다. 그것만큼은 변하지 않습니다."

"주군은 주군이고 수하는 수하라… 좋아, 그렇다면 주군 된 입장에서 내린 명령이라면?"

"죽으라면 죽겠지만 그것에 대해서만큼은 불복(不服)합니다."

을지호가 징그럽다는 표정을 지으며 한숨을 내쉬었다. 앞뒤가 막혀도 이렇게 막힐 수는 없었다.

"그럼… 형님이라 부르는 것은 어떨까?"

"뒷골목에서나 그리 부릅니다."

씨알도 먹히지 않을 소리라는 듯 해웅이 정색을 하며 말했다.

"좋아, 그렇다면 한 가지뿐이군. 수하로 하기로 한 것을 물리고 이참에 아예 형제의 예를 맺자."

을지호의 음성엔 힘이 들어가 있었다. 하나 해웅은 요지부동(搖之不動)이었다.

"차라리 저보고 죽으라고 하십시오. 그게 훨씬 빠를 겁니다."

"허!"

최후의 조건을 내걸었고 당연히 허락할 것이라 여겼던 을지호는 찰나의 망설임도 없이 튀어나오는 해웅의 대답에 어이가 없었다. 을지호의 신색을 살피며 조바심을 내는 초번과 뇌전과는 달리 해웅은 의당 할 말을 했다는 듯 당당하기만 했다.

"나원……."

더 이상 말도 잇지 못하고 기도 안 찬다는 표정으로 한참 동안이나 해웅을 쳐다보던 을지호의 얼굴에 결국 쓴웃음이 배어 나왔다.

"후~ 졌다, 졌어. 관두자. 주군이 되었든 두목이 되었든 네 마음대로 불러라."

나름대로 고집 세다는 소리를 많이 들었던 을지호였지만 결국 해웅의 우직함에 두 손 두 발 다 들고 말았다.

"정말 융통성이라곤 벼룩의 간만큼도 없구나. 좋아, 어쨌든 그것은 그렇다 치고……."

을지호가 이리저리 고개를 돌려가며 해웅의 몸을 살피며 다소 걱정스런 표정으로 물었다.

"그렇게 맞고도 괜찮은 거냐?"

해웅이 쑥스럽다는 듯 살짝 몸을 긁으며 고개를 끄덕였다.

"괜찮습니다. 매일같이 하는 일인데요 뭐. 새삼스러울 것도 없습니다."

보통의 사람이 그 시간 동안, 또 해웅이 맞았던 강도로 몽둥이세례를 받았다면 적어도 열댓 번은 더 염라대왕을 알현하고 왔을 것이다. 그러나 한 시진에 걸친 몽둥이찜질이 해웅에게 남긴 것은 고작 다소 붉게 변한 피부뿐이었다.

"하긴, 검도 통하지 않는 몸이니 이상할 것도 없겠지. 물어보는 내가 바보다. 아무튼 그 단단한 몸이 해웅, 너의 최대이자 최고의 무기다."

"감사합니다."

칭찬엔 장사가 없다던가. 해웅이 거구에 어울리지 않는 미소를 지으며 얼굴을 붉혔다.

"하지만 지금의 수준에 안주해선 안 된다는 것을 알고는 있겠지?"

"알고 있습니다."

"강해지기까지는 보다 많은 수련이 필요하다는 것도?"

"예."

"좋아. 그렇다면 나도 오늘부터 너의 수련을 도와주마."

"가, 감사합니다, 주군."

감격한 해웅이 털썩 무릎을 꿇으며 머리를 조아렸다.

"감사는 무슨, 당연한 것을. 아울러 번뇌 너희들의 수련도 오늘부터 시작하자. 해웅과는 조금 궤를 달리하겠지만 어차피 기본적인 것은 함께 익히면 된다."

"무, 무공을?"

재빨리 무릎을 꿇은 초번과 뇌전 역시 해웅과 마찬가지로 크게 감격해하며 머리를 조아렸다.

"가, 감사합니다. 감사합니다, 주군!"

을지호의 무공이 어떠한지는 지난 해웅과의 싸움에서 직접 보았고, 특히 잠깐 동안 보여주었던 신위(神威)는 보고도 믿지 못할 정도였다. 단지 몸에서 뿜어 나오는 기운에 그들 자신은 물론이고 그 많은 해적들이 꼼짝도 못하지 않았던가.

"하하, 그렇게 고마워할 것까지야 없지. 니들이 강해지면 나에게도 도움이 되는 일이고 또 우리가 어디 남남이더냐. 하지만 그렇게 쉽지는 않아. 시간도 그리 많지 않고. 최선을 다해 가르치겠지만 꽤나 힘들 거다."

"몸이 가루가 되는 한이 있더라도 죽을힘을 다해 익히겠습니다."

해웅과 초번, 뇌전이 약속이라도 한 듯 동시에 대답했다. 을지호의 입가에 흐뭇한 미소가 지어졌다.

"좋아, 그런 각오라면 충분하다. 우선 한 가지만 물어보자."

"하명하십시오."

"언뜻 보니 내공을 익히고 있는 것 같은데, 지금 익히고 있는 것이 저 책자에 있는 내공심법이냐?"

을지호가 해웅이 지닌 무공의 연원(淵源)을 알아보기 위해 잠시 읽다가 질린 표정으로 옆으로 던져 놓은 책자를 가리키며 물었다.

"예. 제가 먼저 익히기 시작하고 아버님께 청을 해 이후 초번과 뇌전도 함께 익혔습니다."

해웅의 대답에 을지호가 즉시 되물었다.

"얼마나 되었지?"

"어릴 적부터 익히긴 했지만 본격적으로 시작한 것은… 음, 가르침을 주던 양(楊) 두령이 죽은 다음부터니까 한… 오륙 년 된 것 같습니다."

해웅이 고개를 갸웃거리며 대답하자 초번이 조심스레 덧붙였다.

"육 년입니다."

"흠, 좋아. 마음에 들어."

뭐가 좋고 마음에 드는지 궁금했지만 해웅은 함부로 질문을 던지지 않았다. 그런 해웅의 마음을 알았는지 을지호가 담담한 음성으로 입을 열었다.

"모든 일엔 때가 있듯 무공에도 그것을 익혀야 하는 시기가 있다. 익힐 때를 놓쳐선 절대로 안 되지. 나이가 들어 뼈와 근력이 굳은 다음엔 아무래도 성취도 늦고 효과가 반감되거든. 그나마 해웅 네가 익힌 외공은 그런 틀에서 조금 벗어나 있지만 내공만큼은 다르다. 물론 사물도 분간하지 못할 정도로 아주 어려서도 안 되겠지만 가급적이면 몸에 탁기(濁氣)가 스며들기 전에 시작하는 것이 가장 좋아. 그런 면에서 때를 놓치지 않은 너희들은 운이 좋은 것 같다."

"그 당시 양 두령이 애를 많이 썼습니다."

초번이 공손히 말했다.

"흥, 익히기만 하면 뭐 해! 시키는 대로 하고 게으름도 피우지 않고 꾸준히 익혔지만 그래 봤자 별로 위력도 없잖아. 남들보다 그냥 조금 건강하게 만들어준 것만은 사실이지만."

퉁명스레 핀잔을 준 뇌전이 실망스런 표정으로 말했다.

'잘 모르는 모양이군, 자신들 몸에 꽤나 많은 기운이 잠재해 있는 것을. 내공이 있음에도 그것을 제대로 활용하지 못한다는 것은 너희들을 가르친 양 두령인가 하는 자의 안목과 실력이 일천해서 그런 것이다.

그럼에도 어긋나지 않고 지금에 이르다니… 기초가 정말 제대로 잡혔어. 보다 뛰어난 실력을 지닌 사부를 만났으면 훨씬 더 좋았을 것을. 조금은 아쉽기도 하군. 훗, 어쨌든 재수가 좋은 건지 아니면 무공이 좋은 건지…….'

불평을 늘어놓는 뇌전을 바라보며 을지호는 의미심장한 웃음을 짓고 있었다. 그리곤 어쩌면 내공심법이 지닌 현묘함이 그들을 이끌었을지도 모른다는 것을 생각을 하며 또 한 번 책자에 시선을 주었다.

겉 표지는 손때가 묻어 새까맣게 변해 있었고 제목마저 보이지 않는 책자는 바닷바람의 힘을 빌려 스스로 책장을 넘기고 있었다.

책이 담고 있는 무공은 두 가지였다.

하나는 현원기공(玄元氣功)이라는 내공심법이었고 다른 하나는 말도 안 되는 수련법으로 해웅의 아버지이자 거룡단의 단주인 해청(海靑)을 어이없게 만든, 그저 외자로 극(極)이라 표현한 외문무공이었다.

처음 노략질한 수확물에서 우연찮게 한 권의 책을 발견한 해청은 그 내용을 살피다 쓸모없는 무공이라 생각하고 버리려 하였다. 하지만 천만다행히도 책의 전반부에 나와 있는 현원기공의 내용이 그의 뇌리를 맴돌아 차마 버리지 못하고 막 일곱 번째 생일을 지난 아들 해웅에게 전해 익히게 하였다. 그것이 지금에 이른 것이었다.

"괜스레 쓸데없는 생각이나 걱정은 하지 말고 수련에 힘써. 절세의 신공(神功)이라 부르기엔 다소 무리가 있지만 현원기공은 네가 생각하는 그저 그런 내공심법이 아니니까."

"정말입니까?"

뇌전이 깜짝 놀라 되물었다.

"거짓말처럼 들려? 거짓말은 해서 뭐 하게?"

선상 수련(船上修練) 105

"아, 아닙니다."

손사래를 치는 뇌전의 얼굴이 환해졌다. 옆에서 듣고 있던 해웅과 초번의 표정 또한 뇌전과 다르지 않았다.

"쯧쯧, 그렇게도 좋을까."

을지호는 좋아 어쩔 줄을 모르는 해웅 등을 보며 혀를 찼다.

"그건 그렇고… 무공을 가르치려면 우선은 실력을 좀 알아봐야겠지? 뭐, 대충 감은 잡았지만 말이야. 철왕아."

철왕이 우아한 자태로 날아와 을지호가 내민 팔뚝에 와 앉았다. 두어 번 깃털을 쓰다듬어 준 을지호가 철왕을 다시 날리며 뇌전을 불렀다.

"뇌전, 실력 발휘 한번 해봐."

"예? 그럼 실력을 본다는 것이……."

철왕이 보통 매가 아니라는 것은 그도 알고 있었다. 이틀 전 동료를 공격하여 꽤나 큰 부상을 입히는 것도 보았으니까. 하지만 그는 그런 결과가 나오게 된 것엔 철왕의 움직임이 빠르기도 했거니와 동료가 방심한 탓이 더욱 컸다고 생각하고 있었다. 아니, 그런 모든 것을 떠나 매하고 비무라니.

뇌전의 얼굴이 떫은 감을 씹은 듯 일그러졌다.

"아무리 그래도 그렇지 어떻게 매하고 비무를……."

함부로 화도 내지 못하고 울상을 짓는 뇌전에게 을지호가 싱긋 미소를 지으며 턱을 치켜 올렸다.

"하하, 여유만만인데 그래. 그런데 불만을 털어놓을 시간이 있을까? 나 같으면 당장 몸조심부터 하겠는데 말이지."

을지호의 말이 끝나기가 무섭게 뇌전의 고개가 뒤로 꺾였다.

그의 시야에 어마어마한 속도로 돌진해 오는 철왕의 모습이 잡혔다. 활짝 폈던 날개를 어느샌가 접고 부리를 앞세우며 날아드는 철왕은 마치 시위를 떠난 한 자루 화살과도 같았다.

"뭐, 뭐야!"

보았다고 생각한 순간 이미 눈앞까지 도달해 있었다. 뇌전은 철왕의 가공할 움직임에 기겁하며 들고 있던 몽둥이를 휘둘렀다. 급히 휘둘렀음에도 몽둥이는 철왕이 날아오는 방향을 정확하게 차단하고 있었다. 평소 다른 것은 몰라도 몽둥이질이라면 세상 그 누구에게도 뒤지지 않을 자신이 있다고 큰소리치던 뇌전의 말대로 그저 놀라 바라만 보다 요절이 났던 동료 해적과는 차원이 다른 반응이었다.

'호오~'

뇌전이 그토록 빠르게 대항할 줄 몰랐다는 듯 을지호의 눈에 놀람의 빛이 떠올랐다. 극히 잠시였지만.

그의 반응을 설명이라도 하듯 회심의 미소를 짓던 뇌전의 입에서 다급한 신음성이 터져 나왔다. 그것은 이후 뇌전이 겪어야 할 고달픈 시련의 전조를 알리는 소리였다.

접었던 날개를 활짝 펴서 급작스럽게 속도를 줄이고 간단히 몽둥이를 피해낸 철왕은 날카로운 발톱으로 뇌전의 가슴을 할퀴었다. 발톱이 스쳐 지나간 곳의 옷이 찢어지고 피부에선 피가 배어 나왔다.

"빌어먹을!"

이를 악문 뇌전이 재차 몽둥이를 휘둘렀지만 철왕은 이미 몸에서 떨어져 나간 뒤였다. 한낱 미물에게 망신을 당했다는 생각에 화가 머리 끝까지 치솟은 뇌전이 발을 구르며 분해했다.

무엇보다 을지호가 짐짓 화난 표정을 지으며 '어허, 이놈아. 누가 피를 보라고 했느냐! 살살하지 못해!' 라고 철왕을 나무라는 말엔 죽고 싶은 심정이었다.

 첫 번째 공격을 성공시킨 철왕은 서두르지 않았다. 뇌전의 머리 위에서 유유히 선회하며 기회를 노렸다. 같은 망신을 또다시 당하기 싫었던 뇌전은 바싹 긴장된 눈으로 철왕의 움직임을 살폈다.

 그런데도 철왕은 너무나도 유유히 뇌전의 방어막을 뚫고 들어와 공격을 성공시켰다. 다만 을지호의 호통이 효력이 있었는지 큰 상처를 내지는 않고 그저 살짝 건드리고 물러날 뿐이었는데 그것이 더욱 수치스러웠던 뇌전은 공격이 있을 때마다 미친 듯이 몽둥이를 휘둘렀다. 그러나 극도로 흥분한 상태에서의 동작으론 철왕의 움직임을 쫓아가기에 무리가 있었다.

 철왕은 뇌전이 들고 있는 몽둥이의 사정권을 정확하게 파악하고 있다는 듯 그것을 역으로 이용하는 영특함마저 보여주고 있었다. 접근하는 척 날갯짓을 하여 몽둥이를 유인하고 몽둥이가 헛되이 허공을 가를 때 재빨리 날아들어 머리, 어깨, 가슴을 할퀴고 쪼아댔다. 심지어는 가랑이 사이로 빠져나가면서 사타구니까지 툭 건드리며 자존심을 긁어댔다.

 "그만 했으면 된 것 같다. 이리 와라."

 시간이 가면 갈수록 뇌전에 대한 철왕의 일방적인 공격은 더욱 거세어지고 뇌전이 거의 전의를 상실할 쯤 을지호가 휘파람을 불어 철왕을 불러들였다.

 털썩.

 철왕이 물러가고 공격이 끝나자 뇌전은 그 자리에서 주저앉고 말았다. 그리고 멍하니 고개를 돌려 을지호와 그의 어깨에 올라 태연히 깃털을 고르는 철왕을 바라보았다. 도대체 지금까지 어떤 일이 일어났는지 이해를 하지 못하겠다는 듯 허탈하고 참담한 표정이었다.

비단 뇌전만이 아니었다.

낭패를 당하는 뇌전의 모습을 보며 처음엔 웃고 떠들던 초번과 해웅의 얼굴도 굳을 대로 굳어져 있었다. 웃음은 이미 천 리 밖으로 사라지고 없었다. 뇌전과 철왕의 싸움을 곁눈질로 흥미롭게 지켜보던 선원과 상인들은 역시 연신 탄성을 토해내며 벌어진 입을 다물질 못했다.

"쯧쯧, 그러게 내 조심하라고 했지? 이렇게 얌전히 앉아 있지만 이놈이 얼마나 음흉한 놈인데."

그 순간 사람의 말을 알아듣기라도 하듯 깃털을 고르고 있던 철왕이 움직임을 딱 멈추고 을지호를 노려봤다.

"고개 돌려, 이놈아. 내가 너를 알고 네가 나를 아는데. 어쨌든 수고는 했다."

눈을 부라리다 마지막엔 미소로써 철왕을 보듬어준 을지호가 철왕을 날려 보냈다. 철왕은 할 일을 다했다는 듯 돛대 위로 올라가 자리를 잡았다.

잠시 철왕의 모습을 지켜보던 을지호는 갑판에 주저앉아 고개를 처박고 일어날 줄 모르는 뇌전의 앞으로 걸어갔다. 그리곤 별다른 말도 없이 느릿느릿한 걸음걸이로 주변을 거닐었다.

한 번, 두 번, 세 번… 뭔가 의미가 있다고 생각한 뇌전이 슬그머니 고개를 쳐들었다. 해웅과 초번은 한참 전부터 눈을 말똥말똥 빛내며 을지호의 움직임을 주의 깊게 살펴보고 있었다.

똑같은 보폭과 일정한 방향으로 걷기를 몇 차례, 그가 지나간 자리에 희미하게나마 발자국이 남아 있었다.

선상 수련(船上修練)

"좋아. 지금부터 내 말을 잘 듣도록."

갑자기 발걸음을 멈춘 을지호가 말했다. 해웅을 중심으로 좌측에 초번, 그리고 허겁지겁 몸을 일으킨 뇌전이 우측에 섰다. 뭔가를 잔뜩 기대하는 얼굴이었다.

"내가 너희들에게 처음 가르쳐 줄 무공은 보법이다. 그 이유는 알고 있겠지?"

"……."

"으이구! 알았으니까 서로 눈치는 보지 마라. 이제부터는 가급적 질문은 자제하도록 하겠다. 내가 처음으로 보법을 선택한 이유는 특별한 이유가 있는 것은 아니다. 다만 지금 너희들에게 가장 필요한 것이 보법이라 여겼을 뿐이지."

잠시 말을 끊은 을지호가 뇌전에게 시선을 주었다.

"조금 전 싸움을 상기해 보자. 네가 패한 이유는 너무나 간단하다. 뭐라고 생각하냐?"

"느렸습니다."

부끄러움에 얼굴을 붉힌 뇌전이 머리를 긁적이며 대답했다.

"제대로 알고 있군. 그래, 느렸다. 형편없이 느렸지. 철왕이 아무리 빠르다 해도 그것은 오직 공중에서 하강할 때로 국한된다. 만약 네가 보법에 대해 조금의 조예만 있었더라도 그렇게 일방적으로 당하지만은 않았을 거다. 조금 더 거슬러 가볼까?"

을지호의 눈이 해웅에게 향했다.

"이틀 전, 악가의 무인과 싸움을 했을 때 비록 승리를 거두긴 했어도 그것은 어디까지나 단단한 몸뚱이와 운이 작용했기 때문이야. 내 기억으론 너는 상대의 움직임을 단 한 번도 따라잡지 못했다. 아, 한 번은 있었던가? 그의 발이 부서진 갑판 사이로 빠졌을 때."
 "그렇습니다."
 대답을 하는 해웅도 뇌전처럼 부끄러워하는 모습이었다.
 "그렇다고 그리 부끄러워할 건 없다, 이기긴 이겼으니까. 하나 항상 그런 요행을 바란다면 안 되겠지? 절대로 자만하지 마. 그랬다간 언젠가 후회할 날이 오게 될 것이고, 후회를 하는 순간엔 이미 돌이킬 수 없는 법이니까."
 부끄러워하는 해웅의 모습에서 자만심은 조금도 찾아볼 수 없었지만 혹시 모를 노파심에 단단히 경고를 한 을지호는 담담한 어조로 본격적인 설명을 시작했다.
 "싸움에 승리하기 위해 필요한 요인은 헤아릴 수도 없이 많다. 무공을 마음껏 펼칠 수 있는 내공도 필요하고, 적당한 무기도 필요하겠고… 감당하지 못할 강한 상대를 만나도 이길 수 있다는 자신감, 두려움을 느끼더라도 이를 극복하고 도리어 투기(鬪氣)로 바꿀 수 있는 정신력도 없어서는 안 되는 것이다. 아, 그리고 뇌전과 철왕의 싸움에서 보았듯 어떤 상황에서도 냉철한 이성을 잃지 않는 부동심(不動心)도 빠질 수는 없겠지. 또 싸움을 벌이는 지형지물이 승패를 좌우하기도 하고 심지어는 그날의 날씨도 중요한 요소가 될 수 있다."
 해웅 등은 혹여 한마디라도 놓칠까 정신을 집중해 귀를 기울였다. 그것이 마음에 들었는지 을지호의 음성에 보다 힘이 실렸다.
 "하지만 나는 무엇보다 상대의 움직임을 압도할 수 있는, 아니, 압도는 못하더라도 최소한 상대에게 뒤지지 않는 움직임을 갖추고 있어야 한다고 생각한다. 아무리 무공이 뛰어나고 훌륭한 무기로 공격을 한다 해도 적중시키지 못하면 아무런 소용도 없는 것이잖아. 안 그래? 아무튼 가장 효과적인 공격은 최소한의 힘과 움직임으로 상대를 제압하는 것이고, 그 기초가 되는 것이 바로 보법이다. 물론 따로 무공을 익히지 않아도 몸이 날랜 사람이 있으나 반드시 한계가 있기 마련인 법이지."

을지호가 자신이 만들어놓은 발자국을 가리켰다.

"그런 이유로 나는 우선 간운보월(看雲步月)이라는 보법을 가르치려 한다. 대충 눈치 챘겠지만 갑판에 만들어놓은 발자국은 보법을 익히기 위한 보로(步路)야. 원래 보법이라는 것도 내공을 바탕으로 하는 것이지만 너희들은 아직 몸에 쌓인 기운을 다스리지 못하니 우선은 보로만 익혀라. 기의 운용법은 조만간 따로 가르쳐 줄 테니까. 참, 배가 언제 도착한다고 했지?"

"내일 아침경에는 도착한다고 들었습니다."

초번이 재빨리 대답했다.

"흠, 그렇다면 채 하루가 남지 않은 셈인가. 충분하군. 그때까지 외울 수 있겠지?"

"예? 부, 불가능합니다. 그 짧은 시간에 어찌 익히란 말입니까?"

해웅이 황당한 표정으로 되물었다.

"누가 익히라고 했냐? 저게 단순해 보여도 걸음걸음마다 얼마나 많은 변화들과 그때마다 필요한 기의 운용법이 숨겨져 있는데. 더구나 한 문파의 저력이 담겨 있는 보법을 하루 만에? 어림 반 푼 어치도 없는 소리지. 내가 말하는 것은 그저 단순히 보로만을 외우라는 것이야. 그 안에 깃들어 있는 변화와 의미 따위는 생각하지 말고 지금은 그냥 방향만."

"아, 알겠습니다."

그제야 을지호의 말을 이해한 해웅이 멋쩍은 미소를 지으며 고개를 끄덕였다.

"제대로 된 보법 하나만 익히고 있으면 공수에 있어 탁월한 힘을 발휘할 수 있다는 것을 명심하고 최선을 다해. 아, 그리고 한 가지 더."

말을 마치려던 을지호가 갑자기 생각났다는 손에 각지를 채우며 나직하게 말을 했다.

"배가 도착할 때까지 못 외우는 인간은 철왕과 싸울 각오를 해."

"크……."

"처, 철왕……."

을지호가 마지막으로 던진 한마디는 해웅의 입가에 걸린 미소, 드디어 무공다운 무공을 익히게 되었다는 생각에 몸을 떨고 있는 초번과 뇌전의 들뜬 마음을 날려 버리기에 충분했다.

셋의 시선이 일제히 돛대 위의 철왕에게 향했다. 철왕은 화답이라도 하듯 날개를 활짝 펴주었다.

항주에서 해남도로 출발하는 배에 오르기 직전, 을지호는 해웅 등에게 자신이 어째서 중원에 왔는지 그 진정한 이유를 설명했다. 도산(刀山)이 길을 막고 검림(劍林)의 흉험한 기운만이 자신들을 기다리고 있다고 말했다. 지금 지닌 무공으론 목숨을 장담할 수 없다고, 고향으로 돌아갈 수 없을지도 모른다는 경고와 함께.

그리고 그들에게 최후의 선택을 하게 했다. 하지만 발길을 돌리는 사람은 아무도 없었다. 오히려 '저희들에게 신의를 저버리는 소인(小人)이 되라는 것입니까!' 라는 해웅의 거센 질타만 들었을 뿐이다.

을지호는 그저 씨익 웃는 것으로 그들의 마음을 받아들였다.

을지호가 그들을 수하로 받아들이고 그들이 을지호를 진심으로 따르기를 결정한 순간부터 해웅과 초번, 뇌전의 신분은 과거 바다를 주름잡던 거룡단의 해적에서 남궁세가의 무인으로 바뀌었다.
　배에 승선하자마자 갑판 한쪽 구석을 차지하고 앉은 을지호 일행은 잠을 잘 때와 요기를 위한 잠깐의 시간을 제외하고는 오직 무공을 가르치고 익히느라 온 힘을 다했다. 특히 을지호로부터 앞으로의 행보를 전해 들은 이후부터 해웅 등이 보여준 노력은 실로 눈물겨웠다.
　남궁세가가 어떤 곳이던가.
　지금은 비록 몰락했다지만 그 이름 하나만으로도 세인들의 추앙을 받던 곳이었다. 그런 가문을 재건하기 위함이라 했다. 아무리 잘나야 일개 해적뿐이었던 그들이 어쩌면 그 대역사(大役事)의 주역이 될 수도 있는 것이다. 잠깐의 게으름도 용납되지 않았다.
　해웅 등에게 무공을 가르치기 위해 을지호가 가장 먼저 한 일은 지난번과 마찬가지로 갑판에 발자국을 남기는 것이었다.
　해웅과 초번, 뇌전은 항주에 도착하기 전 하루 만에 간운보월의 보로를 익히라는 을지호의 명령을 지켜내지 못했다. 다만 예상보다 배가 일찍 도착하는 바람에 철왕과의 비무를 요행히 피할 수 있었지만 이번엔 달랐다. 피할 길은 없었다. 방법이 있다면 오직 을지호가 제시한 시간 내에 익히는 것뿐이었다.
　일전의 비무를 통해 철왕의 무서움을 익히 알고 있던 뇌전은 물론이고 뇌전과 같은 꼴을 당하지 않기 위해 해웅과 초번도 죽을힘을 다해 수련에 임했다. 하나 태어나 난생처음 제대로 된 무공, 그것도 시중잡배들이 익히는 그저 그런 무공이 아니라 남궁세가의 고수들이 오랜 세월 동안 익히고 발전시켜 온 보법 중 하나를 익힌다는 것이 결코 쉬운 일이 아니었다. 그들 중 누구도 을지호와 약속한 시간을 지키지 못했다.

제시간에 해내지 못한 그들에게 돌아온 것은 철왕과의 비무였다.

철왕은 주인의 기대에 부응하며 그들을 철저하게 농락했다. 특히 옷이 찢어지고 이곳저곳에 상처를 입고 울상인 초번과 뇌전과는 달리 자신의 몸을 믿고 대항하던 해웅은 철왕이 정수리를 집중적으로 쪼아대는 통에 하마터면 머리에 구멍이 날 위험에 처하기까지 했다.

철왕과의 비무를 통해 상처 입은 자존심은 그들의 분발을 더욱 촉진시켰다. 그리고 마침내 을지호가 고개를 끄덕일 정도로 간운보월의 보로를 완전히 숙지할 수 있었다. 배에 오른 지 꼭 나흘째 되던 날이었다.

간운보월의 보로를 어느 정도 숙지한 그들에게 주어진 다음 무공은 검법이었다.

창궁무애검법(蒼穹無涯劍法).

남궁세가 무공의 시작이요 끝이라 할 수 있는 무공이었다.

구결과 기수식(起手式)만을 가르치는 데 걸린 시간이 무려 닷새였다. 이후 가장 기초적인 검로(劍路)를 가르쳤고, 어느 정도 진전이 보이자 검로에서 서서히 벗어나 변초를 가르쳤다.

또한 을지호는 검법을 펼칠 때의 몸놀림을 상당히 중시하여 가르쳤는데, 아무리 단순한 동작을 행할 때라도 반드시 간운보월의 보법을 이용해 몸을 놀리게 만들었다. 처음엔 어색하기도 하여 발이 꼬이고 자세 또한 영 이상하기도 했지만, 그것은 피나는 수련으로 극복할 수 있는 것이었다.

그렇게 한 달이란 시간이 흘렀다.

결코 짧다고만 말할 수 없는 한 달이란 기간은 간운보월과 창구무애검법 단 두 가지의 무공을 배우는 데에는 너무나 짧은 시간이었다. 순간의 낭비도 없이 일각을 아끼고 또 아껴 수련에 힘썼지만 시간은 무심히 흘러 항주를 떠난 배는 어느덧 해남도를 지척에 두고 있었다.

"그만. 지금 뭐 한 거냐, 뇌전!"
막 창궁무애검법의 세 번째 초식 창궁조화(蒼穹調和)를 펼치고 호흡을 가다듬고 있던 뇌전은 을지호의 목소리에 흠칫 놀라며 황급히 허리를 숙였다.
"뭘 했냐니까!"
인사를 받지도 않고 호통 치는 을지호의 인상은 잔뜩 구겨져 있었다.
"예? 그게……."
조금 전만 해도 칭찬을 하며 많이 늘었다는 을지호의 말에 한참 기분이 좋았던 뇌전은 갑작스런 호통에 몹시 당황한 눈치였다.
"창궁조화 맞냐?"
"예."
"어딜 봐서?"
을지호는 웃기지도 않는다는 듯 콧방귀를 뀌며 되물었다.
"그것이… 그러니까……."
"일초식인 창궁약연(蒼穹躍鳶)은 빠르며 경쾌하다. 이초식인 창궁무한(蒼穹無限)은 담대하면서도 부드럽다. 그리고 삼초식인 창궁조화는 말 그대로 일초식과 이초식을 조화시킨 것이다. 빠르면서도 부드럽고 경쾌한 듯하면서도 장중한 기운이 솟구친다. 한데 뭐냐? 지금 네가 펼친 것은 빠르지도 않고 경쾌하지도 않다! 부드러우면서 장중한 기운 또한 전혀 느낄 수 없다!"

뇌전을 질책하는 을지호의 기세는 가히 추상과 같았다.
"춤이냐?"
"아, 아닙니다."
"아니면? 내 눈엔 춤으로밖에 안 보인다. 창궁조화가 지닌 기운은 전혀 보이지 않았다. 있다면 그저 겉멋뿐. 이제 겨우 검로를 깨우친 주제에 화려한 멋을 부리려 하질 않나, 또 누누이 강조했던 발놀림은 어디 간 것이지?"
화끈하게 얼굴이 달아오른 뇌전은 부끄러움에 고개를 들지 못했다.
"세상 그 누구도 그런 한심한 공격에 두려움을 느끼지 않는다. 오히려 비웃음만 사겠지. 조금 늘었기에 칭찬해 주었더니 더욱 분발할 생각은 하지 않고……."
"죄, 죄송합니다."
뇌전이 무릎을 꿇으며 용서를 구했다. 을지호는 뇌전에게 뭐라 말을 하지 않고 대신 초번을 불렀다.
"초번."
"예, 주군."
옆에서 뇌전이 혼나는 것을 조마조마한 심정으로 지켜보던 초번이 부리나케 달려왔다.
"너도 마찬가지다. 검법을 익힐 때 네 모습은 뇌전과는 달리 기본에 충실한 것 같아 마음이 놓인다. 이는 너의 검법이 뇌전의 수준까지 오르지 못했기에 애당초 그런 마음이 들지 않는 것이니 논할 필요도 없겠지. 그러나 뇌전보다 우위에 있는 보법에선 뇌전의 검법과 같은 모습이 보여."
"송구합니다."

초번도 재빨리 무릎을 꿇으며 용서를 구했다. 나란히 무릎을 꿇고 부끄러움에 고개를 들지 못하는 초번과 뇌전, 이를 무심히 바라보던 을지호가 다소 누그러진 음성으로 말을 이었다.
"물론 화려한 것이 아주 나쁘다는 것은 아니다. 하지만 그것은 어느 정도 경지에 올라 형식에 구애받지 않고 수발(受發)을 자유자재로 할 수 있는 사람이나 가능한 것이지 한참 기초를 닦아야 할 너희들이 흉내 낼 것이 아니야. 검법이든 보법이든 가장 중요한 것은 밖으로 내보이는 겉모습이 아니라 최소한의 힘으로 상대를 제압하거나 자신을 보호하는 것에 있음을 반드시 명심해."
"예."
초번과 뇌전은 동시에 대답을 했다. 그러나 여전히 고개를 들지 못했다.
'내가 너무 심했나? 흠, 어쩔 수 없지. 한 번 정도는 제동을 걸어줄 필요가 있는 법이니……'
비록 시작은 어설프고 느렸지만 하루, 이틀, 사흘… 시간이 지나면서 초번과 뇌전의 몸속에 아무도 모르게 숨어 있던 잠재력이 무서운 힘을 발휘하기 시작했다.
그리고 한 달이 지난 지금 그들의 실력은 을지호마저 입이 쩍 벌어질 정도로 엄청나게 는 상태였다. 특히 초번과 뇌전은 정반대의 성격처럼 저마다 얻는 성취가 달랐는데, 같은 무공을 배우면서도 뇌전은 검법에 탁월한 조예를 보였고 초번은 보법과 경공에 타의 추종을 불허할 정도였다.
하지만 좋은 일에 언제나 마(魔)가 끼기 마련이었다.
최근 들어 슬슬 그런 조짐이 보이기 시작했다. 그들이 처음 무공을 배우던 초심을 잃고 점점 자만심에 빠져 쓸데없는 곳으로 눈을 돌리는 것이었다. 물론 큰 문제가 될 정도는 아니었지만 이해할 수 없을 만큼 빠르게 실력이 늘었다는 것은 반대로 엉뚱한 길로 빠질 위험 또한 크다는 것과 상통했다. 그것만큼은 경계해야 했다.

을지호는 기가 죽은 그들의 모습을 바라보며 엷은 미소를 지었다.

'후~ 그래도 정말 잘해주었다. 그 짧은 시간에 이 정도까지 해낼 줄은 정말 상상도 못했는데. 하지만 해웅……'

을지호의 시선이 한쪽에서 기마 자세를 하고 있는 해웅에게로 향했다. 그는 자신도 모르게 엄지를 치켜세웠다. 그리곤 바로 앞에 무릎 꿇고 있는 초번과 뇌전도 듣지 못할 작은 음성으로 조용히 읊조렸다.

"네가 최고다."

을지호의 말은 진심이었다.

인정이라곤 눈곱만치도 없는 몽둥이질에 하루에도 수백 번씩 갑판 구석에 처박히며 몸을 단련한 지 벌써 한 달. 을지호는 웬만한 고수가 아니고선 그의 몸에 어떠한 상처도 입힐 수 없다고 확신하고 있었다.

'후후, 아무리 봐도 미련한 놈이야. 그것이 너를 가장 빛내주는 무기지만.'

해웅을 바라보는 을지호의 입가에 따뜻한 미소가 지어졌다.

바로 그때였다.

을지호 일행의 기세에 눌려 지금껏 함부로 떠들지도 못하던 배에 일대 소란이 일었다. 그리고 누군가의 외침이 선상에 울려 퍼졌다.

"해남도다!"

목적지에 도착했다는 기쁨과 동시에 숨을 조이는 긴장감에서 벗어났다는 안도감이 함께 뒤섞인 음성이었다. 그의 외침에 화답이라도 하듯 남쪽 하늘 아래 조금씩 육지의 모습이 보이고 있었다.

"뭐 해? 다 왔는데."

어느새 분위기가 바뀐 을지호의 손짓에 초번과 뇌전이 슬그머니 몸을 일으켰다. 간단히 운기를 마친 해웅도 묵직한 도끼를 어깨에 걸치고 곁으로 다가왔다.

"지금부터 시작이야. 정신들 바짝 차려."

"예, 주군."

해웅 등이 상기된 표정을 지으며 대답했지만 을지호는 이미 몸을 돌린 상태였다.

몸을 돌린 그의 눈에 점점 확대되어 비치는 해남도의 전경이 들어왔다. 크게 심호흡을 한 을지호는 잔잔히 불어오는 바닷바람에 머리를 쓸어 넘기며 조그맣게 읊조렸다.

"해남도라… 드디어 왔군."

제 5 장

해남도(海南島)

해남도(海南島)

 을지호의 외가가 되는 해남파(海南派)는 그들이 도착한 포구에서 남쪽으로 약 삼백 리 정도 떨어진 정안현(定安縣) 소지산(小指山)의 한 자락에 자리 잡고 있었다. 해남도의 중심부에 우뚝 솟은 오지산(五指山)을 꼭 닮았다 하여 작은 오지산이라고도 불리는 소지산은 오지산처럼 산세가 웅장하고 험하지는 않았지만 나름대로의 특징과 수려함을 자랑했다. 을지호 일행은 오랜 여행의 여독도 풀 겸 포구에 도착하여 하룻밤을 보내고 다음날 아침 일찍 길을 나섰다. 길을 재촉했다면 한나절이면 도착했을 거리였지만 그간 지긋지긋한 뱃멀미에 시달리다 오랜만에 뭍에 오른 것이 반가웠는지 을지호는 조금도 서두르지 않았다.
 그들이 해남파가 위치한 정안현에 도착한 때는 하루가 지나고 햇볕이 쨍쨍 내리쬐는 오후였다.
 "아~ 덥다, 더워. 무슨 놈의 날씨가 이리도 덥다냐?"

잔뜩 인상을 구긴 을지호는 윗옷을 흔들어대며 연신 부채질에 여념이 없었다.

"차라리 저희들처럼 옷을 벗으시지요."

벗어 든 옷가지를 부채 삼아 흔들던 뇌전이 말했다. 뇌전과 마찬가지로 상의를 벗어 젖히고 구릿빛 피부를 자랑하는 해웅과 초번도 고개를 끄덕이며 뇌전의 말에 동의하는 모습을 보였다.

"됐다. 아무리 덥기로서니 내가 너희들처럼 아무렇게나 옷을 훌렁훌렁 벗을 것 같으냐?"

"어떻습니까? 더워서 죽을 지경인데 시원한 게 최고지요. 이곳에선 다들 그렇게 합니다."

보는 것만으로도 답답하다는 듯 옷가지를 흔드는 뇌전의 손이 더욱 빨라졌다.

"시끄럽다. 아무리 그래도 남들 눈이 있지. 헛소리 말고 길이나 잘 살펴. 제대로 가고는 있는 거냐?"

말은 그리하면서도 을지호의 손길은 슬며시 옷깃을 풀어헤치고 있었다.

"예. 저 산이 소지산이라 했고 산을 바라보며 큰길로 쭈욱 따라가다 보면 나온다고 했으니 이제 얼마 남지 않은 것 같습니다."

초번이 맨 끝의 봉우리가 다소 처져 완전한 손가락 모양을 갖추지는 못했지만 그런대로 손의 모양을 갖춘 산을 가리키며 대답했다.

"그래? 얼마나 걸리는지 가보면 알겠지. 어이구, 덥기도 덥다. 그나저나 날도 더운데 냄새나는 파리 떼는 왜 이리 꼬이는지."

"예? 파리 떼라니요?"

난데없는 말을 괴이 여긴 해웅이 물었지만 을지호는 대답 대신 능청스런 웃음만 보였다. 해웅은 재차 묻는 대신 주변을 살폈다. 그런데 아무리 살펴도 파리는커녕 개미새끼 한 마리 구경할 수 없었다.

"대관절 파리가 어디에……."

해웅이 조심스레 되물었다.

"하하, 그런 게 있다. 냄새는 흘리지만 제법 귀한 파린 것 같은데 말이야. 뭐, 별 뜻 없이 한 말이니 신경 쓰지 마라."

을지호는 이해를 못하겠다는 듯 괴이한 표정을 짓고 있는 해웅 등에게 실없는 웃음을 보이며 말을 얼버무렸다. 그러나 그의 눈동자는 마치 재밌는 장난감을 발견한 어린아이의 것처럼 반짝반짝 빛나고 있었다.

'하나, 둘, 셋… 다섯이군.'

을지호는 주변의 숲 등에 기척을 숨기고 은신하고 있는 사람들의 수를 헤아려 보았다. 처음보다 그 수가 늘어 있었다.

'세 명이 더 늘었네. 해남파의 제자들인가? 뭐, 곧 모습을 드러내겠지.'

정안현의 번화가를 지나면서부터 따라붙은 괴인들은 꽤나 은밀히 몸을 숨기고 있었지만 을지호의 이목까지 속일 수는 없었다. 그의 예상은 한 치의 어김도 없이 들어맞았다.

일행의 눈앞에 해남파의 웅장한 모습이 들어올 무렵 지금껏 몸을 숨기고 있던 이들이 더 이상 기다릴 수 없다는 듯 길을 막고 나선 것이었다.

인원은 을지호가 눈치 챈 대로 다섯이었고 맨 뒤에 뒷짐을 지고 있는 사내를 제외하곤 전부 다 이십 대를 갓 넘은 청년들이었다.

"누구냐!!"

난데없이 나타난 자들에 놀랐는지 뇌전이 을지호의 앞을 가로막으며 소리쳤다.

'훗, 제법인데.'

해남도(海南島)

을지호는 뇌전이 다른 사람도 아니고 자신을 보호하고자 나서는 것을 보며 빙그레 웃음 지었다.

"누구냐고 묻잖아. 어째서 길을 막는 것이냐?"

해웅이 어깨에 걸쳤던 도끼를 땅에 내려놓으며 위협적인 음성으로 물었다. 멀리서 볼 때도 그랬지만 가까이서 본 해웅의 거대한 몸짓은 더욱 위압적이었다. 사내들은 꽤나 주눅이 드는지 나타날 때의 기세와는 달리 주춤거리며 뒷걸음질쳤다. 그러자 가장 뒤에 있던 사내가 나섰다.

"꼴들 하고는!!"

나이는 서른 초반 정도였는데 나이도 그렇고 그가 입을 열자마자 주춤거리던 청년들의 동작이 딱 멈추는 것이 지위나 연배가 제법 높은 사람인 듯했다.

"어디로 가는 것이냐?"

못마땅한 표정으로 주춤거리던 청년들을 꾸짖은 사내가 을지호에게 고개를 돌리며 물었다. 해웅이 아니라 을지호에게 묻는 것이 그가 무리의 수장임을 정확하게 눈치 챈 것 같았다.

"길은 외길, 뻔한 것을 물어보시는구려. 해남파로 가고 있소."

"무슨 일로 왔느냐?"

사내가 경계의 눈빛을 하며 고압적으로 되물었다.

"하하, 이것 참. 볼일이 있었으니 왔을 것이 아니오."

상대의 태도가 다소 마음에 들지 않는지 을지호의 음성도 점점 싸늘해졌다.

"그러니까 그 볼일이 무엇이냐고 묻는 것이다."

상대가 반말을 하는데 순순히 존대를 써줄 을지호가 아니었다. 을지호는 마치 뉘 집 개가 짖느냐는 듯 손가락으로 귀를 후비며 심드렁히 대꾸했다.

"알아서 뭣 하시게? 바람난 마누라를 찾는 것도 아닐 테고. 뭘 그리 꼬치꼬치 캐묻나?"

사내의 안색이 흙빛으로 변했다.

창!

허리에 찬 검을 만지작거리던 손이 움직이고 사내의 손엔 어느새 날카로운 검 한 자루가 들려 있었다. 사내를 따라온 청년들도 일제히 검을 빼 들었다.

검을 꺼낸 사내가 검봉을 을지호에게 겨누며 소리쳤다.

"건방진 놈! 우리 해남파는 너희 같은 해적 따위가 드나들 곳이 아니다! 당장 꺼져라!"

"해적이라니!!"

"멈춰."

뇌전이 발끈하여 나서려고 했지만 을지호의 손짓을 받고 이내 잠잠해졌다.

상대는 예상대로 해남파의 제자들이었다. 그 말인즉, 외조부의 제자 또는 사손(師孫)들이란 말이었다. 비록 다짜고짜 길을 막고 또 던지는 질문마다 건방지고 심문하듯 하는 것이 마음에 들지 않았지만 어쨌든 태어나 처음으로 외가에 방문하는 터. 괜한 분란을 만들고 싶지는 않았다.

"오해를 한 것 같소. 우리는 해적이 아니외다."

당장에라도 치고 나갈 것 같은 해웅 등의 기세를 누르며 을지호는 최대한 정중하게 말했다.

"흥, 해적이 아니면 산적이란 말이냐?"

상대의 반응은 싸늘하기만 했다. 가소롭지도 않다는 듯 콧방귀를 뀌었다. 이곳저곳에서 웃음이 터져 나왔다.

"해적도 산적도 아니오. 그저 외가의 어른들께 인사를 온 것뿐이오."

을지호는 화를 내지 않고 담담히 대꾸했다.

"외가?"

"어머니께서 해남파의 출신이오. 내 이름은 을지호, 동방(東邦)에서 왔소. 다시 말하거니와 외가의 어른들께 인사차 온 것이오. 쓸데없는 소란을 일으키고 싶지 않으니 오해를 풀고 길이나 안내해 주시오."

아무리 기억을 더듬어도 지금껏 이만큼 양보를 해본 적이 없는 것 같았다. 이쯤 예의를 차렸으면 상대도 어느 정도는 예의를 차릴 줄 알았다. 하나 그것은 그의 순진한 생각일 뿐이었다.

"크크, 크하하하!!"

사내가 갑자기 웃음을 터뜨렸다.

영문을 알 수 없었지만 그것이 자신에 대한 비웃음이라는 것은 어렵지 않게 알 수 있었던 을지호의 입술이 일그러졌다.

"크크, 제법 그럴듯하게 말을 하기에 조금 더 두고 보려 했지만 끝이 없구나. 외가라 했느냐? 해남파가 어떤 곳인데 감히 해적 따위와 혼인을 시킨단 말이냐! 홍, 이곳까지 몰래 숨어들어 온 것을 보면 왜구(倭寇)들이 판을 친다고 네놈들까지 덩달아 날뛰고 싶은 모양인데 우리가 버티고 있는 한 어림도 없다."

"해적이 아니라 했소."

"쯧쯧, 아직도 거짓말을."

사내가 검으로 해웅의 팔뚝을 가리켰다.

"버러지 같은 놈들. 연극을 하려면 좀 더 그럴듯하게 하여라. 저놈들의 팔뚝에 그려진 지렁이는 무엇이냐? 그것이 토룡단(土龍團)이라는 해적 나부랭이들의 표식임을 내 모를 줄 알았느냐? 머리에 똥만 찬 놈들 같으니… 헛!"

입술을 씰룩거리며 한껏 이죽이던 사내는 갑작스레 날아오는 해웅의 도끼에 헛바람을 내뱉으며 몸을 뺐다. 하지만 당황한 기색은 보이지 않았다. 여유있게 공격을 피한 그는 달려오는 힘을 이기지 못해 기우뚱거리는 해웅의 모습에 코웃음을 치며 재빨리 반격을 했다.

검은 정확히 해웅의 가슴을 찔러갔다.

"미련한 놈."

빈 수레가 요란하다고 했던가. 덩치는 태산 같았지만 곳곳이 허점투성이인 해웅의 모습에 사내는 한껏 비웃음을 흘렸다. 그러나 아름드리 통나무는 물론이고 단단한 바위까지 단숨에 잘라내는 검이 해웅의 살가죽을 뚫지 못하고 튕겨 나오자 사내의 입에선 웃음 대신 괴성에 가까운 경악성이 터져 나왔다.

"뭐, 뭐야!!"

"이놈!"

해웅은 몸으로 검을 막아내고 새롭게 익힌 보법의 힘을 이용하여 당황해 뒤로 물러나는 사내와의 거리를 단숨에 좁혔다. 그리곤 달려드는 탄력 그대로의 힘이 실린 어깨로 사내의 면상을 들이받았다. 사내는 비명도 지르지 못하고 무려 삼 장이나 날아가 땅에 곤두박질쳤다.

너무나 창졸간에 벌어진 상황이었다. 사태 파악을 제대로 하지 못하고 멍한 눈으로 싸움을 지켜보던 청년들은 사내가 땅에 처박혀 몸도 제대로 가누지 못하고 허리가 끊어진 개미처럼 꿈틀대며 신음성을 지르는 것을 듣고서야 그의 곁으로 허겁지겁 달려갔다.

"사부(師父)님!"
"정신 차리세요, 사부님!"
"으으으."
청년들의 도움을 받아 간신히 몸을 일으키는 사내의 얼굴은 피투성이였다. 코와 입에선 시뻘건 피가 폭포수처럼 쏟아졌고 충격으로 인해 눈도 제대로 뜨지 못했다.
"비겁하게 기습을 하다니!"
청년 중 한 명이 해웅을 노려보며 소리쳤다. 그러자 해웅을 대신하여 뇌전이 침을 뱉으며 대꾸했다.
"병신, 그것도 기습이냐? 당한 놈이 바보지."
"닥쳐라!"
극도로 분노한 청년이 검을 치켜세우며 달려들었다. 하지만 그는 싸움보다는 부상당한 사부를 먼저 구해야 한다는 동료들의 제지로 두어 걸음도 내딛지 못했다. 청년들은 사부라 칭하는 사내를 등에 업고 해남파를 향해 내달렸다.
"이놈들, 어디 두고 보자!"
조금 전 동료들의 제지로 몸을 돌렸던 청년이 걸음을 멈추고 소리쳤다.
"지금 봐라. 나중에 말고!"
뇌전도 지지 않고 소리쳤다. 청년은 이를 갈며 원독에 찬 눈으로 뇌전과 을지호 일행을 한참이나 노려보더니 몸을 돌렸다.
짝짝짝.
난데없는 박수 소리, 그리고 들려오는 을지호의 음성.
"자~알한다."
"주, 주군."

단 한 번의 공격으로 상대를 빈사지경까지 몰고 간 해웅과 치열한 말싸움을 펼친 뇌전은 어이없다는 듯 쳐다보는 을지호의 시선에 자신들의 실수를 깨닫고 황급히 무릎을 꿇었다.

해웅은 고개를 들지 못했다. 그는 을지호가 어째서 사내의 모욕적인 언사에도 화를 내지 않았는지 알고 있었다. 아마도 외가가 되는 해남파의 사람들과 괜히 얼굴 붉히기 싫어서 그랬으리라. 그런데 그런 을지호의 노력을 단 한 순간의 실수로 수포로 만들어 버린 것이다.

물론 해웅도 해웅 나름대로의 이유가 있었다.

거룡단이 다른 사람들 눈에는 한낱 해적의 무리들로밖에 보이지 않을지 몰라도 그에겐 집이요 고향이었다. 지금의 거룡단을 위해 얼마나 많은 사람들이 애쓰고 피를 흘리고 심지어 목숨까지 잃었는지 소단주인 그가 모를 리 없었다. 그런데 사내는 그의 부친과 수많은 사람들의 피와 땀으로 얼룩진 거룡단을 단 한 마디로 비웃고 짓밟았다.

가뜩이나 을지호를 대하는 태도가 마음에 들지 않아 억지로 참고 있던 해웅은 사내가 거룡단을 일컬어 토룡 운운하며 비웃자 그 즉시 이성을 잃고 만 것이었다.

그러나 아무리 그래도 을지호의 명도 듣지 않고 단독으로 움직인 것은 분명한 잘못이었다. 더구나 상대는 해남파의 제자, 당장 을지호의 처지가 곤란할 것이었다.

"죄, 죄송합니다. 함부로 날뛰면 안 되는 것을 알면서도… 벌을 받겠습니다."

해웅은 연신 머리를 땅에 처박으며 용서를 구했다.

"쯧쯧, 관둬라. 땅은 왜 들이받아? 표시도 나지 않는데."

을지호는 들이 받힐 때마다 움푹 파이는 땅과는 달리 멀쩡한 해웅의 이마를 쳐다보며 혀를 찼다.

"용서를……."

"용서? 뭘 용서해? 네가 무슨 죄를 지었다고?"

을지호는 해웅의 눈에 의문이 일자 슬며시 다가가 등을 토닥였다.

"잘했다. 네가 아니었으면 내가 모가지를 비틀어 버리려고 했는데. 내 마음을 용케 읽었어."

"주, 주군."

해웅의 감격스런 눈으로 을지호를 응시했다.

"그런데 첫 번째 공격은 그게 뭐야? 허점투성이에 중심도 잡지 못하고."

"죄, 죄송합니다."

"하하, 그래도 두 번째 공격은 훌륭했다. 아주 적절했어."

"어찌하다 보니."

잘못하고도 칭찬을 받는다는 것이 어색했는지 해웅이 또다시 고개를 숙였다.

"언제까지 그렇게 있을 거냐? 일어나."

살았다는 표정으로 숨죽이고 있던 뇌전은 말이 끝나기가 무섭게 벌떡 일어났다. 하나 해웅은 그러지 못했다. 그의 마음을 알기라도 하듯 손을 뻗은 을지호가 해웅의 몸을 일으켜 세웠다.

"툭하면 무릎 꿇고 그러는데, 그러지 마라. 남자라면 함부로 무릎을 꿇지 않는 법이야."

"예, 죄송합니다. 괜히 저 때문에……."

"괜찮다니까. 말했잖아. 네가 아니었으면 그놈은 나한테 당했어."

을지호가 해웅의 가슴을 툭툭 건드리며 애써 웃음 지었다. 물론 속

마음은 전혀 그렇지 않았지만.

'일났군, 일났어.'

곤혹스럽기 그지없었다. 해웅이 그토록 전격적으로 움직일 줄 몰랐고 또 단숨에 사내를 제압할 줄도 몰랐다. 해웅의 무공이 그만큼 늘었다는 것은 기쁜 일이었지만 해남파와의 관계를 생각하면 마냥 칭찬할 일은 아니었다. 그렇다고 해웅을 벌할 일은 더 더욱 아니었다.

'에라, 모르겠다. 앞뒤 사정 잘 얘기하면 되겠지. 그것도 안 되면 싹싹 빌면 되고.'

그러나 을지호의 생각과는 달리 일은 전혀 엉뚱한 방향으로 꼬이고 있었다.

* * *

동서로 길게 펼쳐진 돗자리에 남북으로 교배상(交拜床)이 놓여 있고 화려한 예복(禮服)으로 치장한 신랑과 신부는 각기 동쪽과 서쪽에 마주 서 서로에게 절을 하고 있었다.

"허허, 신랑의 입이 아주 찢어졌구만."

"하하하, 그러게 말일세. 절을 하면서도 연신 싱글벙글일세."

혼례를 지켜보던 하객들의 입에서 웃음이 터져 나왔다. 그들의 말대로 신랑인 강운교(姜雲橋)의 벌어진 입은 다물어질 줄 몰랐다.

'흐흐흐. 웃어, 까짓 얼마든지 웃으라고.'

철이 들기 전부터 남몰래 사랑을 키워왔고 마침내 그 결실을 맺는 자리였다. 세상에서 가장 귀한 사람을 얻는 순간, 까짓 어리숙해 보이면 어떻고 멍청해 보이면 또 어떻단 말인가. 오늘만큼은 누가 뭐라 해도 상관치 않을 것이다. 욕을 해도 웃을 것이고 침을 뱉어도 기꺼이 맞아줄 것이다.

그러나 그럴 필요는 없었다. 이곳저곳에서 터져 나오는 웃음은 단순히 자신을 놀리거나 비웃기 위함이 아니라 자신과 육금정(陸錦晶)의 혼인을 밝게 꾸며주며 축복하는 웃음이었기 때문이다.

그들의 웃음소리에 답례라도 하듯 강운교의 입에 큼지막한 미소가 걸렸다.

"허허, 이것 참. 또 웃네그려. 신부가 웃으면 딸을 낳는다지만 신랑이 웃으면 뭐가 태어날라나."

"글쎄, 모르긴 몰라도 둘 중 하나는 태어나겠지."

"예끼, 이 사람아. 하하하."

그렇게 모든 사람들의 웃음과 축복 속에 혼례식은 일사천리로 진행되고 있었다.

서로에게 절을 하는 교배례(交拜禮)가 끝나고 백년해로(百年偕老)를 다짐하며 술을 나누어 마시는 합근례(合巹禮)도 막바지에 이르렀다. 이후에도 여러 절차가 남았지만 합근례가 끝나게 되면 사실상 혼례는 끝이 나는 것이다.

'드디어.'

마지막 한 잔이었다. 표주박에 담긴 술을 비우고 나면 세상 그 누구와도 바꿀 수 없는 아름다운 여인을 아내로 맞이하게 됨을 만천하에 선언하게 되는 것. 강운교는 벅차오르는 가슴을 억누르며 긴장으로 떨고 있는 육금정을 바라보았다.

붉은색 비단에 비상하는 봉황(鳳凰)이 수놓아진 화려한 옷을 입고 강운교가 선물한 용 무늬 팔찌, 귀고리를 하고 있는 육금정은 양귀비(楊貴

妃)가 울고 갈 정도로 절색이었다.

'고맙소, 나 같은 놈을 선택해 줘서. 평생 행복하게 해주리다.'

강운교의 절실한 마음이 전달되었는지 육금정도 촉촉이 젖은 눈으로 강운교를 바라보며 살포시 미소 지었다.

"하하하! 기쁜 날이외다. 자자, 오늘만큼은 번거로운 예는 차리지 마시고 마음껏 먹고 마시며 즐겨봅시다!"

해남파의 장문인 육천천(陸泉泉)이 잔을 치켜들며 소리쳤다. 육천천의 제안에 하객들은 너도나도 잔을 들며 환호성을 질렀다.

부친과 자신에 이어 장차 해남파를 이끌고 갈 수제자(首弟子)와 장중보옥(掌中寶玉)처럼 아끼고 사랑하던 딸의 혼인이 끝났음을 정식으로 선언하는 부친의 말에 육건(陸乾)은 술잔을 드는 대신 만감이 교차하는 표정을 지으며 딸과 새로 맞은 사위의 곁으로 다가갔다.

"네 어머니가 살아 오늘의 기쁨을 함께했어야 했는데… 잘살아야 한다. 알았느냐?"

"예, 아버지."

진한 아쉬움이 배어 있는 육건의 말에 육금정이 눈물을 글썽이며 대답했다.

"걱정하지 마십시오, 사부님. 세상 그 누구보다 행복하게 해주겠습니다."

강운교가 육금정의 손을 힘껏 잡으며 말했다.

"그래, 암, 그래야지. 내 너를 믿겠다."

강운교의 당당함에 애써 아쉬움을 지운 육건이 새로이 연을 맺어 부부로 태어난 둘의 어깨를 토닥였다. 그때였다.

"크아아악!"

해남도(海南島) 135

난데없이 연무장 한쪽에서 웅성거림이 있는 것 같더니 혼례식을 축하하러 온 하객들의 왁자지껄함과는 조금 이질적인 비명성이 울려 퍼졌다.

육건과 강운교의 고개가 본능적으로 돌아갔다. 그들은 비명이 들려온 곳에서 해남파의 제자인 듯싶었지만 누군지는 알 수 없는 신형이 자신들을 향해 날아오는 것을 볼 수 있었다.

육금정의 앞을 재빨리 가로막은 강운교가 발버둥을 치며 날아오는 자의 소매를 낚아채고 휘두르며 무사히 받아냈다.

"장(張) 사제!"

자신이 받아낸 사람이 막내 사제인 장염(張廉)임을 알아본 강운교가 경악성을 질렀다. 곁에 있던 육건이 재빨리 장염의 완맥을 잡아 혹여 제자의 몸에 큰 이상이 없나 살폈다. 다행히도 큰 부상은 입은 것 같지 않았다.

"도대체 무슨 일이냐?"

강운교가 안도의 숨을 쉬며 침착하게 물었다.

"모, 모르겠습니다."

정신을 차린 장염이 고개를 흔들며 대답했다. 눈에 초점이 제대로 잡히지 않는 것이 아직도 충격이 가시지 않은 얼굴이었다.

"모르다니?"

육건이 이마를 찌푸리며 되물었다.

"장문인께서 혼례식이 끝났음을 알리시는 순간 갑자기 들이닥친 괴인이……"

"으아악!"

장염이 대답하는 사이에도 비명성은 계속해서 들려왔다.

첫 비명성이 터지면서 혼례식은 이미 아수라장이 되어버렸다. 기분

좋게 술을 들이키던 무인들은 술잔 대신 분분히 무기를 꺼내 들었고, 연무장을 채운 대다수의 하객들은 이리저리 몸을 피하느라 정신이 없었다.

"뭣들 하느냐! 감히 어느 놈이 이런 소란을 피우는지 당장 알아보거라!"

분노로 인해 가슴까지 내려오는 흰 수염을 부들부들 떠는 육천천이 누구에게라고 할 것 없이 소리쳤다. 그러나 명을 내릴 것도 없었다. 비명이 터지는 순간 대부분의 해남파 제자들은 이미 그곳을 향해 내달렸고 육건과 강운교 역시 육천천의 명이 떨어지기도 전에 이미 검을 잡고 있었다.

일찍 상처(喪妻)하고 지금껏 애지중지 키워온 딸의 짝을 찾아주는 날, 한편으론 서운함과 아쉬움도 있었지만 한없이 기쁜 날에 난데없이 벼락이 떨어진 셈이었다. 딸의 혼례식이 완전히 망가졌다는 생각에 육건의 분노는 하늘을 찔렀다.

"너는 여기 있거라."

육건이 검을 잡는 강운교를 만류하곤 몸을 날렸다. 하지만 강운교는 육건의 말을 따를 수 없었다. 강운교의 분노 또한 육건에 못지않았다.

무가의 딸임에도 육금정은 무공을 몰랐다. 건강을 위해 간단한 호흡법을 익히기는 하였지만 단지 그것뿐이었다. 그런 그녀가, 한없이 여린 마음과 고운 심성을 지닌 그녀가 떨고 있었다. 눈물도 흘리고 있었다. 갑자기 들이닥친 상황에 두려움도 느꼈겠지만 무엇보다 생애 한 번뿐인 혼례식이 망쳐졌다는 데에서 오는 서러움이 더욱 크리라.

'용서하지 않는다!'

예복을 벗고 무복으로 갈아입을 시간도 아깝다는 듯 움직이기 편하게 옷을 찢어 고정을 시켰다. 강운교는 깜짝 놀라 옷소매를 잡는 육금정에게 살짝 웃음을 지어 보이더니 서둘러 몸을 돌렸다.

툭 튀어나온 광대뼈, 거친 피부, 퀭하니 들어간 두 눈, 마구 헝클어진 머리, 십 년은 굶었는지 뼈밖에 남지 않은 몰골 등 이리저리 마음껏 날뛰다 결국 육건과 해남파의 노고수들에 의해 제지를 받은 괴인은 마치 뒷골목 한구석에 처박혀 쓰레기통이나 뒤지고 있을 거렁뱅이의 모습과 다름이 없었다. 한데 일신에 지닌 무공만큼은 천지를 경동시킬 만큼 대단한 것이었다.

강운교는 난생처음 접하는 괴인의 무공에 경악하지 않을 수 없었다. 조만간 해남파의 장문인에 오를 육건과 장로들의 무공이면 가히 천하를 진동시킬 만했다. 다소 손색이 있긴 하지만 자신의 무위 또한 결코 만만한 것이 아니었다. 한데 괴인은 조금도 두려워하지 않았다. 힘들어하는 모습도 없었다. 오히려 투기가 이는지 시간이 지나면 지날수록 더욱 매섭게 날뛰었다.

'강하다. 정말 강하다.'

눈에 보이지도 않을 정도로 빠른 몸놀림은 둘째 치고 상대의 공격을 제대로 파악할 수가 없었다. 분명 화살을 날리는 것 같은데 보이지 않았고 마구잡이로 휘두르는 궁은 검보다 무서웠다.

괴인의 무공이라면 분명 혁혁한 명성을 날리는 사람일 터. 하나 아무리 머리를 굴려보아도 강운교는 무림에 이런 자가 있다는 소리를 들어본 적이 없었다.

'도대체 누구란 말인가. 아니, 그보다 왜!'

무엇보다 강운교를 혼란케 한 것은 도대체 무슨 이유로 혼례식을 엉망으로 만드느냐였다. 괴인의 입에서 끊임없이 흘러나오는 말에 대답의 단서가 있을 것이었지만 도통 영문을 알 수 없는 말뿐이었다.

"후안무치(厚顔無恥)한 인간들! 혼례라 함은 인륜지대사(人倫之大事)

거늘 어찌 이리도 경박하게 처리한단 말이냐!"

수십여 명의 합공을 받으면서도 괴인은 한시도 쉬지 않고 고래고래 소리를 질러댔다.

"약조를 지키기 위해 수만 리 물길을 헤치고 달려왔건만, 고작 이틀이 늦었다고… 오호라, 이놈! 네놈이 바로 그 인면수심(人面獸心)한 신랑 놈인가 보구나!"

강운교의 화려한 복장이 혼례를 치르기 위한 예복임을 알아본 괴인의 눈에서 불똥이 튀었다. 뒤로 훌쩍 물러난 괴인이 화살도 없는 활의 시위를 한껏 잡아당겼다. '퉁' 하는 소리와 함께 무엇인가가 강운교를 향해 날아왔다.

"피해랏!"

깜짝 놀란 육건이 소리를 지르고 뒤에서 지켜보던 육천천이 대경실색하여 검을 날려 막으려 했지만 이미 늦은 상태였다. 활에서 날아오는 기의 덩어리에 압도당한 강운교는 멍하니 그저 바라만 보고 있었다. 육건이 얼굴이 절망적인 탄성과 함께 일그러지고 멀리서 이를 바라보던 육금정의 입에선 비명이 흘러나왔다.

기의 화살은 어떤 방해도 없이 강운교의 코앞에 이르렀다. 그제야 정신을 차린 강운교가 화살을 피해보려 했으나 이미 그럴 시간이 없었다.

'빌어먹을! 금정……'

죽음을 생각한 강운교는 혼례식을 치르자마자 홀로 돼야 하는 금정을 떠올리며 눈을 감고 말았다.

"여보, 여보!"

"으악!"

강운교가 벌떡 몸을 일으켰다. 그리고 재빨리 주변을 살폈다. 그의 눈에 두 눈을 동그랗게 뜨고 자신을 바라보는 아내의 얼굴이 들어왔다. 강운교는 자신도 모르게 육금정의 볼을 쓰다듬으며 안도의 한숨을 내쉬었다.

"괜찮으세요?"

육금정이 놀란 눈으로 쳐다보자 강운교는 멍한 눈으로 고개를 끄덕였다.

"낮잠을 주무시다 말고 갑자기 소리를 지르셔서 깜짝 놀랐어요."

"미안하오, 부인. 걱정을 했나보구려."

강운교가 걱정하지 말라는 듯 미소 지으며 대꾸했다.

"어휴, 이 땀 좀 봐."

육금정은 다소 근심 섞인 음성으로 말을 하며 강운교의 이마를 쓰다듬었다. 송골송골 맺혀 있던 땀방울이 육금정의 손길에 물이 되어 볼을 타고 흘러내렸다.

"악몽(惡夢)을 꾸셨나요?"

"악몽이라… 글쎄. 악몽은 악몽이지만 꼭 악몽이라 단정할 수는 없는데……."

도리질을 하는 강운교의 입가에는 쓴웃음이 배어 있었다.

"혹시 기억하오? '잘 먹고 잘살아라' 그리고……."

강운교가 채 말을 잇기도 전에 육금정의 웃음이 침상에 퍼졌다.

"호호, 또 그때의 꿈을 꾸셨군요."

"어떻게 알았소?"

강운교가 의외라는 표정을 지으며 물었다.

"왜 모르겠어요. 매년 이맘때면 꼭 그 꿈을 꾸셨고, 그러실 때마다 항상 같은 말씀을 반복하시는걸."

"하하하, 내가 그랬소? 그래, 기억은 하시오?"

"호호호, 왜 기억 못하겠어요. 지금도 눈에 선한데. 맨 마지막에 한 말이 '따, 따님이 두 분이셨습니까?' 그랬잖아요."

"하하, 그건 아니오. 맨 마지막 말은 '죽을죄를 지었습니다' 였다오."

세월이 흘러 지난날의 추억을 떠올린다는 것은 언제나 기분 좋은 일이었다. 더구나 그것이 영원히 잊지 못할 것이라면 더욱 그랬다.

강운교와 육금정은 옛날의 추억을 더듬으며 함께 웃으며 즐거워했다. 하나 평온은 오래가지 못했다.

얼마나 더 대화를 나누었을까? 갑자기 거친 발자국 소리와 함께 문을 두드리는 소리가 들려왔다.

"사부님! 사부님!"

"누구냐?"

오랜만에 추억에 잠겨 있던 강운교의 얼굴에 짐짓 노기가 스쳐 지나갔다. 그것을 눈치 챈 육금정이 고개를 흔들었다. 제자들에게 괜한 일로 짜증을 부리지 말라는 의미였다. 그녀의 행동에 강운교는 엷은 미소를 지으며 고개를 끄덕였다.

"들어오너라."

문이 열리고 청년 한 명이 뛰어들어 왔다.

그의 경박한 행동에 눈살이 또다시 찌푸려졌지만 육금정이 옆에 있기에 참고 넘어갔다.

방으로 들어선 사내는 침상에 앉아 있는 강운교를 향해 무릎을 꿇었다.

"초구(初拘)로구나. 무슨 일이기에 그리 급한 것이냐?"

"크, 큰일 났습니다, 사부님."

"큰일이라니?"

"그, 그것이. 그러니까… 어찌……."

"어허, 그렇게 더듬지 말고 똑바로 말해 보아라."

답답했는지 강운교의 음성이 절로 높아졌다.

"적이……."

"적이라니? 적이 쳐들어왔다는 말이냐?"

강운교가 벌떡 일어나며 소리쳤다.

"그, 그러니까… 해, 해적이……."

"되었다."

더 듣고 있어봐야 제대로 된 말을 듣지 못할 것이란 생각에 서둘러 몸을 일으킨 강운교는 초구가 뛰어드는 것과 동시에 육금정이 챙겨 내어놓은 무복을 재빨리 걸치며 검을 들었다.

"내 다녀오리다."

"조심하세요."

육금정의 말속에 은연중 두려움이 있음을 간파한 강운교는 염려하지 말라는 듯 침착한 눈빛을 보내 안심을 시켰다. 그리고 서둘러 방문을 나섰다.

강운교가 초구의 보고를 받자마자 허겁지겁 밖으로 나오던 그 시각, 연무장 한 켠에선 을지호 일행과 해남파들이 한참 치열한 싸움을 벌이고 있었다.

뇌전과 초번은 각각 두 명과 세 명의 해남파 제자들의 협공을 받고 있었다.

"어림없다. 받아랏!!"

뇌전이 목을 노리며 들이닥치는 검을 간단하게 피해내며 역습을 펼쳤다.

"흥."

사내 역시 만만치 않은 실력을 지니고 있었다. 나직한 냉소와 함께 몸을 틀어 검을 피하더니 그 탄력으로 발길질을 했다. 그와 같은 반격을 생각도 하지 못했던 뇌전이 화들짝 놀라 손을 뺐지만 늦은 감이 있었다.

사내의 왼발이 뇌전의 손을 강타했다.

"크, 우라질 놈!"

다행히 검을 놓치지는 않았으나 고통이 뼛속까지 울렸다.

"죽엇!"

이를 악문 뇌전이 노호성을 터뜨리며 발작적으로 검을 휘둘렀다. 고통에 대한 되갚음을 하고 싶은 강한 의지가 담긴 공격이었다. 그러나 그의 의도는 제대로 이루어질 수 없었다. 뒤쪽에서도 그의 허리를 노리며 검이 들이닥쳤기 때문이다.

"썩을!"

뇌전은 인상을 구기며 어쩔 수 없다는 듯 검을 돌려 밀려오는 공격을 막았다.

까깡!

검과 검이 부딪치며 불꽃이 튀었다. 검을 타고 충격이 밀려들자 뇌전의 얼굴이 일그러졌다. 안 그래도 쑤시는 손목이 떨어져 나갈 것 같았다.

뇌전을 상대하는 해남파의 제자들은 뇌전이 움츠리는 것을 놓치지 않았다. 한번 잡은 기회를 날려 버리지 않겠다는 듯 더욱 거세게 몰아붙였다.

"치사한 놈들. 일 대 일로 붙자!"

뇌전은 연신 욕을 해대면서 뒷걸음질쳤다.

사실 출발은 좋았다. 일 대 일의 싸움에서 뇌전은 자신을 얕보고 덤벼드는 상대를 단 삼 초 만에 무릎 꿇리기도 하였다. 그러나 엄밀히 따지자면 그것은 운이 좋았을 뿐, 뇌전은 그들 개개인의 실력을 크게 뛰어넘지는 못하고 있었다. 더구나 오랫동안 함께 연마한 해남파 제자들의 합공이 시작되자 뇌전이 할 수 있는 것은 아무것도 없었다.

을지호의 지도로 많은 진전이 있었고 위기에서도 물러서기는커녕 도리어 앞으로 나아가는 기세로 지금껏 버텨왔지만 처음의 용맹으로 얻은 승기는 곧 사라지고 말았다.

손발이 어지러워지고 검의 흐름도 끊긴 데다 극도로 흥분하여 제대로 된 판단을 내릴 수가 없었다. 공격은 물론이고 방어를 하기에도 벅찬 상태였다. 그나마 착실히 익힌 간운보월의 힘으로 근근이 버텨내는 것이 전부였다.

그에 반해 침착히 발을 놀리는 초번은 그럭저럭 잘 해내고 있었다.

"흠, 그다지 걱정하지 않아도 되겠군."

해남파의 정문 위에 홀로 걸터앉아 턱을 괴고 연무장에서 벌어지는 싸움을 지켜보고 있던 을지호가 고개를 끄덕였다. 그는 싸움이 시작되는 것과 동시에 자신에게 달려드는 상대를 단숨에 제압한 후 뒤로 몸을 빼 정문 위로 올라가 있었다.

"제법 실력이 늘었어. 아직도 멀었긴 하지만."

을지호는 초번과 뇌전이 예상외로 선전을 하자 그동안 수련이 헛되지 않았다는 생각에 흐뭇한 얼굴을 하고 있었다. 그것도 잠시, 전혀 싸울 필요가 없는 상대끼리 어째서 저렇듯 용을 쓰며 싸워야 하는지를 의식하곤 지붕이 무너져라 한숨을 내쉬었다.

해남파를 코앞에 두고 오해로 인한 사소한 충돌이 있었음에도 을지호는 그다지 큰 걱정은 하지 않았다. 그까짓 오해는 풀면 그만이었고 또 당연히 풀릴 것이라 생각했다. 해서 별다른 생각 없이 해남파로 향했건만 일이란 것이 늘 생각대로 풀리는 것은 아니었다.

잠깐의 시간이 지나고 해남파에 도착한 을지호는 자신의 생각이 얼마나 치기 어린 것이었는지 절실히 깨닫게 되었다.

정문은 열려 있었다. 아니, 벌써 열 명이 넘는 해남파의 제자들이 나와 을지호 일행을 기다리고 있었다.

그들의 심상치 않은 기세를 보며 해웅 등이 잔뜩 긴장했지만 을지호는 걱정하지 말라는 손짓을 보내곤 최대한 웃는 낯으로 그들을 대했다. 자신의 신분을 알리고 일의 경과를 설명하면 모든 오해가 풀리리라는 기대를 가지고.

그러나 한 단어를 내뱉기도 전에 돌아온 것은 거친 욕설과 함께 같잖지도 않은 검날이었다. 황당하기도 하고 어처구니도 없던 을지호는 거의 반사적으로 손을 뻗었다.

조금 전 뇌전과 말싸움을 벌이며 끝까지 호전적인 모습을 보였던 사내는 을지호가 아무렇게나 뻗은 주먹에 얼굴을 얻어맞고 그대로 혼절하고 말았다. 동시에 그와 함께 을지호를 공격했던 두 명의 청년도 허공으로 몸을 띄운 을지호의 발길질에 나가떨어졌다.

더 이상 말이 통할 리 없었다. 싸움은 순식간에 확대되었다.

을지호가 공격당하는 것을 보자마자 해웅 등이 무기를 빼 들었고 해남파의 제자들도 일제히 함성을 지르며 달려들었다. 그렇게 시작된 싸움이 벌써 이각이 넘도록 이어지고 있는 것이다.

"후~ 어쩌나… 일이 이렇게 되기를 바란 것은 아닌데."

을지호의 입에서 한숨이 흘러나왔다.

그때 자신이 조금만 참았더라면, 그저 간단히 제압하고 대화로써 해결을 했다면 일이 이렇게 확대되지는 않았을 것이다. 생각과는 달리 먼저 반응한 주먹이 원망스러울 뿐이었다.

"그나저나 이제는 끝낼 때가 되었는데……."

싸움을 바란 것은 아니었다. 하나 오해든 뭐든 기왕 벌어진 싸움, 을지호는 이 참에 초번과 뇌전에게 해적들과의 싸움이 아닌 무인들과의 싸움이 어떤 것인지 알게 해주고 싶었다. 또 실전 경험도 쌓게 하고 자신들이 지닌 실력의 현주소를 알게 해주는 기회로 삼고자 했다. 그랬기에 싸움을 중단시키는 대신 슬그머니 몸을 빼버린 것이었다.

다행히 치열한 싸움이 펼쳐졌음에도 처음 뇌전에게 부상당한 자를 제외하고는 양측에서 별다른 사상자가 없었다. 물론 그럴 낌새만 보이면 은밀히 끼어들어 최악의 상황을 미연에 방지하려 하였지만 어쨌든 다행한 일이었다. 그러나 이제는 끝낼 때였다. 해웅 등에게 경험을 쌓게 하고자 했던 의도도 어느 정도 충족된 지금 더 이상의 싸움은 불필요한 것이었다.

"문제는 이쪽인데."

을지호의 시선이 해웅에게 향했다.

초번과 뇌전이 나름대로 치열하게 싸움을 했다면 해웅은 정말로 처절한 싸움을 하고 있었다.

해웅의 상대는 이제 겨우 약관의 나이가 될까 말까 한 청년이었다.

해웅의 가슴 어귀에 간신히 다다르는 키, 얇은 손목, 한없이 가냘픈 몸매, 더구나 잡티 하나 없이 뽀얀 얼굴 등은 아무리 보아도 부잣집 도련님의 행색이었지 무인의 것은 아니었다. 다만 남다른 것이 하나 있다면 그가 누구와 견주어도 뒤떨어지지 않을 정도로 강인하고 매서운 눈빛을 지니고 있다는 것이었다.

처음 그를 보았을 때 해웅은 한주먹감도 되어 보이지 않는다며 코웃음을 쳤다. 그러나 아무리 도끼를 휘둘러도 몸은커녕 상대의 무기에도 닿지 못하고 최대한 빨리 걸음을 놀려도 상대의 시선을 벗어나지 못한다는 것을 알았을 때야 비로소 나이에 걸맞지 않는 상대의 눈빛을 이해하게 되었다.

해웅을 상대하는 청년의 이름은 강유(姜柔), 해남파 장문인의 둘째 아들로 올해 나이 열아홉이었다.

"하아. 하아."

해웅은 어깨를 들썩이며 거친 숨을 몰아쉬었다. 이제 고작 이각여를 싸웠을 뿐인데도 숨이 턱에 차고 가슴이 터질 듯이 요동쳤다. 해적질을 하며 제법 많은 싸움을 겪어봤지만 이렇게 숨이 차긴 처음이었다. 지난날 악가의 고수와 싸웠을 때도 힘은 들었지만 이렇지는 않았다. 더구나 상대의 공격이 장난이 아니었다. 지금껏 간신히 버텨내기는 하였지만 당장 쓰러져도 무리가 아닐 정도로 지쳐 있었다.

"쥐새끼 같은 놈, 사내라면 그렇게 도망만 다니지 말고 정면으로 덤벼라!"

해웅은 자신의 주변을 빙글빙글 돌며 기회를 엿보는 강유에게 욕을 해댔다. 그리곤 혼신의 힘을 다해 몸을 날렸다. 몸은 강유를 향해 일직선으로 달려갔고 도끼는 머리 위로 한껏 치켜 올라가 있었다. 그 어떤 기교도 없었다. 상대를 혼란시키는 현란한 발놀림도 없었고 눈을 어지럽게 만드는 도끼의 움직임도 없었다. 그저 몸뚱이 하나만을 믿는 정직한 공격이었다.

"쯧쯧, 아무리 몸뚱이가 단단하다지만 저리 무식하게."

해웅과 강유의 싸움을 지켜보던 을지호는 무작정 덤벼드는 해웅의 모습에 혀를 차고 말았다.

강유는 해웅과 근접전으로 싸울 생각이 전혀 없다는 듯 몸을 훌쩍 뒤로 날리며 방향을 틀었다. 그러더니 허연 이를 드러내고 괴성을 지르며 끝까지 쫓아오는 해웅을 향해 연속적으로 검을 휘둘렀다.

검봉에서 뿌연 기운이 솟구쳐 해웅에게 향했다.

파파팍.

항주로 오던 배 위에서 악균이 잠시 선보였던 것과는 차원이 다른 날카롭고 강맹한 검기가 해웅의 전신을 두들겼다. 무차별적으로 검기에 노출된 해웅의 몸이 잠시 기우뚱하는가 싶더니 그대로 쓰러졌다.

"과연. 저런 공격은 하수한테나 통하는 것이지 웬만한 고수에게라면 통할 리가 없지."

을지호는 혼신의 힘을 다한 해웅의 공격을 간단히 피해내며 반격하는 강유의 모습에 감탄성을 터뜨렸다. 특히 어린 나이에도 상당히 위력적인 검기를 사용한다는 것에 더욱 놀랐다.

그러나 쓰러진 해웅을 바라보는 강유의 표정은 좀처럼 밝지 않았다. 처음 싸움이 시작되고 지금과 같은 상황이 벌써 십수 번, 그때마다 해웅은 아무렇지도 않다는 듯 몸을 일으켜 투지를 불태웠다. 쓰러뜨리기는 했지만 그것으로 싸움이 끝나지 않는 것이었다.

해웅과 싸움을 하는 동안 강유는 세 번을 놀랐다.

처음 그의 어마어마한 덩치에 놀랐고 정확히 가슴을 가르고 지나간 검이 쇳소리를 내며 튕겨 나올 때 놀랐다. 마지막으로 싸움을 끝내고자 회심의 일격으로 날린 검기가 별다른 효과를 거두지 못하자 망연자실 기절할 듯 놀라고 말았다.

이번에도 예외는 아니었다.

"아직… 끝나지 않았다."

천천히 몸을 일으킨 해웅은 수없이 많은 공격으로 인해 옷인지 아니면 걸레 조각인지 구분이 안 갈 정도로 찢어지고 해진 옷가지를 아무렇게나 잡아채 던져 버리고 강유를 향해 전의를 불태웠다.

'정말 인간 같지 않은 놈이다. 어찌 이리도 단단하단 말이냐.'

강유는 거의 벌거벗다시피 하고 도끼를 잡은 손에 연신 침을 뱉어가며 접근하는 해웅을 질린 표정으로 바라보았다. 아무리 생각하고 백번을 양보한다 해도 상대는 인간이 아니었다.

싸움의 주도권은 분명 자신에게 있었다. 해웅도 나름대로 공격을 한다고는 하지만 그것은 일종의 발악일 뿐이고 두려울 것도 없었다. 문제는 해웅의 공격을 완벽히 회피하며 일방적인 공격을 퍼부었음에도 아무런 효과가 없다는 데 있었다.

몸에 닿은 칼은 금성철벽(金城鐵壁)을 때린 듯 튕겨 나왔고 막대한 내공의 소모를 필요로 하는 검기도 별다른 효과를 거두진 못했다. 그저 몸에 자그마한 생채기를 내는 정도였다. 그나마 내가중수법의 일종인 침중수(浸重手)로 약간의 이득을 얻기는 하였지만 그다지 조예가 깊지 못해 큰 효과를 보진 못했다. 오히려 해웅의 접근을 허락하여 위험에 빠질 뻔한 이후로 사용할 생각을 못하고 있었다.

여유있는 듯해도 그의 속은 바싹바싹 타 들어가고 있었다. 펼치는 공격은 별다른 타격을 주지 못했고 몸은 이미 지칠 대로 지쳐 있었다. 게다가 더 이상 무리하게 내공을 운용하다간 크게 내상을 입을 정도로 내공의 소모가 심한 상태였다.

"괴물 같은 놈!"

싸움이 시작된 이래 강유가 처음 내뱉은 말이었다.

'방법이 없단 말인가, 방법이.'

바로 그 순간이었다. 발 밑에 걸린 돌멩이를 냅다 차서 강유의 시선을 유도한 해웅이 지금껏 보여주지 않았던 빠른 몸놀림으로 접근했다.

"제법이다!"

을지호가 벌떡 일어나며 소리쳤다.

화들짝 놀란 강유가 몸을 뒤로 뺐지만 몸을 막는 무엇인가가 있었다.

'아뿔싸!'

잠깐의 방심이 부른 위기였다. 강유는 자신의 몸을 막은 것이 무엇인지 생각할 겨를도 없이 몸을 숙이고 땅을 굴렀다.

꽝!

강유를 노리던 해웅의 도끼는 전혀 엉뚱한 목표를 박살 내고 말았다.

"젠장맞을!!"

더없이 좋은 기회를 그냥 날려 버렸다는 생각에 도끼를 회수하는 해웅의 얼굴에 진한 아쉬움이 배어 나왔다. 아쉬움에 버럭 소리를 지른 해웅이 연이은 공격을 위해 땅을 구른 강유를 찾았다. 하지만 애써 찾을 필요도 없었다. 지금까지의 경험으로 보아 물러나도 한참을 물러나 있을 강유가 고작 서너 걸음밖에 떨어지지 않은 곳에 우두커니 서 있는 것이 아닌가.

참담하게 일그러진 얼굴, 덜덜 떨리는 입술, 망연자실한 눈빛. 그런데 강유가 바라보는 것은 해웅이 아니었다. 그가 바라보고 있는 것은 그를 대신해 해웅의 도끼를 맞은, 맞는 즉시 산산조각이 나 흩어져 버린 석상(石像)이었다.

"해, 해룡(海龍)이……!"

있을 수 없는 일이 벌어지고 말았다.

퇴로를 차단한 것이 여의주(如意珠)를 물고 승천하는 해룡의 석상이라는 것을 알았다면 설사 목숨을 잃는 한이 있더라도 피하지 않았을 것이다.

까마득한 선조, 해남파의 개파조사(開派祖師)가 자신을 도와 바다를 평정한 해룡을 기리기 위해 직접 돌을 다듬어 만들었다는 해룡상(海龍像). 해남파의 수호지물(守護之物)인 해룡상은 해남파의 제자라면 목숨을 걸고라도 보호해야 하는 것이었다.

과거 불의의 사고로 두 개의 상 중 하나가 파괴되고 지금껏 홀로 남아 해남파를 지켜온 해룡상이 바로 지금 그의 눈앞에서 박살나고 말았으니…….

"네, 네놈이……."

강유는 말을 잇지 못했다. 해룡상을 지켜내지 못했다는 죄책감과 치욕감에 견딜 수가 없었다. 의당 죽음으로써 그 죄를 씻어야겠지만 그것은 차후의 일이었다. 우선은 눈앞의 악적에게 죄를 물어야 했다. 그러기 위해선 검기도 통하지 않는 단단한 몸뚱이를 박살 내야 했고 그가 아는 한 방법은 오직 한 가지뿐이었다.

"죽인다!"

이에 짓이겨진 입술에서 피가 흘러나오고 지금껏 보여주지 않았던 기운이 강유의 전신을 휘감았다. 그리고 검이 묘한 자세로 움직이기 시작했다.

"미친놈. 할 테면 해봐라!"

해웅은 갑자기 돌변한 강유의 자세에 떨떠름한 생각을 지우지 못하면서도 지지 않겠다는 각오로 가슴을 치며 소리쳤다. 놀란 것은 오히려 멀리서 지켜보던 을지호였다.

"흠, 예사롭지 않은데. 뭐, 뭐야, 저건?!"

심상치 않은 강유의 행동을 유심히 지켜보던 을지호는 강유의 몸에서 너무나도 친숙한 기운이 흘러나오자 경악을 금치 못했다. 도저히 있을 수 없는 무공이 강유에게서 시전되려 하기 때문이었다.

"무, 무심지검(無心之劍)!"

망설일 시간이 없었다. 절대삼검(絶代三劍)이라면 해웅의 몸뚱이 정도는 갈기갈기 찢어버릴 것이다.

강유의 기수식이 절대삼검 중 무심지검을 시전하기 위함이라는 것을 알아본 을지호는 어째서 가문의 비기(秘技)가 강유에게서 펼쳐지는 것인지를 생각하기도 전에 본능적으로 시위를 당겼다.

을지호는 그가 할 수 있는 최대한의 힘을 실어 무영시(無影矢)를 날렸다. 오십 년이란 시공을 뛰어넘어 또다시 재현된 무영시는 나직한 파공성을 내며 강유에게로 향했다.

쉬이익—

십여 장의 거리를 단숨에 좁힌 무영시는 해웅의 목을 향해 접근하는 검에 적중했다. 고작 한 치, 손가락 한 마디 정도의 간격을 사이에 두고 검을 밀어낸 것이었다.

"크윽."

해웅과 강유의 입에서 신음성이 튀어나왔다. 강유는 무리하게 기를 운용하여 내상을 입었는지 입에 피를 물고 쓰러졌고 해웅은 무영시로 인해 직접적인 타격은 받지 않았지만 검에 앞서 미리 접근한 기운, 그리고 검과 무영시의 충돌로 인한 충격파가 합쳐지는 바람에 목덜미에 깊은 상처를 입고 말았다.

"끝이다, 이놈!"

상황이 어떻게 돌아간 것인지 정확하게 파악하지 못하고 스스로 강유의 공격을 견뎌낸 것으로 착각한 해웅이 피가 흐르는 목을 부여잡고 도끼를 치켜세웠다.

절대삼검, 위력이 강한 만큼 부작용도 강했다. 단 한 번의 시전으로 이미 기력을 잃은 강유는 꼼짝도 하지 못하고 날아오는 도끼를 망연히 쳐다만 보았다. 하지만 해웅의 도끼 역시 강유에게 도달하기도 전에 을지호가 날린 무영시에 의해 박살이 나버렸다. 무엇이 자신의 도끼를 박살 냈는지 알지 못한 해웅은 바싹 긴장을 하며 주변을 살폈다.

"모두 멈춰!"

두 발의 무영시로 강유의 공격을 막고 해웅의 도끼를 박살 낸 을지호가 정문에서 뛰어내리며 소리를 쳤다.

싸움은 일시에 멎었다. 을지호의 외침도 외침이지만 그가 출행랑을 시전하며 내뿜은 살기를 감당할 만한 고수가 없었기 때문이다.

살을 에는 듯한 살기에 해남파의 제자들은 두려움에 사로잡혔다. 하나 이미 그런 기운을 경험해 본 초번과 뇌전은 드디어 을지호가 나섰다는 생각에 찡그린 얼굴에서도 웃음이 피어났다.

일시에 싸움을 중지시킨 을지호가 해웅의 곁으로 다가왔다.

"그만 해라."

"끝낼 수 있었습니다, 주군!"

해웅이 억울하다는 듯 소리쳤다.

"시끄러. 끝내긴 뭘 끝내. 이곳이 어딘지, 내가 누군지 잊었어?"

"죄, 죄송합니다."

그제야 을지호와 해남파와의 관계를 상기한 해웅이 머리를 긁적이며 고개를 숙였다.

"너도 그만 해라."

"시, 시끄럽다!"

을지호의 말에 강유는 독기를 내뿜으며 검을 찾았다.

"그놈의 고집은 여전하구나, 꼬맹아."

"헛소리하지 마라!"

강유는 꼬맹이라는 말에 담긴 친근감을 미처 느끼지 못했다. 그저 을지호가 자신을 놀린다고 생각했다.

"해적 따위에게 모욕을 당할 나 강유가 아니다. 죽여라!"

두 눈을 부라리며 외친 강유가 입술을 굳게 다물었다. 을지호는 강유의 단호한 태도가 귀엽다는 듯 엷은 미소를 지었다.

"더러운 자식."

을지호의 태도에 크나큰 굴욕감을 느낀 강유는 스스로 목숨을 끊기 위해 손을 들어 천령개(天靈蓋)를 내려쳤다.

"안 돼!"

을지호는 느닷없이 자결을 하려는 강유의 행동에 기겁하고 재빨리 팔을 낚아챘다.

"놔라!"

을지호에 의해 자결조차 마음대로 하지 못하게 된 강유는 온몸을 비틀며 발버둥을 쳤다.

'으이구. 성질머리 하고는. 예나 지금이나 변한 것이 없어.'

을지호는 부러질지언정 굽히지 않는 강유의 행동을 보며 고집불통에 말이 통하지 않던 꼬마 아이를 떠올렸다. 비록 금방 알아보지 못하고 한참이 지난 후에야 알게 되었지만 가까이에서 보다 찬찬히 살펴보니 어릴 적 모습이 제법 많이 남아 있었다. 특히 성격은 전혀 변한 것 같지 않았다.

"그만 하고 내 말 좀 들어봐라."

을지호는 이성을 잃은 강유가 더 이상 발버둥치지 못하게 간단히 조치를 취하고 일이 어찌 된 것인지 자세히 설명하려 하였다. 하지만 미처 말을 꺼내기 전에 싸늘히 들려오는 소리가 있었다.

"그 아이를 내려놔라!"

말과 함께 을지호를 압박해 들어오는 것은 강맹한 기운의 검기였다. 강유가 잡혀 있는 것을 보았음에도 전혀 개의치 않고 정확히 목을 향해 들이닥치는 검기, 을지호는 그것만으로도 검기를 발출한 사람이 상당한 고수라 여겼다.

막고자 한다면 막을 수 있었음에도 을지호는 그러지 않았다. 혹시 몰라 한쪽으로 강유를 떠밀고는 훌쩍 뒤로 몸을 날렸다. 그가 몸을 움직이자마자 검기는 씻은 듯 사라졌다.

'대단한데.'

공격을 중도에 멈춘다는 것이 얼마나 위험하고 힘든 일인지 알고 있는 을지호는 거듭 감탄하며 과연 그만한 고수가 누구인지 궁금해 고개를 돌렸다.

을지호를 공격한 중년인은 어느새 강유의 곁으로 다가가 강유의 혈도를 풀고 몸을 살피고 있었다.

잠시 후, 강유가 내상을 제외하고는 그다지 큰 부상을 입은 것이 아니라는 것을 확인한 중년인이 몸을 돌렸다.

"나는 해남파의 외전(外殿) 전주(殿主) 장염이다. 네놈들은 누구냐?

누구길래 감히 해남파에 찾아와 소란을 피우는 것이냐?"

"예, 저는 을지호라고 합니다."

오해를 푸는 것이 급선무라 생각한 을지호는 또 다른 오해가 생길까 걱정하며 재빨리 허리를 굽히고 예를 표했다.

"네놈의 별 볼일 없는 이름 따위를 알자고 한 것이 아니다! 무엇 때문에 본 파를 공격한 것이냐?"

장염은 당장에라도 잡아먹을 듯 검을 흔들며 소리를 질렀다. 을지호의 아미가 꿈틀거렸다.

바로 그때였다. 노호성을 지르는 장염의 어깨를 슬며시 잡는 손이 있었다.

"그만 하게, 장 사제. 을지호라는 이름은 자네의 생각처럼 별 볼일 없는 이름 따위가 아니라네."

"아, 장문 사형."

장염은 고개를 돌려 음성의 주인을 확인하고 한 발 뒤로 물러서며 예를 표했다. 어느새 그의 주변엔 장문인 강운교를 비롯해 몇몇 장로(長老)들이 서 있었다.

"그런데 별 볼일 없는 이름이 아니라니요? 그게 무슨 말씀이신지?"

"쯧쯧, 을지라는 성을 쓰는 것을 보면 모르겠나? 자넨 잠시 물러나 있게."

의혹 어린 시선에서 그제야 아차 하는 표정의 장염을 뒤로한 강운교는 웃음인지 울음인지 모를 표정을 지으며 을지호를 응시했다.

"휴우~ 외가에 왔으면 냉큼 와서 어른들께 인사나 드릴 것이지 이 무슨 난리더냐. 아무튼 오랜만이다."

"그간 안녕하셨습니까, 이모부님?"

"휴~ 그래. 지금까지는 그런대로 안녕했다만 앞으로도 그럴지는 실로 의문이다, 인석아."

강운교는 싸움을 멈추고 거친 숨을 몰아쉬는 제자들과 부상자들, 그리고 황당한 눈으로 쳐다보는 강유를 응시하며 한숨을 내쉬었다.

"죄송합니다."

을지호는 면목없다는 듯 고개를 숙였다.

"그래도 생각보다 크게 다친 사람이 없는 것 같으니 그나마 다행이구… 한데 저, 저……!!"

쓴웃음을 지으며 고개를 흔들던 강운교의 두 눈이 연무장에 흩어진 돌 조각을 바라보며 화등잔만해졌다.

"내, 내 눈이 틀리지 않았다면 저것은 분명 해… 해룡상?!"

"그, 그… 그런 것 같습니다."

"어찌 이런 일이!!"

그제야 조각난 해룡상을 살핀 장염은 물론이고 강운교와 함께 나선 장로들의 입에서 경악성이 터져 나왔다. 한 장로는 그 자리에서 털썩 주저앉고 말았다.

'일났군, 일났어.'

그들의 반응이 아무래도 심상치 않음을 간파한 을지호는 해룡상을 부순 해웅에게 괜스레 질책 어린 눈빛을 보냈다.

"네가… 그랬느냐?"

뼈가 꺾이는 소리가 날 정도로 거칠게 고개를 돌려 묻는 강운교의 음성엔 노기가 섞여 있었다.

"꼬맹… 아니, 제 수하와 유아가 대결을 펼치다 그리된 것 같습니다. 하나 이유야 어찌 되었든 잘못은 제게 있습니다. 죄송합니다."

"음."

강운교는 짧은 침음성과 함께 눈을 감고 말았다.

"서, 설마 호 형?"

비틀거리는 걸음으로 다가온 강유는 믿을 수 없다는 듯 떨리는 음성으로 물었다. 을지호가 피식 웃음을 터뜨렸다.

"설마가 아니라 사실이다. 나도 너를 알아보는 데 한참 걸렸는데 제대로 기억이나 하고 부르는 거냐? 네가 장백산에 왔을 때가 고작 다섯 살이었다."

"아, 아니, 뭐… 꼭 기억을 한다기보다는……."

강유가 얼굴을 붉히며 머리를 긁적였다. 둘의 대화를 잠시 지켜보던 강운교가 엄한 목소리로 꾸짖었다.

"지금 그것이 중요한 게 아니다. 어째서 이런 일이 벌어졌느냐가 중요한 것이지. 도대체 어찌 된 일이냐?"

"그, 그게 그러니까……."

강유는 뭐라 할 말을 찾지 못하고 말을 더듬었다. 곧바로 호통이 터져 나왔다.

"꾸물거리지 말고 똑바로 대답하지 못하겠느냐! 어찌 된 연유로 싸움을 하게 되었느냐 말이다!"

"이모부님."

"네게는 잠시 후에 물을 테니 가만있도록 하고. 어서 말해 보거라."

강운교의 거듭된 물음에 강유는 자신이 무슨 이유로 싸움을 하게 되었는지 떠듬떠듬 설명하기 시작했다.

한참을 듣던 강운교가 생각을 정리하곤 입을 열었다.

"그러니까 본 파를 염탐하러 거룡단의 해적들이 숨어들었고 그것을 막다 창운관(蒼雲館)의 무사부(武師父)로 있는 정견(丁鵑)이 다쳤다? 그리고 그 녀석에게 부상을 입힌 해적들이 본 파를 침입했기에 싸우게 되었고?"

"예, 그렇게 된 것입니다."

"말이 된다고 생각하느냐?"

강운교는 어이가 없다는 듯 되물었다.

"하, 하지만 그때 상황이……."

"좋아. 일단 그렇다고 해두고. 이번엔 네가 얘기해 보거라, 어째서 이런 오해가 벌어지게 되었는지."

강운교의 시선이 을지호에게 향했다. 난처한 빛을 띠고 있던 을지호는 어쩔 수 없다는 듯 담담히 입을 열었다.

할 이야기는 태산같이 많았지만 을지호는 거두절미하고 자신들을 오해한 정견이 자신의 말을 믿지 못하고 수하들의 출신을 들어 모욕을 주고 싸움을 걸었다는 것과 이후에도 오해를 풀기 위해 대화를 하려 했지만 다짜고짜 공격을 받게 되어 어쩔 수 없이 싸움이 벌어졌음을 설명하였다.

을지호의 말이 계속될수록 강운교의 얼굴은 붉으락푸르락 수차례나 변화하였다. 강유도 얼굴을 들지 못했고 을지호의 손속에 기절했던, 처음 그를 공격하여 싸움의 발단을 만든 청년은 자신이 무슨 짓을 저질렀는지 인식하고는 겁에 질려 어쩔 줄을 몰라 했다.

"정견은 어디 있느냐?"

"치료를 받는 것으로 알고 있습니다."

"허허, 이 무슨 한심한 일이란 말인가. 언제부터 우리 해남파가 손님을 의심하여 그런 무례를 저질렀단 말이더냐!"

강운교의 탄식에 아무도 고개를 들지 못했다.

"죄송합니다. 오해를 풀도록 보다 노력했어야 하는 것인데."

을지호의 말에 강운교가 고개를 흔들었다.

"아니다. 멀쩡히 두 눈을 달고 있음에도 오는 사람이 손님인지 적인지도 제대로 알아보지 못하는 녀석들이 문제지 네게 무슨 잘못이 있겠느냐? 그만한 모욕을 받고도 참는 사람이 바보지."

강운교의 서늘한 눈이 풀이 죽어 있는 강유 등을 쓸어갔다. 강운교의 눈빛을 접한 그들은 감히 시선을 맞추지 못하겠다는 듯 황급히 고개를 숙였다.

"후~ 그렇지만 해룡상이 저리되었으니 큰일이구나. 조상님들께 큰 죄를 지었어. 아, 이 죄를 어찌할까."

조금 오래되어 보이기는 했지만 아무리 살펴보아도 어디에서나 흔하게 볼 수 있는 석상이건만 강유는 물론이고 어째서 강운교까지 저리 한숨을 내쉬며 걱정하는 것인지 이해할 수 없었다. 그 연유가 궁금했던 을지호가 조심스럽게 물었다.

"저게 그렇게 귀한 것이었습니까?"

강운교가 어처구니없다는 표정을 지었다.

"네 아버지가 아무 말도 해주지 않은 모양이구나. 귀하냐고? 암, 귀하지. 귀하고말고. 얼마나 귀한… 아니다, 관두자. 이미 돌이킬 수 없는 일. 더 말해서 무엇 하리."

강윤교는 허탈한 웃음을 흘리며 고개를 흔들었다.

"어쨌든 악연이다, 악연이야. 이십육 년에서 꼭 열흘이 부족한 시기에 부자(父子)가 나란히 석상을 파괴하다니. 허, 이것 참, 어째 꿈자리가 뒤숭숭하더니만 이런 일이 있을 줄 미리 알려주려고 그랬나 보다."

"죄송합니다."

무슨 할 말이 있겠는가. 을지호는 그저 머리를 조아리며 사과할 뿐이었다.

"되었다. 서로 간에 과실이 있거늘 더 거론해서 무엇 하겠느냐? 이 일은 그냥 덮기로 하자. 아무튼 여기서 이럴 것이 아니라 외조부님께 인사를 드려야지. 가자꾸나."

"하지만 장문 사형."

인상을 구기며 듣고 있던 장염이 강운교를 막고 나섰다.

"아무리 오해로 빚어진 일이고 또한 저 청년이 해남파와는 남남이 아닌 귀한 손님이라지만 해룡상을 저리 만든 잘못은 받아야 한다고 생각합니다."

"그 말 진정인가?"

강운교가 심드렁한 표정을 지으며 물었다.

"예."

"장로님들도 같은 생각이시오?"

강운교의 물음에 장로들은 멀뚱히 서로의 얼굴만을 쳐다볼 뿐 별다른 말은 하지 않았다.

강운교의 입가에 고소(苦笑)가 지어졌다.

"이보게, 장 사제."

"예, 장문 사형."

"장로님들께서 왜 아무런 말씀도 하지 못하시는 줄 아는가? 참담한 심정이야 자네보다 백 배 천 배는 더할 분들이?"

"모, 모르겠습니다."

안 그래도 괴이한 눈빛으로 장로들을 살피던 장염이 떨떠름한 표정으로 대꾸했다.

"그럼 묻겠네. 자네, 해남파의 전대 장문인이자 여기 계신 장로님들의 사형 되시고 또 자네와 나의 사부이며 사사로이는 나의 장인어른이 되시는 창천해룡(蒼天海龍) 육건 어르신의 노기를 감당할 자신이 있나?"

"그, 그게… 그러니까……."

장염은 뭐라 말을 잇지 못했다.

"바로 그것이라네. 이 녀석은 그분께서 친손자보다 더욱 아끼시는 놈이란 말일세. 이 덩치만 커다랗고 말썽만 피우는 놈에 비하면 명(明)이나 유아는 찬밥이야, 찬밥. 해남파의 대를 이을 적자들이 말이네. 이제 알겠나, 어째서 장로님들께서 침묵을 지키고 계시는지? 뒷감당할 자신이 없으셔서 그러는 것이네, 뒷감당을."

강운교의 말에 장로들은 연신 헛기침을 해대며 딴청을 피웠다.

"어때? 이래도 잘잘못을 따져 책임을 물어야겠는가? 굳이 하려면 자네가 하게. 난 도통 자신이 없다네."

강운교의 짓궂은 말에 장염은 아무런 대꾸도 하지 못했다. 그저 멍하니 몸을 돌려 걷는 강운교와 을지호 일행을 바라볼 뿐이었다.

제 6 장

비무(比武)

비무(比武)

연무장에서 북동쪽으로 백여 장 떨어진 자죽림(紫竹林).

해남파의 전대 가주 육건의 거처에선 연신 웃음소리가 터져 나왔다.

"허허허, 그랬구나. 조상님들께야 죄송하지만 실수로 그런 것을 어찌하겠느냐?"

가족들 간의 안부를 묻고 이런저런 얘기를 나누던 육건은 해룡상이 부서졌다는 소리에도 잠시 얼굴을 찡그렸을 뿐 별다른 질책을 하지 않았다.

"그렇지 않아도 홀로 남은 것이 보기 안 좋았어. 장문인은 일간 조상님들께 제(祭)를 지내 용서를 구하고 솜씨 좋은 석공(石工)을 불러 해룡상을 다시 제작토록 하게나."

아마 다른 문파에서 그런 짓을 저질렀다면 문파의 명운을 걸고 싸웠을 것이고 해남파의 제자들이 실수했다 해도 치도곤을 면하기 어려웠을 것이었다. 하나 을지호만은 예외였다.

강운교는 이미 예상했다는 듯 선선히 고개를 끄덕였다.

"그리하겠습니다."

"아닐세. 내가 만들지. 어차피 할 일도 없이 밥맛 축내는 몸. 이 참에 본 파를 위해 정성이나 기울여야겠어."

"괜찮으시겠습니까?"

강운교가 걱정을 하며 되물었다.

"아직은 괜찮아. 조사께서 만드신 것만큼 훌륭한 해룡상을 만들 수 있을지 장담은 못하겠지만 노력은 해봐야지."

육건이 걱정하지 말라면 손사래를 쳤다. 별다른 내색을 하지 않았지만 육건도 해룡상이 자신의 대에 이르러 완전히 박살난 것이 마음에 걸리는 눈치였다.

"괜히 저 때문에… 죄송합니다."

"이 할아비가 괜찮다고 하지 않았느냐? 죄송할 것 없다. 그건 그렇고 오랜만에 외손자를 만났다는 반가움에 인사도 제대로 하지 못했구나. 해적으로 오인받았다는 수하들이 저들이냐?"

육건이 배꼽 아래까지 내려온 수염을 쓰다듬으며 방 한쪽에 어정쩡하게 앉아 있는 해웅 등을 쳐다보았다.

육금정이 내어온 차를 홀짝거리며 귀를 기울이던 해웅과 초번, 뇌전은 을지호가 뭐라 언질을 주기도 전에 벌떡 일어나 허리를 꺾었다. 찰나였지만 육건의 눈에서 흘러나온 날카로운 기운에 찔끔하여 감히 앉아 있을 수가 없었기 때문이다.

"해웅입니다. 그리고 함께 주군을 모시는 초번과 뇌전입니다."

해웅이 허리를 펴며 공손히 입을 열었다.

"허허, 그것참. 나이는 어려 보이는데 덩치 하나는 천하제일이로구나. 몸도 제법 단단한 것 같고."

"검은 물론이고 검기의 공격을 받고도 무사했습니다."

해웅이 얼마나 단단한 몸을 지니고 있는지 누구보다 잘 알고 있는 강유가 때를 놓치지 않고 끼어들었다. 하지만 돌아오는 것은 육건을 대신한 강운교의 핀잔뿐이었다.

"그건 저 친구가 강한 것도 있지만 무엇보다 네가 약해서 그런 것이다. 자신이 약하니 상대의 강함만이 보이는 것이야."

"그래도 호 형님이 나서지 않았다면 승리하는 것은 저였습니다."

강유가 풀이 죽은 음성으로 대꾸했다.

"시끄럽다. 그 무공이 어떤 것인데 어줍지 않은 실력으로 함부로 시전하려 한단 말이냐. 행여나 그것이 네게 화를 불러일으킬지도 모른다고 몇 번을 말했건만."

강운교는 강유가 절대삼검을 사용한 것을 알고 있는 모양이었다. 강운교의 호통에 강유가 머쓱한 표정으로 고개를 숙였다.

"아, 그러고 보니 이 녀석이 절대삼검을 익히고 있더군요. 어째서 그런지 이해가 가지 않습니다."

절대삼검은 을지 가문에 내려오는 비기 중의 비기로 오직 을지 가문의 사람만이 익힐 수 있는 것. 심지어 출가(出家)하면 남이라 하여 여아에게는 전하지도 않던 것이 절대삼검이었다. 그런 것을 강유가 익히고 있었으니 을지호의 의문은 너무나 당연한 것이었다.

그에 대해 할 말이 많다는 듯 강운교가 채 식지도 않은 차를 단번에 마시곤 입을 열었다.

"그것이 다 네 아버지 탓이다."

"아버지 탓이라뇨?"

"오 년 전이었지 아마. 아버님의 고희연(古稀宴:칠순 잔치) 때 다녀간 네 아버지가 인석에게 며칠간 시달림을 받고는 할 수 없이 가르쳐 주었다."

강운교의 말에 을지호가 곧바로 반문을 했다.

"이 녀석이 어떻게 절대삼검을 알고 있지요? 아니, 얘기를 들어 알고 있다 하더라도 함부로 전수하는 것이 아닌데……."

자신의 이야기가 나오자 어깨를 으쓱이는 강유에게 알밤 한 대를 때린 을지호는 믿을 수 없다는 표정이었다.

"후~ 녀석에게 물어봐라."

을지호의 시선이 강유에게 향했다.

"히히, 사실은 그게 절대삼검인지도 몰랐어요. 그저 그때 한참 '쾌(快)'라는 것에 몰두하다가 우연히 여쭈어 알게 된 것이지요."

"다 큰 놈이 웃음이 '히히'가 뭐냐, '히히'가. 아무튼 그래서?"

"이모부는 '빠르다는 것이 무엇입니까?'라는 제 물음에 대답 대신 직접 그것을 보여주셨지요. 그 이후의 일이야 뻔한 것 아니겠어요?"

강유가 음흉한 미소를 흘렸다.

"사흘 밤낮을 쫓아다녔다. 밥을 먹을 때는 물론이고 측간까지 쫓아다니며 가르쳐 달라고 졸라댔지. 아무리 야단을 쳐도 막무가내였어. 녀석의 집요함에 결국 네 아버지가 두 손을 들고 만 것이지."

아무리 친척이라지만 해남파와 을지 가문은 엄연히 다른 가문이었다. 그리고 가문에 내려오는 무공은 함부로 공유할 수 없는 소중한 것이었다. 그것을 알려달라고 강유가 쫓아다녔으니 강운교의 입장이 어떠했을지는 불을 보듯 뻔했다.

그때의 난처한 기억이 생각나는 듯 강유를 노려보는 강운교의 눈빛은 살벌했다.

"혹시 다른 것도 가르쳐 주셨냐? 반야심경도해(般若心經圖解)라든가, 아니면 무위공(無爲功) 같은 것들."

"아니요. 제게 일러주신 것은 그것 하나뿐이에요. 구결하고 기수식, 그리고 검을 뽑을 때 어떤 마음가짐을 지니고 있어야 하는지 말이지요. 그 외에 다른 것은 없었어요. 뭐, 약속을 그리하긴 했지만."

을지호의 얼굴은 이미 굳을 대로 굳어 있었다.

"반야심경도해나 무위공도 가르쳐 주지 않고 그것을 익히게 하셨단 말이야? 미치셨군, 미치셨어."

"어허, 이놈아. 아무리 그래도 말버릇이 그게 뭐냐?"

강운교가 육건의 눈치를 살피며 호통을 쳤다. 그래도 을지호는 아랑곳하지 않았다.

"절대삼검은 실로 막대한 내공을 필요로 합니다. 내공도 없이 함부로 사용했다간 몸이 어찌 될지 장담하지 못합니다. 큰일 난다구요."

"안다. 하지만 네 아버지가 말하더구나, 다른 초식과는 달리 무심지검은 그다지 많은 내공이 필요하지 않다고. 해남파의 내공심법이면 능히 감당할 수 있을 것이라 했다. 그리고 나도 그 말엔 동의한다. 네가 말한 반야심경도해나 무위공엔 미치지 못하더라도 본 파의 현양신공(玄陽神功) 역시 뛰어난 내공심법임엔 틀림없다. 충분하진 않더라도 부족하지는 않으리라 생각한다. 외조부님께서도 그리 생각하고 계시고."

"허허, 그렇지. 너무 걱정하지 말거라. 현양신공이면 충분할 것이야."

육건이 고개를 끄덕이며 말을 받았다. 그러나 을지호의 얼굴은 좀처럼 퍼지지 않았다.

'하지만 말이지요, 두 분께선 '그다지 많은 내공이 필요치 않다' 라는 말을 오해하고 계시는군요. 그것이 다름 아닌 아버지의 입에서 나온 말임에도.'

반박의 말이 목까지 차 올랐지만 을지호는 나직이 한숨을 내쉬곤 더 이상 문제 삼지 않았다. 강운교는 물론이고 육건의 말속에서 해남파의 무공에 대해 상당한 자부심이 깃들어 있다는 것을 느꼈기 때문이었다.

"그래, 얼마나 머물다 갈 생각이니?"

분위기가 조금 묘해진다고 생각한 육금정이 자연스럽게 화제를 돌렸다.

"가급적 빨리요. 며칠 쉬다 떠날 생각입니다."

"이런, 그렇다면 명이는 보지 못하겠구나."

육금정이 아쉽다는 듯 말을 했다. 육금정의 말에 생각났다는 듯 좌우로 고개를 돌리며 두리번거린 을지호가 물었다.

"그러고 보니 강명(姜明) 아.우.가 보이지 않네요. 형님이 먼 길을 지나왔건만 나와보지도 않고. 어디 갔습니까?"

"호호호, 그렇게 강조하지 않아도 네가 석 달 먼저 태어난 것을 모르는 사람은 없어. 꼭 그렇게 티를 내야 되겠니? 호호호, 그리고 명이는 지금 이곳에 없단다."

육금정이 살짝 입을 가리며 웃었다.

"흐흐, 문제는 녀석이 그것을 인정하지 않는다는 데 있지요. 어쨌든 그것은 변함없는 사실인데. 지가 아무리 뭐라 해도 내가 형님인 것은 천지가 개벽한다 해도 뒤집히지 않을 일이니 신경 쓸 것은 아니고… 어디 멀리 갔습니까? 혹시 오지산에……."

을지 가문에 천지비부(天地秘府)가 있다면 해남파에도 천지비부와 비슷한 금지(禁地)가 있었다. 해남도의 정중앙에 우뚝 솟은 오지산 어딘가에 대대로 이어져 내려오는 금지가 있다는 것을 알고 있던 을지호가 조심스레 물었다.

"아니다. 그곳이라면 이미 다녀왔지. 명이는 왜구를 토벌하러 갔다."

육금정을 대신해 강운교가 입을 열었다.

"예? 왜구요?"

"그래. 남쪽 지방에 왜구들의 출몰이 빈번하다더구나. 많은 사람들이 피해를 입었고. 꽤나 대규모인 듯한데 관에서도 막기 버거운지 도움을 청해왔다."

"흠, 그래서 명이 그곳으로 갔군요. 해남파의 무인들을 이끌고."

을지호가 이해가 되었다는 듯 고개를 끄덕였다.

"그래, 나를 대신해 갔다. 경험도 쌓을 겸 해서 말이야. 뿐만 아니라 여러 장로들을 비롯한 대부분의 내제자(內弟子)들도 이에 동참하여 왜구를 토벌하러 갔지. 해서 지금 문파 내에 남은 인원은 몇 되지 않는다."

잠시 말을 끊은 강운교가 해웅 등을 찬찬히 살피며 다소 강경한 어투로 말을 이었다.

"너희들이 상대한 녀석들은 내제자가 아니라 외제자(外弟子)다. 실력이 떨어질 수밖에 없지."

"하하, 그랬습니까? 어쩐지……."

강운교의 말에 을지호가 빙그레 웃음 지었다. 강운교가 하고 싶은 말이 무엇인지 눈치 챘기 때문이다.

해남파는 제자들을 가리지 않았다. 무공을 배우고 싶다고 찾아오는 사람에겐 언제나 문호(門戶)를 개방했다. 하지만 진정한 해남파의 절기를 배우는 사람은 실력을 인정받은 몇몇 소수에 한정돼 있었다.

사람들은 문파 내에 거주하며 해남파의 절기를 익히는 이들을 일컬어 내제자라 칭하며 존경했고 일정한 시간이 되어 문파를 떠나거나 아니면 외부에서 숙식을 해결하고 단순히 무공만을 배우러 문파에 드나드는 이들을 외제자라 부르며 내제자와 구분하였다.

강운교의 말인즉, 해웅 등은 내제자가 아닌 외제자들과 싸운 것이고 진정한 해남파의 제자, 해남파의 무공을 접하지 못했다는 것을 말하고 싶은 것이었다.

"험험, 그냥 그렇다는 것이다."

마음을 들켰다는 생각에 살짝 안색을 붉힌 강운교는 무안함을 달래기 위해 헛기침을 해댔다.

"아무튼 그 일로 인해 대부분의 사람들이 신경을 곤두세우고 있는 중이다. 너희들을 해적으로 오인한 것도 그런 이유라 할 수 있겠지."

을지호와 해웅 등은 그제야 처음 만났던 해남파의 제자들이 자신들에게 과민하다 싶을 정도로 적의를 내보였던 까닭을 이해할 수 있었다.

"아쉽군요, 명이를 보고 싶었는데."

"인석아, 그러게 집에 좀 붙어 있으면 얼마나 좋으냐? 두 분 어르신이 돌아가신 이후에도 여기 유아와 명을 데리고 여러 번 다녀왔지만 그때마다 집에 없더라니. 내가 늙어 죽으면 찾아볼 생각이었느냐!"

육건이 짐짓 노한 표정을 지으며 야단쳤다. 그도 그럴 것이 눈에 넣어도 아프지 않을 외손주를 물경 팔 년 만에 본 것이었다. 을지호가 어째서 그렇게 긴 방황을 했는지 알고는 있었지만 서운한 감정은 어쩔 수 없는 모양이었다.

"하하, 죄송합니다. 그래서 이렇게 오지 않았습니까? 이 머나먼 곳까지요. 멀긴 정말 징그럽게 멀더군요."

환하게 웃으며 말을 하던 을지호의 문득 오는 동안 자신을 괴롭혔던 뱃멀미와 입에 맞지 않는 음식을 생각하며 진절머리를 쳤다. 두 번 다시 하고 싶지 않은 끔찍한 경험이었다.

"오냐오냐. 이제라도 왔으니 되었다. 마음 같아선 일 년이고 십 년이고 잡아놓고 싶다만 일이 바쁘게 돌아가니 그리는 못하겠고… 있는 동안이라도 푹 쉬다 가려무나. 맛난 음식도 먹고 경치도 구경하고."

"예, 그리하겠습니다. 그래야지요."

어느새 노한 표정을 풀고 천진한 어린아이 같은 웃음을 보이는 육건의 모습을 보며 을지호의 기억 속에선 고생스럽기만 했던 지난날의 여정은 이미 사라지고 없었다. 대신 그 자리를 차지한 것은 아련히 다가오는 외조부의 사랑이었다.

"또, 또. 그래선 소용없다고 얘기한 것이 일각도 지나지 않았다! 정신 차리지 못해!"

"죄, 죄송합니다."

을지호의 호통에 한창 보법 수련에 열중이던 해웅은 걸음을 멈추고 얼굴을 붉혔다.

해웅은 을지호의 지적에도 불구하고 자꾸만 걸음이 꼬이고 좀처럼 진전이 없는 자신이 못마땅한지 연신 머리를 쥐어박았다.

"흠, 그래도 전보다는 조금 나아졌어."

큰 덩치에 어울리지 않는 해웅의 행동에 을지호는 피식 웃음을 터뜨리고 말았다.

"자자, 다시 한 번 해보자. 너무 그렇게 의식적으로 발을 놀리니 걸음이 꼬이는 것이야. 처음 보로를 익힐 때야 그런다고 쳐도 지금은 아니잖아. 복잡하게 생각하지 말고 몸에 밴 대로 그렇게 자연스럽게 따라가면 된다니까. 기운 내고 다시 한 번. 뭘 보고 있어? 너희들도 똑같아. 멍청히 있지 말고 빨리 수련해!"

긴 막대기를 이리저리 흔들며 해웅 등을 독려하는 을지호는 비록 호통 치기는 했지만 나날이 늘어가는 그들의 무공에 몹시 흡족해하는 모습이었다.

을지호 일행이 해남도에 도착한 지도 벌써 보름. 육건의 배려로 이런저런 구경도 하고 맛있는 음식을 풍족하게 먹었지만 그것도 하루 이틀이었다. 사흘이 지난 다음 그들이 하는 일이라곤 하루 종일 연무장에서 무공을 익히는 것이 전부였다.

반 시진의 시간이 더 흐르자 을지호가 두어 번 손뼉을 치며 소리쳤다.

"자, 이제 그만 하고 호흡을 가다듬어! 올 때가 다 되었다."

을지호의 말에 해웅 등은 거의 동시에 살았다는 표정을 지으며 안도의 한숨을 내쉬었다. 그것을 본 을지호가 고양이눈을 하며 편잔을 주었다.

"흥, 꽤나 힘들었던 모양이지? 자업자득이다. 오늘도 지면 알아서들 해. 특히 뇌전!"

"예!"

"쉽게 흥분하는 성격 고치지 못하면 평생해도 못 이겨."

"아, 알겠습니다."

을지호의 따가운 시선을 받은 뇌전은 마치 죄인이나 되는 것처럼 고개를 떨어뜨리고는 돌 사이를 비집고 힘겹게 자란 잡초를 지그시 뭉개는 것으로 무안함을 대신했다. 그 모양이 우스웠는지 해웅과 초번의 입가에 미소가 걸렸다.

그것을 그냥 지나칠 을지호가 아니었다.

"웃어? 지금이 웃을 때냐? 일곱 번을 붙어서 일곱 번을 깨졌어. 첫날 이긴 것은 생각하지도 마라, 창피하니까! 그리고 그게 뇌전 한 사람 때문이라고 생각하는 것은 아니겠지?"

강유의 제의로 장난처럼 시작된 해남파 제자와의 비무가 오늘로써 벌써 여덟 번째였다. 처음엔 그저 실전 경험을 쌓을 좋은 기회라 생각해서 선선히 응했지만 언제나 그렇듯 편을 갈라 대결을 하게 되자 그놈의 자존심이 문제였다.

실력의 차이는 분명히 인정하나 해웅 등은 을지호가 처음 거둔 수하였다. 그런 그들이 싸우는 족족 나가떨어지고 패하게 되니 아무리 승패에 연연하지 않는 을지호로서도 은근히 화가 치밀고 있었다. 더구나 외제자를 상대한 첫날은 어찌어찌 힘겹게 승리를 거두었지만 대부분이 왜구들을 토벌하러 떠나고 그나마 몇 남지 않은 내제자를 상대해선 단 한 번도 이기지 못했다.

"오늘이 마지막인 거 알지? 각오들 단단히 해."

예정대로라면 내일 해남도를 떠난다. 오늘마저 진다면 다시는 설욕의 기회가 없었다.

"오늘만큼은 정말 뭔가를 보여주겠습니다!"

번쩍 고개를 쳐든 뇌전이 주먹을 불끈 쥐며 다짐했다. 그러나 을지호는 그다지 믿음이 가지 않는다는 표정을 하고 있었다.

"그래. 후~ 그러면 얼마나 좋겠냐. 나도 제발 그 뭔가를 봤으면 좋겠다."

격려를 하긴 하지만 음성에도 힘이 없었다.

을지호가 수하들에게 선전을 다짐받는 동안에 연무장 한쪽에서 해남파의 제자들이 모습을 드러냈다.

가장 앞서 오던 청년이 을지호에게 포권을 하며 인사했다.

"늦었습니다. 많이 기다리셨습니까?"

"아니, 정확히 왔네. 그런데 이놈은 어디 갔나?"

을지호가 고개를 홰홰 돌리며 강유를 찾았다.

"장문인께서 부르신 것으로 압니다."

청년이 주저없이 대답을 했다.

"그런가? 알았네. 그럼 바로 시작하지."

"규칙은……?"

"동일하네. 먼저 옷을 잘라내는 쪽이 승리하는 것으로 하지. 결정적으로 우위를 차지하던가."

"알겠습니다."

다시 한 번 예를 표한 청년이 뒤로 물러나더니 누군가를 지명했다. 그러자 자색 무복에 청색 띠로 머리를 질끈 동여맨 청년이 나섰다. 앳된 얼굴이었지만 동작 하나하나에 절도가 있는 것이 제법 만만치 않은 실력을 쌓은 것 같았다.

"제가 가겠습니다."

청년이 나서자마자 뇌전이 재빨리 앞으로 나섰다. 을지호가 뭐라 대꾸를 하기도 전에 청년 앞에 선 뇌전은 날카로운 눈으로 상대를 쏘아보았다.

"오늘은 쉽게 안 될 것이오."

전의에 불타는 뇌전, 그러나 상대는 별다른 동요도 없이 살짝 검을 세우며 허리를 굽혔다.

"부탁드립니다."

"물론."

뇌전이 검을 치켜들며 지그시 눈을 감았다.

'운이 좋았을 뿐이야.'

눈앞의 상대와는 다섯 번을 싸워서 모조리 패했다. 별다른 실력 차이가 나는 것은 아니었다. 그저 간발의 차이였다.

운이 나빴다라고 극구 주장했지만 어이없다는 듯 한참을 쳐다보던 을지호는 운도 실력이라는 한마디를 던졌었다. 그때는 그 말에 입을 다물 수밖에 없었지만 이제 그것이 실력이 아니라 진정 운이었다는 것을 증명해 내야 할 시간이었다.

"조심하길."

번쩍 눈을 뜨는 것과 동시에 연무장이 떠나가라 기합을 지르며 선공을 취하는 뇌전은 언제 보아도 기운찼다.

두 걸음의 도약으로 청년의 면전에 단박에 도착한 뇌전의 검이 허공을 가르며 다가들자 청년도 가만히 있지 않았다. 뇌전에 비할 바는 아니었지만 나직한 기합성을 내뱉으며 재빨리 검을 휘둘렀다.

청년의 동작은 힘이 넘치면서도 한 점 군더더기 없이 깔끔했다.

채챙!

검과 검이 부딪쳤다.

"타핫!"

정면으로 맞부딪쳤던 뇌전과 청년이 동시에 한 발 물러나더니 물러나는 것보다 더욱 빠르게 부딪쳤다.

뇌전이 창궁약연의 초식으로 청년의 옆구리를 노리며 검을 날렸다. 비록 삼성에 불과한 성취였지만 청년을 긴장시키기엔 충분했다. 황급히 아래로 검을 내려 공격을 막은 청년은 연이어 들어오는 공격을 대비하며 몸을 뺐다.

"하아앗!"

뇌전의 검이 기묘하게 흔들리며 몸을 빼는 청년을 노렸다. 창궁약연에 이은 창궁무한의 초식이었다.

청년의 낯빛이 창백해졌다. 무공은 달라지지 않았지만 지난 며칠과는 달리 뇌전의 연환 공격이 상당히 날카로웠기 때문이다.

더 이상 밀렸다가는 아무것도 해보지 못하고 패배할 수 있다는 위기감이 그의 전신을 휘감고 돌았다.

청년은 순식간에 거리를 좁히며 무섭게 밀려드는 검을 응시하며 이를 악물었다.

"모두 정신 차리고 지켜봐."

기선을 제압당했다고 생각한 청년의 검이 이전과는 다른 움직임을 보이자 을지호가 조금은 정색한 어조로 말했다. 하나 대꾸하는 사람은 없었다. 온 정신을 집중해 싸움을 관전하고 있는 해웅과 초번의 귀엔 이미 을지호의 음성은 들어오지 않았다.

'구산팔해(九山八海)라고 했던가.'

자신의 공격을 단숨에 무위로 만들어 버리고 눈을 현란케 하는 청년의 공격, 첫 패배 이후 뇌전은 그것이 해남파의 삼대검법 중 하나인 구산팔해라는 것을 전해 들었다.

아홉 개의 산과 여덟의 바다라는 이름 그대로 전 구식은 날카롭고 빨랐으며 도도하게 이어지는 후 팔식은 부드러움과 더불어 강맹함을 지니고 있었다. 그러나 뇌전이 창궁무애검법을 완숙하게 익히지 못했듯 상대 역시 마찬가지였다. 검을 움직일 때마다 힘에 부치는지 일그러지는 얼굴이 그것을 증명하고 있었다.

'오늘은 지지 않는다!'

상대가 구산팔해를 시전하기 시작하자 뇌전의 전신에선 긴장감과 더불어 강한 투기가 피어올랐다. 검을 쥔 손에 부쩍 힘이 들어갔다.

뇌전과 청년이 내뱉는 함성이 해남파를 뒤흔들었다. 검이 부딪치며 내는 쇳소리와 주변으로 흩날리는 불꽃이 둘의 주변을 에워싸고, 내뿜는 기세는 이내 폭풍이 되어 연무장에 휘몰아쳤다.

"멋지다!"

해웅과 초번의 입에서 동시에 감탄성이 터져 나왔다. 해남파의 제자들 역시 뇌전의 선전에 몹시 놀라는 눈치였다. 하나 을지호만은 이들과는 달리 심각한 표정을 짓고 있었다.

'지금부터다. 정신 차려라, 뇌전. 성급해선 안 돼. 절대로!'

비슷한 것 같지만 분명히 실력의 차이는 있었다.

뇌전이 혼신의 힘을 다해 공격하는 반면 상대는 어느 정도 힘을 비축하며 싸우고 있었다. 그것을 알고 있음인지 흥분해 날뛰는 해웅. 초번과는 달리 해남파의 제자들은 조금 놀라기도 하고 최선을 다하지 않는 청년의 태도에 미간을 찌푸리며 못마땅해하면서도 그다지 걱정하는 눈치가 아니었다.

'아직은 어리군.'

청년에겐 뇌전 정도의 상대는 모든 힘을 쏟지 않아도 이길 수 있다는 자신감이 있는지 몰랐지만 을지호가 보기에 그것은 자만에 불과했다.

'흥분만 하지 않으면 이길 수 있다.'

최선을 다하는 뇌전과 자만하고 있는 청년, 기회는 있었다. 다만 뇌전이 얼마나 침착하게 상대의 자만을 파고들어 가느냐가 관건이었다. 그러지 못했기에 지난 몇 번의 비무에서 패한 것이었다.

그러나 을지호가 뇌전이 흥분하지 않기를 간절히 바라는 그 순간, 청년을 점점 몰아쳐 가던 뇌전의 뇌리엔 이미 승리라는 단어가 각인되고 있었다.

'흐흐흐흐.'

마음먹은 대로 검이 움직이고 걱정했던 발놀림도 지금처럼 자연스러운 적이 없었다. 더구나 상대는 자신의 공격을 막기에 급급할 뿐 변변한 반격도 하지 못했다. 이제는 최후의 일격으로 승부를 끝낼 때였다. 물론 마지막을 장식할 멋진 초식도 떠올리고 있었다.

혼신의 힘을 다 기울인 뇌전의 검이 청년을 쓸어갔다.

'흐흐흐, 드디어…….'

은근히 걱정을 했건만 그것은 기우에 불과했다. 상대는 피할 생각도 못하고 멍하니 서 있었다.

'이겼다!'

마지막 공격 역시 자신의 의도대로 정확하게 펼쳐졌다는 생각에 뇌전은 회심의 미소를 지었다. 스스로가 그렇게 흐뭇할 수가 없었는데…….

승리를 확신한 사람은 뇌전만이 아니었다. 해웅과 초번 역시 번쩍 손을 들고는 환호성을 질렀다.

"이겼다!"

"시끄러!"

그들은 함성이 채 끝마치기도 전에 을지호가 휘두른 작대기에 머리를 맞아야 했다.

"멍청한."

뇌전의 공격을 지켜보던 을지호의 입에서 욕설이 튀어나왔다. 그 이유는 곧 밝혀졌다.

"어, 어떻게……."

자신도 모르게 검을 내려뜨린 뇌전은 자신에게 벌어진 일을 믿지 못했다.

어째서 자신의 목에 청년의 검이, 우두커니 서서 어쩔 줄을 몰라 하던 청년의 검이 정확히 한 치의 간격을 두고 겨누고 있는지, 또 앞섶의 옷자락이 나풀거리며 휘날리게 되었는지 도저히 이해를 할 수가 없었다.

"제가 조금 빨랐군요."

여유있는 미소를 지으며 천천히 검을 거둔 청년은 한 발짝 뒤로 물러나 검을 양손에 끼워 아래로 향하게 한 뒤 정중하게 포권을 했다.

"잘 배웠습니다."

"예? 아예."

얼떨결에 마주 인사를 했지만 뇌전은 여전히 멍한 표정이었다. 그런 뇌전을 향해 을지호의 성난 작대기가 달려들었다.

딱~!

"아이코야!!"

경쾌한 격타음이 들리고 주저앉은 뇌전의 곁으로 을지호가 다가왔다.

"이긴 줄 알았지?"

"아, 아닙니다."

뇌전은 머리를 움켜쥐던 손을 재빨리 감추고 몸을 벌떡 일으켰다.

"흥, 아니긴. 조금 전만 해도 다 이긴 줄 알고 있었으면서. 그것이 상대가 네 방심을 이끌어내기 위해 펼친, 정말 눈에 훤히 보이는 수법이었음에도 말이야."

"죄, 죄송합니다, 주군."

뇌전은 죽을상을 하며 어쩔 줄 몰라 했다.

"어찌 당한 건지 알고나 있는 거냐?"

"……"

멍청히 쳐다보는 뇌전의 시선에 을지호는 땅이 꺼져라 한숨을 내쉬었다.

"네가 승리를 확신하며 날린 회심의 일격은… 후~ 어떻게 제대로 익히지도 못한 무공을 쓸 생각을 했냐? 도대체 어찌 생겨먹은 머리인지. 아무튼 네가 보기엔 최고의 초식이었겠지만 그다지 빠르지도 또 별다른 변화도 없는 그저 그런 공격이었다. 대단할 것이란 착각을 한 것은 너뿐이고. 아니지, 이쪽에도 두 명이나 더 있었군."

을지호가 스산한 눈빛으로 해웅과 초번을 노려보았다. 그들은 을지호의 눈을 피해 재빨리 고개를 숙여야만 했다.

"상대는 네가 최대한 방심하는 순간까지 참고 기다리다 역습을 펼친 것이다. 상당히 빨랐어. 제대로 정신을 차리고 있어도 장담하지 못할 정도로. 공격을 피해내며 접근할 때 썼던 움직임이 급어성화(急於星火) 던가… 아마 그럴걸."

을지호가 자신의 말을 확인하기 위해 청년을 쳐다봤다. 청년은 고개를 끄덕이며 수긍하는 몸짓을 보였다.

뇌전이 급어성화에 대한 의문을 가지기도 전에 을지호의 말이 이어졌다.

"내가 말했지? 절대로 흥분하면 안 된다고."

"예."

"가슴은 흥분으로 인해 주체할 수 없을 정도로 뜨겁게 달아오르더라도 머리는……."

을지호가 손가락을 들어 자신의 오른쪽 관자놀이를 툭툭 건드렸다.

"이 머리는 차갑게 식히란 말이다. 그렇지 못한다면 더 이상의 발전은 없다."

을지호는 지나치다 싶을 정도로 냉정하게 말을 자르곤 고개를 돌렸다.

"다음은 초번, 너다. 더 이상 잔소리를 하지 않겠다."

"예."

초번은 고개를 푹 숙이고 해웅의 등 뒤로 걸어가는 뇌전을 보며 전의를 다졌다.

초번이 나서자 해남파에서도 상대가 나섰다. 처음 나섰던 청년의 사형 정도 되는지 제법 나이가 들어 보였다.

'꼭 이겨야 한다.'

자신이 진다면 더 이상 뒤는 없었다. 해웅이 이긴다 하더라도 승패엔 영향을 미치지 못한다. 무조건 이겨야만 했다.

부담감 때문인지 초번의 얼굴은 굳을 대로 굳어 있었다. 움직임도 어딘가 모르게 어색했다. 그 모양을 보던 을지호가 또다시 한숨을 내쉬었다.

"으이구. 한 인간은 앞뒤 재지 않고 흥분하여 날뛰는 것이 문제고

비무(比武) 183

한 인간은 차분함이 철철 넘치니. 초번!"

"옛!"

초번이 깜짝 놀라 몸을 돌렸다.

"너무 차분한 거 아냐? 그렇게 몸이 굳는 것은 흥분하는 것만도 못해. 승패에 연연하지 말고 재밌게 놀아봐. 어차피 실력을 늘리려는 것이 목적이지 꼭 이기려는 것이 목적은 아니니까."

"아, 알겠습니다."

그제야 얼굴을 편 초번이 고개를 좌우로 흔들고 팔도 이리저리 돌려가며 몸을 풀었다. 그 자신이 생각해도 몸이 많이 굳었던 모양이다. 하지만 그런 초번을 보는 해웅과 뇌전의 얼굴은 핏기를 잃고 핼쑥해져 있었다.

초번은 몸을 돌리느라 미처 듣지 못했지만 그들은 을지호가 마지막에 조용히 뇌까렸던, '그래도 사내라면 이길 것은 이겨야지. 무슨 수를 쓰던지, 다리가 부러지고 머리통이 깨지는 한이 있더라도 말이야'라는 말을 들은 것이었다.

'제발 부탁이다, 초번. 반드시 이겨라!'

만약 초번마저 패한다면 비무 중이 아니라 을지호의 손에 그렇게 될지도 모르는 일이었다. 겉으로는 내색하지 않았지만 해웅과 뇌전의 마음은 다를 수가 없었다.

"멋진 움직임이었다."

그 한마디면 충분했다.

수도 없이 구르느라 옷이 해지고 머리가 깨지고 마치 목욕이라도 한 듯 온몸이 땀으로 번들거렸지만 상관없었다.

"운이 좋았습니다."

당장에라도 쓰러질 듯 기진맥진했던 초번은 어깨를 두드리며 던진 을지호의 한마디에 지금까지의 피로가 말끔히 가신 듯 가슴을 펴고 씩씩하게 대답했다.

"운도 실력이다. 끝까지 포기하지 않고 잘해주었어. 좋아, 아무튼 승부는 원점으로 돌아갔고… 다음은 해웅, 너다."

"맡겨주십시오."

을지호의 지목을 받은 해웅이 무지막지하게 거대한 도끼를 바닥에 찍으며 앞으로 나섰다. 을지호가 박살 낸 도끼를 대신하여 급히 장만한 것이라 별다른 장식이 있는 것은 아니었지만 그런대로 쓸 만해 보이는 도끼였다.

하지만 비무는 시작되지 못했다. 연무장 한쪽에서 모습을 드러낸 강유가 약간은 빠른 걸음으로 다가오며 중단시켰기 때문이다.

"잠깐. 잠깐만 기다려."

"뭐야? 늦게 나타나는 것도 모자라 하필 지금처럼 중요한 순간에?"

해웅이 못마땅한 표정으로 입을 열었다.

"시끄러. 어차피 싸웠으면 졌을 것 아냐?"

"지긴 누가? 웃기지도 않는 소리!"

해웅이 도끼를 흔들며 소리쳤다. 강유는 기도 막히지 않는다는 듯 코웃음을 쳤다.

"그 느릿느릿한 거북이걸음으로? 아, 그리고 이 참에 제대로 짚고 넘어가자."

"또 뭘?"

"솔직히 네가 주군으로 모시는 사람이 나하고 어떻게 되냐?"

비무(比武)

"비밀이라도 되냐? 솔직은 무슨……. 사촌 형님이라는 것은 알고 있다."

"잘 알고 있군. 알고 있으면서도 그러냐?"

"뭐가?"

"주군의 형제면 최소한 그에 합당하는 대우를 해줘야 하는 것 아냐?"

강유는 말을 하면서 슬쩍 을지호의 눈치를 보았다.

"또냐? 난 끼워 넣지 말고 니들끼리 해결해."

오늘로써 벌써 네 번째의 다툼이었다. 을지호는 쓴웃음을 지으며 고개를 돌려 버렸다.

"들었지? 지겹지도 않냐? 내가 주군으로 모시는 사람은 네 형님이지 네가 아니야. 그리고 네 나이 열아홉, 내 나이 또한 열아홉. 그거면 된 거 아냐?"

"최소한 반말은 하지……."

"사실 태어난 시기는 내가 훨씬 빠르다. 따지고 보면 네가 나를 형님으로 모셔야 될걸? 덩치를 봐도 그렇고. 주군을 봐서 양보하는 건 줄 알아야지. 뭐, 정 반말하는 것이 싫으면 네가 먼저 존대를 하든지. 물론 나까지 한다는 보장은 없지만 고려는 해보마."

일고의 재고할 가치도 없다는 듯 말을 자른 해웅은 씩씩거리는 강유의 모습이 재미있었는지 듯 의뭉스런 미소를 지었다.

"어때, 싫어?"

무조건 자신을 위하는 수하들이 아니라 처음으로 자신과 비슷한 연배의 강유를 만나고 인연을 만든 것이 마음에 드는지 그를 대하는 해웅의 행동은 다소 묵직했던 평소의 모습과는 상당한 차이가 있었다.

"우라질 놈! 치워라! 덩치는 커다란 놈이 말하는 것이 어째 그리도 얍삽한지! 에이, 빌어먹을 놈!"

"하핫, 그러게 이미 끝난 일을 누가 또 들먹이래?"

해웅과 마찬가지로 싱글거리는 표정으로 강유를 살피던 을지호가 한마디 던지자 강유의 눈이 옆으로 쭉 째졌다.

"흥, 그러게 형님이 처음부터 제대로 서열을 정해줬으면 편했을 것 아닙니까?"

"서열은 무슨 서열. 비슷한 연배끼리 친구처럼 지내면 되는 것이지. 그리고… 해웅은 그렇다 쳐도 초번과 뇌전의 나이는 너보다 위인 것으로 아는데 아마?"

"둘 다 스물한 살입니다."

해웅이 재빨리 대꾸했다.

"호, 나이가 많단 말이지……."

을지호와 해웅이 서로를 바라보며 능청스런 웃음을 터뜨렸다. 은근한 협박의 뜻도 포함한 웃음이었다.

까딱 잘못하면 자신을 둘째 공자라 칭하며 존대하는 초번과 뇌전까지 친구로 지낼 판이었다. 웃음이 의미하는 바를 눈치 챈 강유가 버럭 소리를 질렀다.

"젠장, 알았다고요! 이제 그만 합시다!"

"흐흐, 그러니까 끝난 일을 가지고 되도 않는 억지를 쓰지 말라니까."

"알았다니까요. 그만 합시다, 그만 해요!"

"나~참, 제놈이 먼저 시작하고는 신경질은. 알았으니까 그렇게 악쓰지 마라. 그건 그렇고 품 안에 그건 또 뭐냐?"

을지호가 얼굴을 붉히고 화를 삭이는 강유의 품에 죽은 듯이 안겨 있는 물체를 가리키며 물었다.

강유의 시선이 을지호의 시선을 따라 품 안의 물체로 향했다. 그의 얼굴이 또다시 일그러졌다.

강유는 그제야 자신이 해야 할 말이 아직도 많이 남았다는 것을 인식하고는 목소리를 높이기 시작했다.

"뭐냐고요? 보면 모르십니까? 제가 키우던 매잖아요, 매!"

"그래, 매라는 건 알겠는데 그러니까 왜 그러냐고?"

강하게 나오는 강유의 태도에 왠지 모를 불안감을 느낀 을지호가 한 발 뒤로 빼며 물었다.

"왜 그러냐고요? 흥, 그것은 저 잘난 놈이게 물어보시지요? 누구처럼 무식하게 힘만 세가지고는!"

강유가 가리킨 것은 사냥을 했는지 정문 위에 걸터앉아 무언가를 뜯고 있는 철왕이었다.

더 이상의 설명은 필요도 없었다. 철왕을 가리키는 한마디에 을지호는 모든 정황을 파악할 수 있었다. 철왕이 사고를 친 것이었다.

"흠."

뭐라 대꾸할 말을 찾지 못한 을지호가 짧은 신음성을 내뱉자 강유가 두 눈에 불을 켜고 달려들었다.

"'흠'이라니요? 이게 어떤 매인 줄이나 아십니까? 무려 닷 냥이나 주고 구입한 것입니다, 그것도 간신히."

"사내놈이 고작 닷 냥 가지고 그 난리냐? 옛다, 닷 냥."

강유가 펄펄 뛰는 이유를 이해하지 못하겠다는 듯 코웃음을 친 해웅이 주머니를 뒤져 동전을 꺼냈다. 그런 해웅의 태도가 그를 더욱더 분노케 했다.

"내가 지금 장난하는 것으로 보이냐?"

"서, 설마 은화(銀貨)냐?"

"은화? 금화(金貨)다, 이놈아! 그리고 누가 돈 때문에 그런 줄 알아? 내가 이 녀석을 얼마나 아끼고 귀하게 보살펴 왔는데……."

강유는 차마 말을 잇지 못하고 품 안에 안겨 힘없이 퍼덕이는 매의 머리를 안쓰러운 손길로 쓰다듬었다. 한쪽 날개의 깃털이 보기가 흉할 정도로 뜯겨 나가고 곳곳에 상처를 입었는지 붉은 얼룩이 진 매는 주인의 손길에 기묘한 소리를 내며 반응하고 있었다.

"금화면 꽤, 꽤나 비싸군."

괜한 말을 했다가 본전도 뽑지 못한 해웅은 슬그머니 뒤로 물러나며 겸연쩍은 표정을 지었다. 꺼냈던 동전도 재빨리 주머니에 집어넣었다.

'쯧쯧, 여기까지 와서… 하긴, 제 버릇이 어딜 갈까?'

지금의 상황을 아는지 모르는지 시치미를 뚝 떼고 먹이를 먹느라 바쁜 철왕을 쳐다보는 을지호의 입에선 그저 한숨만이 흘러나왔다. 하나 이미 엎질러진 물이었다.

"미안하다. 너도 알다시피 저놈 성질이 워낙 개차반이라."

기르던 동물이 잘못을 저지르면 주인이 책임을 지는 법. 을지호는 화를 삭이지 못해 씩씩거리는 강유에게 미안하다는 말과 함께 나름대로 정중히 사과를 했다. 그러나 사과 한 번으로 화가 사그라질 만큼 매에 대한 강유의 애정은 약하지 않았다.

"이게 사과한다고 끝날 일로 보입니까? 세상에 얼마나 못살게 굴었으면 이렇게 많은 상처가 난단 말입니까!"

강유는 이리 뜯기고 저리 뜯겨 엉망인 매를 들이밀며 악을 썼다. 은근히 부아가 치밀어 올랐지만 을지호는 애써 화를 억누르며 거듭 사과했다.

"한 번만 이해해라. 나도 저놈의 성질에 두 손 든 지 오래다. 더 이상 이런 일이 없도록 하마."

"이해요? 이해할 것이 따로 있지, 절대로 이해 못합니다! 지가 아무리 힘이 세다고 해도 그렇지……."

철왕을 보며 고래고래 소리를 지르기도 하고 을지호에게 하소연 비슷한 책망을 늘어놓기를 한참, 그럼에도 강유의 분노는 좀처럼 가라앉을 줄 몰랐다. 하지만 몸에 좋은 약이라도 입에는 쓰고 칭찬도 자꾸만 들으면 칭찬으로 들리지 않는 법이었다. 하물며 쓴 소리였다.

아무리 성질이 더럽고 잘못을 저지르기는 했어도 미우나 고우나 철왕은 어릴 적부터 함께해 온 친구였다. 거기에 싸잡아 주인이 어쩌구 하며 계속해서 불평을 해대자 을지호도 배알이 뒤틀렸다.

"웬만하면 그만 하지?"

나직이 내뱉는 말엔 어느새 가시가 돋아나 있었다. 그러나 강유는 아랑곳하지 않았다.

"그만 하기 뭘 그만 합니까? 아직……."

강유가 말을 꺼내기가 무섭게 을지호가 말허리를 잘랐다.

"시끄럽다. 품 안의 매가 죽은 것도 아니고 내가 사과까지 하지 않더냐. 사내놈이 한두 마디 했으면 됐지 계집애처럼 징징대기는. 그리고 네가 아무리 떠들어대도 저놈이 꿈쩍이나 할 것 같으냐? 어림도 없는 소리지. 오히려 조심해야 할 거다. 모르는 척하고 있지만 저놈이 저래 뵈도 사람의 말귀를 제법 잘 알아듣는단 말이야. 네가 욕하는 것 다 새겨듣고 있을걸."

"흥, 그래 봤자지요. 제깐 놈이 감히 어디서!"

을지호의 호통에 찔끔한 강유가 다소 누그러진 기세로 대답을 하더니 고개를 쳐들고 철왕을 향해 주먹을 휘휘 내저었다.

강유의 행동에 안타깝다는 듯 을지호가 혀를 찼다.

"쯧쯧, 몰라도 한참을 몰라."

"뭐를요?"

"내가 옛날얘기 하나 해줄까?"

"그다지 듣고 싶지는 않은데요."

강유가 시큰둥한 표정으로 대꾸했다.

"그래도 들어봐. 내가 짧지만 군에 있을 때였는데 지금과 비슷한 사건이 있었다. 그때가 아마 겨울이었지……. 어느 날인가 토끼나 몇 마리 잡아오라고 날려 보냈더니, 웬걸. 토끼는 제쳐 두고 엉뚱하게도 상관이 사냥용으로 기르는 수리를 초주검 내버린 거야. 네 마리 중 가장 큰 놈이었다."

힐끔 시선을 던져 강유의 반응을 살핀 을지호가 말을 이었다.

"사실 장백산에 있을 때부터 놈은 알아주는 폭군이었어. 저놈이 하늘을 날고 있을 땐 모든 날짐승들이 날개를 접었다. 어디서 파닥거리는 소리만 나도 가만히 두질 않았거든."

"……."

"아무튼 그 수리를 제법 아꼈는지 상관이 펄펄 뛰더군. 너는 비교도 되지 않을 정도로 말이야. 온갖 욕을 해대며 철왕을 잡으려 기를 쓰고 뛰어다녔지. 결국 잡지는 못했고."

"그래서요?"

자신도 모르게 긴장했는지 질문을 하는 강유의 콧잔등엔 땀방울이

맺히고 있었다.

"그래서는 무슨. 그걸 차곡차곡 마음속에 담아두었는지 철왕은 상관이 기르던 수리를 모조리 잡아 족치고 심지어는 상관에게까지 달려들었지. 간신히 말렸으니 망정이지 하마터면 머리에 구멍이 날 뻔했어. 뭐, 편하긴 하더라. 그렇게 한바탕 난리를 치고 나니까 겁을 먹었는지 길길이 날뛰던 상관도 더 이상 귀찮게 굴지는 않았으니까."

"젠장, 그래서 하고 싶은 얘기가 뭡니까?"

강유가 품 안에 매를 깊숙이 안으며 소리쳤다.

"뭐긴. 그렇게 욕을 해대다간 내일 아침이 되기 전에 날개가 뜯기고 목이 부러져 죽은 매 한 마리가 발견될 거라는 것이지. 잘하면 네 머리에 구멍이 생길 수도 있고."

을지호는 철왕이 들으면 큰일이라도 난다는 듯 슬그머니 목소리를 낮추고 강유의 옆구리를 툭 하고 쳤다.

"미리 말해 두지만, 저놈 제법 세다? 그리고 꽤나 독종(毒種)이야."

"정말… 입니까?"

강유가 믿기 어렵다는 듯 되물었다.

"저놈 무시했다가 내 수하 한 명이 거의 병신이 되었다지 아마. 어깨가 박살나고 머리에 구멍이 나고."

지금껏 억지로 웃음을 참아낸 해웅이 곁으로 다가와 지나가는 말투로 한마디 거들었다. 순간 얼굴을 일그러뜨린 강유의 시선이 초번과 뇌전에게 향했다. 초번과 뇌전은 사뭇 진지한 표정으로 고개를 끄덕였다.

"저 같으면 후회할 짓 하지 않습니다."

뇌전의 한마디가 그렇지 않아도 불안해하던 강유 마음을 뒤흔들었다. 하나 진정한 결정타는 따로 있었다.

툭.

뇌전의 말을 듣던 강유의 발 아래에 조그마한 물체가 떨어졌다.

"으악!"

그것의 정체를 확인한 강유가 기겁하며 소리를 질렀다.

강유를 놀래킨 것은 다름 아닌 쥐의 머리. 어떻게 끊어냈는지 몸에서 정확하게 머리만 분리된 것이 난데없이 허공에서 떨어진 것이었다.

"빌어먹을 놈!"

자신을 놀라게 한 것이 철왕임을 확인한 강유가 이를 갈며 소리쳤다. 잠시 날아올라 강유에게 쥐의 머리를 선사한 철왕은 이미 처음의 자리로 돌아가 있었다.

"음, 경고군."

을지호가 심각한 표정을 지으며 말했다.

"경고요?"

강유가 화들짝 놀라며 반문했다.

"지금까지 설명했잖아, 놈이 사람 말귀를 기막히게 알아듣는다고."

"그, 그럼······?"

"그래, 더 이상 욕하면 가만있지 않겠다는 경고를 보낸 거다. 원래 경고 따위는 보내지도 않고 행동하는 놈인데 그래도 안면이 있다고 한 번 참아주는구나. 하지만 저놈 성격에 두 번은 참지 않을걸."

망연자실한 표정으로 쳐다보는 강유를 향해 을지호가 넌지시 말을 건넸다.

"웬만하면 이번 일은 이쯤에서 묻는 것이 좋겠다."

"······."

뭐라 말하고 싶었지만 강유는 입을 열지 못했다. 을지호가 기르는 매만 아니라면 당장에라도 응분의 대가를 치르게 하고 싶은 마음이 굴뚝같았지만 그럴 수도 없었다. 그저 황당한 눈으로 한껏 염려하는 목소리의, 그러나 그런 모습 뒤에 은근히 지금의 상황을 즐기고 있는 을지호와 여전히 시치미를 떼고 제 할 일만 하는 철왕을 번갈아가며 쳐다볼 뿐이었다.

'버르장머리없는 매나 그 주인이나. 후~'

생각하면 할수록 화가 치밀어 올랐지만 더 이상 거론해 봤자 득될 것 없다고 판단한 강유는 그저 고개를 절레절레 흔드는 것으로 모든 일을 마무리 지었다.

강유의 행동이 무엇을 의미하는지 모를 리 없는 을지호가 요란스럽게 박수를 치며 화제를 다른 곳으로 돌리고자 하였다.

"자자, 그렇게 우두커니 서 있지 말고 이리 와라. 아직 비무가 끝나지 않았어. 승부는 보아야지."

강유는 힘없이 고개를 흔들었다.

"아니요. 형님은 따로 할 일이 있습니다."

"내가?"

"아버님이 기다리고 계십니다."

"아, 맞다. 저 친구가 네가 이모부님이 부르셔서 갔다고 말하더구나."

"형님을 데려오라고 하셨습니다."

"흠, 그래? 알았다. 그렇다면 어쩔 수 없지. 해웅."

"예, 주군."

해웅이 을지호의 부름에 재빨리 대답했다.

"너도 들었지? 나는 이 자리를 떠야겠다. 하지만 이곳에서의 마지막 비무인데 끝은 봐야지. 옆에서 지켜보지는 못하겠지만 응원은 해주마."

"염려 마십시오."

해웅이 맡겨달라는 듯 가슴을 치며 대꾸했다.

"좋아. 기대해 보지. 지면 죽을 줄 알아."

을지호는 그다지 믿음은 가지 않았지만 해웅의 자신감 넘치는 모습에 만족해하며 몸을 돌렸다. 상처 입은 매를 꼭 안은 강유가 총총걸음으로 그 뒤를 따랐다.

"타핫!"

을지호와 강유가 연무장을 벗어나기도 전에 해웅의 기합성이 주변으로 울려 퍼졌다.

제7장

두 권의 책자(册子)

두 권의 책자(册子)

"이것이 무엇입니까?"

을지호가 육건이 내민 두 권의 책자를 집어 들며 물었다. 펴보지 않았음에도 먹물 냄새가 물씬 풍겨오는 것이 만든 지 얼마 되지 않은 것 같았다.

"그냥 네게 필요한 이것저것 잡다한 것들을 정리한 것이다."

손자를 위해 무언가를 할 수 있었다는 것이 기뻤는지 살펴보라는 듯 고갯짓을 하는 육건의 표정은 몹시 밝아 보였다.

"꽤나 무겁군요."

일반 서책들과 비교해 그다지 차이가 없고, 특히 한 권은 몹시 얄팍하게 보였음에도 어찌 된 일인지 제법 무게가 있었다.

"펴보거라."

육건의 권유에 을지호는 두꺼운 책을 우선적으로 집어 들었다.

책장을 넘기자마자 용사비등(龍蛇飛騰)한 글씨체는 아니었지만 나름대로 상당히 뛰어난 글씨체가 눈에 들어왔다.

소림사(少林寺).

'소림사?'
난데없이 소림사라니. 을지호는 의혹에 가득 찬 눈으로 책을 읽기 시작했다.

하남성(河南省) 등봉현(登封縣) 숭산(嵩山)에 위치. 현 장문인은……

"이, 이건!"
첫 장부터 상상을 뛰어넘는 내용이었다.
깜짝 놀란 눈으로 육건을 바라보던 을지호는 황급히 시선을 돌려 책장을 넘겼다.
소림사의 뒤를 이은 것은 무당파(武當派)였다.
"도대체가……"
책장을 넘기면 넘길수록 을지호의 눈은 커져만 갔다. 소림사부터 시작하여 각 문파에 대한 설명이 너무도 자세하게 소개되어 있었기 때문이다.
육건과 함께 흐뭇한 미소를 짓던 강운교가 입을 열었다.
"강호엔 수도 없이 많은 문파들이 존재하지만 현재 무림은 크게 구파일방(九派一幫)과 여러 세가(世家)들을 중심으로 한 백도(白道), 패천궁을 중심으로 한 흑도(黑道), 그리고 양쪽 어느 곳에도 속하지 않은 중도(中道) 문파들로 나뉜다고 보면 맞을 것이다. 우선 백도의 명망있는 구파일방과 세가들부터 정리를 했고 그 이후는 각 지역에 위치한 문파들에 대한 설명을 적었다. 나름대로 최대한 자세하게 설명하려고 노력은 하였지만 부족한 점이 많을 것이다. 특히 패천궁을 중심으로 한 흑도의 문파들은 상대적으로 더욱더 빈약해. 아무래도 정보를 얻기가 쉽지 않아서 말이야."

"아, 아닙니다. 이 정도로 충분합니다. 아니, 충분하다 못해 넘칩니다."

넘치는 정도가 아니었다. 책의 두께를 보건대 모르긴 몰라도 중원에 산재한 대다수의 문파들에 대해서 설명이 되어 있는 듯했다. 특히 남궁세가가 위치한 곳의 여러 문파들에 대한 것들은 을지호에게 있어 무엇과도 바꿀 수 없는 귀중한 정보였다.

"허허, 천하의 을지호가 그 정도에 놀라서야 쓰나. 세력편(勢力篇)을 보았으니 인물편(人物篇)도 보아야지. 어서 다음 책도 마저 보려무나."

을지호의 반응이 마냥 즐겁기만 한 육건이 수염을 쓰다듬으며 웃음 지었다. 그렇지 않아도 다음 책을 향해 손을 뻗고 있던 을지호는 조금도 주저함없이 책을 집었다. 그리고 흥분된 마음을 애써 누르며 차분히 책장을 넘겼다.

일승(一僧). 수호신승(守護神僧).

세력편의 첫 장을 장식한 것이 소림사였듯 인물편의 첫 장도 역시 소림사의 인물이었다.

일패(一覇). 흑도지존(黑道至尊) 안휘명(鮟麾命).

수호신승에 이어 거론된 인물은 현 패천궁의 궁주이자 흑도의 사실상 지존인 안휘명이었다. 그 뒤로 오왕(五王)이니 삼괴(三怪)니 하며 몇몇 인물들에 대한 설명이 이어졌다.

더 이상 읽을 엄두를 내지 못한 을지호가 책을 덮고 강운교를 응시했다. 설명이 필요하다고 생각했는지 강운교가 입을 열었다.

"세력편에서도 각 문파에 속한 무인들에 대해 언급을 하긴 하였지만 인물편에 설명된 사람들은 보다 특별한 사람들이다. 개개인의 능력이 하늘을 울리고 땅을 뒤집을 정도로 엄청난 사람들이지. 특히 백도와 흑도의 양대산맥(兩大山脈)이라 할 수 있는 일승과 일패를 제외한 십 인들, 첫머리에 언급한 십 인의 무인들을 일컬어 사람들은 보통 강호십대고수(十大高手)라 부른다."

'십대고수라……'

을지호는 강운교의 설명을 들으며 다시 책을 펴 십 인에 대한 설명을 찬찬히 살펴보았다.

"제가 알고 있는 것과 조금 다르군요. 특히 오왕에 대한 설명이."

"할아버님께 들은 모양이구나. 하지만 그 당시 오왕과 지금의 오왕은 다르지. 세월이 얼마나 흘렀는데. 그러나 변하지 않은 것도 있다."

을지호는 조용히 기다리는 것으로 질문을 대신했다.

"그들이 최강은 아니라는 것이다."

강운교가 의미심장한 웃음을 지으며 을지호를 응시했다.

"사람들의 뇌리엔 아직도 한 자루 궁으로 무림을 휩쓴 궁귀(弓鬼)와 수호신승을 물리치고 무림을 일통(一統)했던 혈검(血劍)에 대한 전설이 또렷이 각인되어 있다. 두려움과 공포, 다른 한편으로는 존경의 대상으로서 말이다. 다만 인물편에 그분들이 언급되지 않은 것은 오십여 년 동안 모습을 드러내지 않으셔서 그런 것이다."

육건이 한마디를 덧붙였다.

"아울러 감히 논하지 못하겠다는 경외심 때문이기도 할 것이다."

강운교와 육건의 말에 을지호는 문득 한 가지 의문점을 떠올렸다.

"마치 다른 사람이 쓴 것처럼 말씀하십니다. 이 책을 쓰신 분이 할아버님이나 이모부님이 아니란 말씀입니까?"

을지호의 물음에 육건이 피식 웃음을 터뜨렸다.

"인석아, 바다 한쪽 구석에 처박힌 우리가 각 문파와 인물들에 대해 어찌 이리 속속들이 알겠느냐?"

"그러면 어디서 이런 책을? 더구나 만든 지 얼마 되지 않은 것처럼 보이는데요."

"허허허, 그건 다 이유가 있지."

육건이 수염을 쓰다듬으며 강운교를 바라보았다. 쓴웃음을 지은 강운교가 입을 열었다.

"하오문(下午門)이라고 알고 있느냐?"

"하오문이라 하시면… 글쎄요, 잘 모르겠습니다."

한참 머리를 굴리던 을지호가 고개를 흔들었다.

"그럼 개방(丐幇)은 알겠지?"

"예, 알고 있습니다."

"비슷하다고 보면 될 것이다. 지금의 거대 방파로 발전한 개방은 그 옛날 힘없는 거지들이 모여 만든 것이고 하오문은 거지들과는 다르지만 최하층의 사람들, 기루(妓樓)에서 웃음이나 몸을 파는 기녀(妓女),

주루(酒樓)에서 일하는 점소이, 도둑, 소매치기 등 실로 잡다한 군상들이 모여 만든 것이다. 그리고 이 정보들은 바로 그 하오문에서 얻은 것이다."

"흠, 이 정도의 정보를 만들 정도면 상당한 힘이 있는 모양입니다. 그런데 어째서 잘 알려지지 않았는지 모르겠습니다."

을지호의 물음에 강운교는 고개를 가로저었다.

"힘이 없었기에 만든 것이다."

"이해가 가지 않습니다."

"어렵게 생각할 것 없다. 힘이 없기에 살아남고자 정보를 모았다고 생각하면 된다. 하오문의 역사는 개방과 견줄 수 있을 정도로 오래되기는 하였지만 개방과는 달리 그 힘은 미약하기만 하다. 간간이 성세를 구가한 적도 있었지만 일시적일 뿐이고 늘 당하기만 하는 약자의 위치였지. 힘이 약한 자가 살아남는 방법엔 어떤 것이 있을까? 가장 좋은 방법은 처세(處世)를 잘하는 것이다. 그리고 올바른 처세를 위해서 무엇보다 필요한 것은 바로 정확한 판단을 내릴 수 있도록 방향을 제시해 주는 정보라 할 수 있다. 해서 역대 하오문의 문주들은 다른 부분은 제쳐 두고서라도 정보력만큼은 그 어떤 세력, 문파보다도 뛰어나게 만들고자 노력했다. 중원에 산재한 수많은 문파들에 대해 가능한 모든 것을 수집했고 분석했다. 심지어 헤아릴 수도 없이 많은 무인들의 무공이나 성격, 특징까지도 파악하고자 하였다. 이후 하오문은 특별히 힘을 기르지 않아도 그 명맥을 유지할 수 있었다."

"정보력이 그토록 뛰어나다면 오히려 위험하지 않을까요? 힘을 키우고자 하는 자들이 가만 놔두지 않았을 것 같은데."

을지호가 고개를 갸웃거리며 묻자 강운교는 물을 줄 알았다는 듯 곧

바로 말을 이었다.

"그런 시도가 몇 번 있었던 것으로 알고 있다. 하지만 단 한 번도 성공은 하지 못했다고 하더구나. 어느 한 세력에 하오문이 굴복한다면 이후 벌어질 상황이야 뻔한 것. 그런 일이 절대로 일어나지 않도록 서로 견제를 했다고 보면 맞겠지."

"그렇군요."

"아무튼 다행한 것은 하오문의 총타가 해남도와 얼마 떨어지지 않은 광동(廣東)에 있다는 것이었고, 보다 중요한 것은 하오문의 문주가 아버님과 안면이 있으시다는 것이지."

"아, 그래서?"

"그래. 네가 이곳에 도착하자마자 하오문에 사람을 보냈다. 부족한 것은 대가를 지불하고 개방을 통해 얻기도 했다. 비용은 비용대로 들고 많은 사람들이 고생했어. 정보를 얻기는 했지만 오래되고 필요없는 것들도 너무 많아서 정리를 따로 해야 했으니까. 어쨌든 그거 만드느라 꽤나 고생했다."

지난 며칠 동안 책을 만드느라 꽤나 공을 들였는지 슬며시 책을 들춰보는 강운교의 얼굴엔 자부심이 가득했다.

어떠한 노력이 있었는지 보지 않아도 알 수 있었다. 그 짧은 시간에 이토록 방대한 양을 정리해서 적으려면 며칠 밤을 꼬박 새웠다 해도 부족했을 것이다.

벌떡 자리에서 일어난 을지호가 고개를 숙였다.

"감사합니다, 할아버님."

육건이 만면에 웃음을 지으며 손을 흔들었다.

"녀석, 감사는 무슨. 공연한 소린 하지 말고 자리에 앉거라."

을지호는 강운교에게도 허리를 숙여 감사를 표했다.
"공연히 저 때문에 이런 수고를… 감사합니다, 이모부님."
"하하하, 뭐, 조금 힘들기는 했지만 괜찮았다. 우리에게도 많은 도움이 되는 정보들이었어."
사실이 그랬다. 비록 멀리 떨어져 있기는 하지만 해남파도 어엿한 무림의 문파였다. 더구나 세인들이 뇌리엔 해남파는 정사 중간의 문파이면서 상당히 자부심이 강하고 개개인이 뛰어난 검수(劍手)들로 구성된 문파로 알려져 있었다.
비록 지금은 왜구들을 소탕하느라 정신이 없지만 만약을 위해서라도 무림에 어떤 문파들이 생겨나고 사라지는지, 돌아가는 상황은 어떤지, 또 어떤 인물들이 등장하는지 알아둘 필요가 있었다.
"자, 그리고 이것도 받거라."
을지호가 자리에 앉자 육건이 조그마한 상자를 내어놓았다.
"그것은 또 무엇입니까?"
"열어보면 알 것 아니더냐."
을지호는 더 이상 묻지 않고 상자를 열었다. 상자의 뚜껑이 살짝 들리는 순간, 상자 안에서 눈이 부신 광채가 흘러나왔다.
상자에는 수십여 알의 진주(珍珠)가 들어 있었다. 특히 유난히 밝은 빛을 발하고 있는 것, 크기는 호두알만하고 보는 방향에 따라 각기 다른 광채를 내는 구슬은 억만금을 주고도 살 수 없다는 야광주(夜光珠)가 틀림없었다.
"세, 세상에……!"
야광주라는 것이 있다는 말만 들어보았지 직접 본 적은 없었던 을지호는 영롱한 빛을 뿜어내는 야광주를 집어 들고 벌어진 입을 다물지 못했다.

을지호의 놀라는 모습을 보며 술잔을 비운 육건이 입을 열었다.

"한 문파를 일으키는 데 있어서 문파의 초석이 될 수 있는 적당한 무공과 그것을 제대로 익혀낼 수 있는 인재만큼 필요한 것은 없을 게다. 하지만 무엇보다 중요한 것은 바로 재력(財力)이다. 어쩌면 다른 모든 조건을 충족시킬 수 있도록 만드는 것이 돈일지도 모르겠다. 해서 준비했다. 얼마 안 되지만 이 할아비의 정성이라 생각하고 받아두어라. 도움이 될 게다."

"얼마 안 되다니요? 넘치도록 많습니다. 감사합니다, 할아버님."

"허허, 혼자 생색 내려 하니 미안하구나. 다 늙어 은퇴한 내가 무슨 돈이 있겠느냐? 그저 장문인에게 손을 벌린 것뿐이지. 감사를 하려면 큰 결단을 내려준 네 이모부에게 하여라."

육건의 시선이 묵묵히 술잔을 비우던 강운교에게 향했다.

"문파의 재정이 넉넉치 못하면서도 많이도 준비했군 그래. 야광주라… 나는 생각도 못했어."

육건의 말에 황급히 고개를 숙인 강운교가 변명하듯 말했다.

"아, 아닙니다, 아버님. 저는 다만 남궁세가가 중원에서 크게 일어나면 우리 해남파에도 큰 도움이 되리라 생각해서 돕는 것뿐입니다. 따지고 보면 남남도 아니고 해서……."

전자의 말은 그저 형식을 차린 것에 불과했다. 강운교가 육건의 뜻을 존중해 무리를 해가면서까지 을지호를 돕는 가장 중요한 것은 바로 남궁세가와 해남파가 남남이 아니라는 바로 그 말에 있었다.

"근래 왜구 때문에 이곳저곳 들어가는 곳이 많아서 더 준비하지 못했다. 다소 부족하게 느껴지겠지만 아버님 말씀대로 정성이라 생각하여라."

"아, 아닙니다. 이모부님. 이렇게 신경 써주실 필요까지는 없었는데……."

을지호는 연신 사례를 하면서 재빨리 손을 뻗어 상자를 품속에 갈무리했다. 그 모양을 보던 육건이 짐짓 노한 표정을 지었다.

"그렇게 서둘러 챙기지 않아도 여기서 그걸 빼앗을 사람이 없고 다시 돌려달랄 사람도 없다. 사내놈이……."

"흐흐흐, 죄송합니다. 여태껏 이만한 보물을 본 적이 없어서."

약간은 겸연쩍은 미소를 지으며 변명하는 을지호. 하나 그리 말하면서도 그의 얼굴엔 부끄러움이나 무안한 빛이 전혀 없었다.

"그건 그렇고, 떠날 준비는 끝마쳤느냐?"

"뭐, 특별히 준비할 것도 없습니다."

"그래, 조금 더 붙잡고 싶지만 기왕 떠나기로 마음먹은 것, 결정했다면 망설일 이유가 없지. 그래도 걱정이 되는 것은 어쩔 수 없구나. 예로부터 창업(創業)보다는 수성(守成)이 어렵다는 말이 있지 않느냐? 하지만 재건(再建) 또한 창업이나 수성에 못지않게 힘든 일이다. 특히 남궁세가와 같이 명망이 있었던 문파를 과거와 같이 일으켜 세우는 데엔 수많은 난관이 버티고 있을 게야."

"각오하고 있습니다."

"각오만으론 부족할지 모른다. 더구나 작금의 무림을 살펴볼 때 남궁세가의 위치는 패천궁의 영향 하에 있는 장강 이남. 패천궁은 둘째 치고 흑도의 많은 문파들이 남궁세가의 부활을 원하지 않을 것이다. 어쩌면 목숨이 위태로울 수도 있어."

단순한 우려가 아니었다. 사실상 백도와 흑도는 장강을 사이에 두고 남과 북으로 나뉘어 대치하고 있는 형국이었다. 수십 년 동안 큰 충돌은 없었다지만 자신들의 안방에서 남궁세가와 같은 명문정파가 또다시 용틀임하는 것을 그냥 놔둘 흑도문파는 없었다. 을지호가 고향을 떠나기 전 환야가 장담한 말대로 패천궁이 나서지는 않더라도 충돌은 불가피했다.

육건이 염려하는 것은 바로 그것이었다. 지금의 남궁세가의 힘으로는 조그마한 문파 하나도 감당할 여력이 없었다. 물론 을지호의 능력을 믿고는 있지만 한 손으로 여러 손을 상대할 수 없듯 언제까지 홀로 싸울 수는 없는 일이었다.

육건은 말에 을지호가 보일 듯 말 듯한 미소를 지었다.

"제 이름이 을지호입니다."

담담하면서도 어딘가 믿음이 가는 음성이었다. 육건의 안색이 활짝 펴졌다.

"허허허, 아직 시작도 하지 않았거늘 내가 공연한 소리를 하였구나. 그래, 네가 누구인지 내 잠시 잊고 있었다. 네가 누구더냐? 을지호, 을지세가의 장자 을지호가 아니더냐!"

"더불어 창천해룡이라는 별호를 쓰시는 분의 외손자이기도 하지요."

"암, 그렇지, 그렇고말고!"

육건은 뭐가 그리 좋은지 자죽림이 떠나가라 웃음을 터뜨렸.

웃음소리에 놀라 한가로이 놀고 있던 새들이 대나무를 박차고 비상을 시작했다.

날은 맑았다.

새벽녘에 잠시 시야를 어둡게 했던 안개도 말끔히 걷힌 상태였고 하늘엔 구름 한 점 없었다.

객점에서 하루를 묵은 을지호 일행이 느긋하게 아침을 먹고 항구로 나왔을 때는 사시(巳時)가 막 지났을 때였다.

상선도 있었고 어선, 그리고 왜구 때문에 최근 빈번한 움직임을 보이고 있는 군선이 한데 어우러져 항구는 꽤나 북적이고 있었다.

"알아봤어?"

자꾸만 부대껴 오는 사람들을 피해 한쪽 바닷가에서 주변 경관을 살피던 을지호가 종종걸음으로 걸어오는 초번에게 물었다.

"예, 지금 떠나려고 한답니다. 배에 오르려면 바로 출발해야 할 것 같습니다."

"그래? 때마침 잘됐군."

항구의 규모도 크고 육지와 그다지 떨어져 있지 않아서 그런지 뭍으로 향하는 배편은 제법 많았다. 을지호는 기다릴 필요 없이 바로 출발한다는 초번의 말이 무척이나 반가운 모양이었다.

을지호 일행이 승선한 배는 육지의 끝 해안(海安)과 해남파를 오고 가는 정기 여객선이었다. 먼 거리를 오고 가는 배가 아니라 규모는 그다지 크지 않았지만 선체가 날씬한 것이 꽤나 빠른 속력을 낼 수 있는 배 같았다.

왜구들 때문인지 관졸들이 나와 승선하는 사람들의 신원을 일일이 확인했지만 시간은 오래 걸리지 않았다.

을지호 일행이 배에 오르고 얼마 후, 정신없이 움직이는 상선의 선원들과는 달리 인원도 몇 되지 않고 한가로이 잡담을 나누던 선원들이 느릿느릿 움직이기 시작했다.

닻이 올라가고 육지와 연결되었던 다리가 끌어 올려졌다.
 선원들의 움직임을 확인하는 선장의 음성이 들리면서 배가 크게 요동치더니 느릿느릿 이동을 시작했다.
 을지호 일행은 어느새 배의 후미에 자리를 잡고 있었다. 그들이 오르기 전부터 그곳에 자리를 잡은 사람들이 있었지만 그들 대부분은 해웅의 덩치와 뇌전의 살벌한 인상을 보고 모조리 자리를 피해 버려 그들이 있는 배의 후미는 많은 사람들로 밀집된 곳과는 달리 다소 한산한 상태였다.
 "오지 않을 모양입니다."
 부두로 향하는 길을 물끄러미 쳐다보던 해웅이 다소 힘없는 목소리로 말했다.
 "그럴지도."
 을지호는 별다른 감정 없이 대꾸했다. 하나 짧은 한숨을 내쉬는 것으로 보아 그 역시 어느 정도는 실망한 눈치였다.
 "실망입니다. 당연히 올 줄 알았는데."
 "어쩔 수 없겠지. 이모부님은 녀석이 나를 따라올까 봐 일부러 배웅도 못하게 하셨으니까. 아마 방에 묶여서 꼼짝도 하지 못하고 있을걸."
 을지호가 떠나기 전 넌지시 강유를 데려가고 싶다고 말했을 때 펄펄 뛰며 고개를 흔들던 강운교의 모습을 떠올리며 씁쓸한 웃음을 지었다.
 '위험할 수도 있겠지만 어쩌면 녀석에게 좋은 기회가 될 수도 있었을 텐데. 도움도 많이 되었을 테고. 아깝군.'
 강유와 함께하지 못한 것이 생각하면 생각할수록 아쉬웠다. 조금만 더 설득했으면 어땠을까 하는 뒤늦은 후회감이 물밀 듯이 밀려들었다.
 "주, 주군."

해웅이 떨리는 음성으로 상념에 잠긴 을지호를 불렀다.

"응? 왜?"

"저, 저기를……."

해웅은 고개도 돌리지 않고 부두를 가리켰다.

배가 떠난 부두를 향해 미친 듯이 달려오는 인영(人影), 강유였다.

"왔군."

을지호는 강유를 보며 당연히 올 사람이 왔다는 듯 피식 웃음을 터뜨렸다. 하지만 그는 자신도 모르게 침을 삼키고 있었다.

"형님!"

저 멀리서 달려오던 강유가 떠나는 배를 보며 다급하게 소리쳤다.

부두를 벗어난 배는 이미 이십여 장이 넘는 거리를 움직인 상태였다. 강유의 어깨에 날개가 달리지 않는 한 배에 오르기는 불가능했다.

"배를 멈추라 할까요?"

뇌전이 황급히 물었다.

"그렇게 해, 어서!"

해웅이 을지호의 대답을 기다리지도 않고 명을 내렸다. 그런데 을지호의 대답은 실로 뜻밖이었다.

"놔둬. 그럴 필요 없다."

"주군!"

해웅이 깜짝 놀라 소리쳤다.

"기다리시지 않았습니까? 놈도 큰 결심을 했을 텐데 이렇게 떠나 버리면……."

을지호는 아무런 대답을 하지 않고 부두를 향해 눈을 고정시키고 있었다.

"형님!!"

부두에 가까이 도착한 강유가 필사적으로 을지호를 불렀다.

"멈추지 마. 그냥 뛰어."

을지호는 조금도 서두르는 기색 없이 조용히 말했다. 강유가 마치 옆에 있는 것처럼 자그마한 음성. 하나 을지호의 입을 벗어난 음성은 마치 천둥이라도 치는 듯 울려 퍼졌다.

거리가 무려 이십여 장이었다. 제 아무리 날고 기는 경공술을 지녔어도 극복할 수 있는 거리가 아니었다.

해웅 등은 뜨악하는 표정을 지으며 을지호를 쳐다봤다. 하지만 그들의 놀람은 당사자인 강유에 비할 바가 아니었다.

'뛰어? 뛰라니!!'

거의 감금당하다시피 했던 상황에서 사방에 깔린 감시망을 뚫고 밤을 새워 죽어라 달려왔건만 들려오는 소리는 '그냥 뛰어' 였다.

어이가 없었다. 말도 되지 않는 소리였다. 십여 장이라면 어찌하든 한번 해보겠지만 지금의 거리는 자신의 능력으론 어림도 없을 정도로 멀리 떨어진 상태였다.

"배를 멈추라고요!!"

달리는 속도를 조금 줄인 강유가 힘껏 소리쳤다. 절박함이 묻어 있는 음성이었다. 하지만 들려오는 소리는 한결같았다.

"그냥 뛰라니까, 나만 믿고!"

주변에 있던 사람들의 시선이 강유에게 향했다. 상처 입은 멧돼지처럼 달려오는 강유의 기세에 놀라기도 했지만 태연하게 바다를 향해 뛰라는 을지호의 음성에 더욱 놀라는 눈치였다. 더구나 까마득히 먼 곳에 있으면서도 바로 옆에서 말하는 것처럼 선명하지 않은가.

좀처럼 보기 힘든 괴사에 사람들은 일제히 행동을 멈추고 강유에게서 눈을 떼지 못했다.

어느새 강유는 부두에 접어들고 있었다. 조금만 더 가면 바로 바다였다.

'어쩐다.'

그냥 멈추자니 지금까지의 고생은 물론이고 더구나 이곳까지 달려오게 만들었던, 강호에 강유라는 이름 두 자를 크게 떨치고 말리라는 부푼 꿈이 물거품이 될 것이 뻔했다. 그렇다고 을지호의 말만 듣고 무작정 바다로 뛰어들자니 영 켕기는 것이 마음에 들지 않았다.

"미치겠네, 정말!!"

바다까지는 이제 고작 칠 장 정도. 결정을 내려야 했다.

"젠장, 모르겠다. 될 대로 되라!"

부두의 모서리에 발끝이 걸리는 순간 질끈 두 눈을 감은 강유는 달려오던 탄력에 몸을 실어 허공으로 도약했다.

"좋았어!"

뒤늦게 따라오기는 했지만 그래도 혹시나 하는 마음에 강유의 결심을 확인하고자 했던 을지호는 걸음을 멈추지 않고 바다를 향해 몸을 날리는 강유를 보며 주먹을 불끈 쥐었다.

그사이 배는 더욱 멀어져 부두와의 거리가 거의 삼십여 장에 이르고 있었다.

"너무 멉니다!"

해웅이 소스라치게 놀라며 소리쳤다.

을지호는 아무런 대답을 하지 않았다. 대신 전광석화와 같은 손놀림으로 자신의 어깨에 앉아 있던 철왕을 낚아챘다. 깜짝 놀란 철왕이 날갯짓을 하며 빠져나가려고 했지만 이미 늦었다.
철왕의 두 다리를 잡은 을지호는 마치 돌을 던지듯 강유를 향해 집어 던졌다. 그 힘이 어찌나 강한고 빠른지 바닷물을 스치듯 낮게 날아가는 철왕은 날개를 펼 엄두를 내지 못했다.
"눈 감지 말고 정신 똑바로 차려!"
을지호가 강유를 향해 무시무시한 속도로 날아가는 철왕을 보며 소리쳤다. 그러나 그럴 필요까지는 없었다. 을지호의 외침이 아니더라도 강유는 자신을 향해 접근하는 철왕을 정확하게 보고 있었고 철왕이 도착하는 순간 철왕의 몸통을 디딤돌 삼아 재차 도약을 하는 데 성공했다.
이곳저곳에서 함성이 터져 나왔다. 좀처럼 무인들의 실력을 볼 수 없었던 사람들은 거의 까무러치듯 놀랐고 해웅 등도 입을 다물지 못하고 을지호와 강유를 번갈아 쳐다보았다.
하지만 놀라기엔 아직 일렀다.
강유가 철왕을 디딤돌 삼아 재차 뛰어올랐어도 배와의 거리가 상당했다. 더구나 본의 아니게 온몸을 던져 강유를 도왔던 철왕은 바다 속으로 빠진 상태였고 강유를 도와줄 마땅한 방법이 없었다.
"저, 저기 이거라도."
그나마 상황 판단이 빠른 초번이 재빨리 갑판을 부숴 판자 몇 개를 준비했다. 초번의 기지가 마음에 들었는지 흡족한 미소를 지었지만 을지호는 초번이 건넨 판자 대신 길게 잘라진 조각을 집어 들었다.
"이거면 돼."
고개를 가로저은 을지호의 손엔 어느새 철궁이 들려 있었다. 손으로 던지는 것보다는 아무래도 궁이 편했는지 을지호는 판자 조각을 화살

삼아 시위를 재었다.

핑.

시위가 튕기는 소리가 들리고 궁을 떠난 판자 조각이 강유를 향해 날아갔다.

쉬이이익.

판자 조각은 강유가 디디기에 편하게 빠르지도, 그렇다고 너무 느리지도 않게 날아갔다.

이미 만반의 준비를 하고 있던 강유가 조심스럽게 판자 조각을 디디며 재차 뛰어올랐다.

한 번, 두 번, 세 번.

강유는 을지호가 날린 판자 조각을 마치 구름을 밟듯 사뿐사뿐 디디며 접근했다.

"녀석, 경공 하나는 제대로 익혔군."

쉽게 보였지만 강유가 보여주는 동작은 결코 쉬운 것이 아니었다. 비록 을지호가 날려 보낸 판자 조각이 디디기 편하게 그의 발 아래로 정확하게 날아들었지만 조금만 힘 조절을 잘못하거나 정확성이 떨어지면 중심을 잡지 못하고 그대로 바닥에 추락할 만큼 위험한 일이었다. 그것을 여유롭게 해내고 있었으니 그것만 보더라도 강유가 실로 만만치 않은 무공을 지니고 있음을 알 수 있었다.

을지호와 강유가 보여주는 기상천외한 행동을 손에 땀을 쥐고 바라보던 해웅 등이나 부두의 사람들, 그리고 배 위의 사람들은 강유의 몸이 허공으로 한 번씩 치고 올라갈 때마다 함성을 지르며 응원을 했다.

"자, 이제 마지막!"

을지호의 외침과 함께 판자 조각이 일직선으로 날아갔다. 강유의 몸은 어느새 배와 얼마 떨어지지 않은 곳까지 도착해 있었다.

강유는 강유대로 신이 나 있었다. 비록 약간의 도움이 있었다지만 불가능하게만 여겨졌던 거리를 단숨에 뛰어넘는 자신의 능력에 감탄을 금치 못했다. 더구나 이곳저곳에서 들려오는 함성이 그렇게 듣기 좋을 수 없었다.

"하하핫, 갑니다!"

이제 배와의 거리는 고작 오 장 정도. 마지막 도약이면 충분히 배에 오를 수 있었다. 이제 배에 오르는 것은 문제도 아니었다.

강유는 보다 멋진 모습을 보여주기 위해 발끝에 힘을 모았다. 그리고 힘껏 도약을 했다.

한데 뭔가가 이상했다. 마지막 판자 조각을 디디며 막 배에 오르려던 순간 지금껏 그토록 단단하게 자신을 받쳐 주던 판자 조각이 먼지처럼 부스러지는 것이 아닌가.

"으악!"

한껏 들떠 있던 강유의 표정이 일그러지고 입에서 당황스런 비명이 터져 나왔다. 제비처럼 날래기만 했던 그의 몸이 바다 속으로 곤두박질쳤다.

"아!!"

"저, 저런!!"

이곳저곳에서 안타까운 탄성이 터져 나왔다.

"하하하하. 어때, 시원하냐?"

을지호는 수면 위로 고개를 쳐든 강유를 보며 크게 웃었다.

"젠장, 그렇다고 꼭 결정적인 순간에 이렇게 물을 먹여야겠습니까?"

강유가 볼멘소리로 불평을 늘어놓았다. 다른 사람은 알아채지 못했

두 권의 책자(冊子) 217

는지 몰라도 당사자인 그가 을지호의 장난을 모를 리 없었다.

"그러게 누가 늦으래? 오려면 빨리 와야지. 늦게 온 벌인 줄 알아."

"아무리 그래도……."

"얼른 이거나 붙잡고 올라와, 육지까지 헤엄쳐서 따라오기 싫으면."

을지호는 연신 웃음을 터뜨리며 초번이 가져온 밧줄을 던졌다. 마지못해 밧줄을 잡은 강유는 을지호가 잡아당기는 힘에 편승에 손쉽게 배에 오를 수 있었다.

배에 오른 강유가 대뜸 불만을 토로했다.

"목숨을 내걸고 온 사람한테 너무한 것 아닙니까?"

"목숨은 무슨? 그냥 조금 혼나면 되는 것이지. 그래, 몰래 빠져나온 것이냐?"

"몰래는 아니고… 서찰은 남겨놓았습니다."

강유가 몸에 묻은 물기를 털어내며 대답했다.

"그거나 저거나."

곁으로 다가온 해웅이 핀잔을 주었다. 하지만 그도 강유가 따라온 것이 은근히 기쁜 모양이었다.

"시끄러! 나는 봤어."

"뭘?"

"내가 물에 빠졌을 때 가장 크게 웃은 사람이 누구라는 걸. 목소리가 아주 쩌렁쩌렁 울리더구만. 어디 한번 두고 보자고. 내가… 뭐, 뭐야!"

해웅을 노려보던 강유가 난데없이 밀려드는 물세례에 인상을 찌푸리며 고개를 돌렸다.

"음."

버럭 화를 냈던 강유는 슬그머니 고개를 돌리며 입을 틀어막았다.

원인은 철왕이었다. 강유 덕에 바닷물에 빠졌던 철왕이 몸을 흠뻑 적신 채 강유를 지나 을지호에게 날아가고 있었기 때문이다.

"미안하다."

을지호는 억지스런 미소를 지으며 철왕을 반겼다. 철왕은 별다른 행동 없이 을지호의 어깨에 앉았다. 그리고 날개를 퍼덕거리며 사방으로 물을 튀겼다.

"웬만하면 피하지 않는 게 좋을걸. 이게 녀석이 나름대로 하는 복수니까. 괜스레 피했다가 나중에 피 본다."

철왕의 성격을 익히 알고 있었기에 물에 젖은 철왕이 어깨 위로 올라오는 것을 선선히 받아들였던 을지호는 몸을 피하는 강유에게 넌지시 경고했다. 몸을 돌리던 강유는 낭패한 눈으로 철왕을 쳐다보다 고개를 흔들고 움직임을 멈추었다.

"성격 한번 정말 더럽다니까."

"어허. 말조심! 말조심하라니까."

을지호가 짐짓 눈을 부라리며 소리쳤지만 그런 표정은 이내 풀렸다.

"어쨌든 환영한다. 잘 왔어."

"이런 환영 인사가 준비되어 있다는 것을 알았으면 오지도 않았을 거라고요. 그리고… 젠장, 이제 그만 좀 튀겨라!"

강유가 얼굴에 묻은 물기를 닦아내며 철왕을 노려보았다. 철왕은 강유의 말이 끝나기가 무섭게 더욱 세차게 날갯짓을 해댔다.

"하하하!"

"크크크!"

둘의 모습을 지켜보던 해웅 등이 터져 나오는 웃음을 참지 못하고 미친 듯이 웃어 젖혔다.

 일행의 입에서 터져 나온 웃음소리를 뒤로하고 배는 점점 육지를 향해 나아갔다.

제 8 장

남궁세가(南宮世家)

남궁세가(南宮世家)

달빛은 물론 희미한 별빛마저도 보이지 않는 칠흑과도 같이 어두운 밤이었다.

모든 사물이 잠들어 있는 시간, 오직 노인만이 횃불을 들고 폐허로 변한 건물 사이를 오가며 어둠을 밝히는 중이었다.

꾸부정한 허리, 움직일 때마다 절뚝거리는 다리와 얼굴을 덮은 주름이 노인의 나이를 말해 주고 있었고, 얼굴이며 손, 또 옷 사이로 간간이 비치는 상처들이 노인이 지나온 세월이 결코 녹록하지는 않았음을 간접적으로 보여주고 있었다.

"후~ 어느새 시간이 이리……."

잠시 걸음을 멈춘 노인이 탄식하며 응시한 곳은 이제는 주춧돌과 마구 자란 풀만이 남아 지나온 세월을 보여주는 한 건물의 터였다. 특히 노인이 신경을 쓰며 살핀 곳은 풀이 유난히도 무성하게 자라 있는 곳이었다.

"오늘도 나오지 않으시려는가."

노인의 입에서 재차 한숨이 흘러나왔다. 그리곤 힘없이 자리를 뜨려 했다.

대여섯 걸음이나 갔을까?

혹시나 하는 마음에 마지막으로 고개를 돌린 노인의 눈에 어린애의 키만큼이나 자란 풀들이 이리저리 흔들리는 모습이 들어왔다. 바람결에 흔들리는 것과는 어딘지 이질적인 흔들림. 그리고 이어 들려오는 괴이한 마찰음이 노인의 정신을 번쩍 들게 했다.

노인은 몸을 지탱해 주는 지팡이를 마구 휘두르면서 풀 섶을 헤치고 절뚝거리는 걸음걸이로 소리가 나는 곳을 향해 달려갔다.

크르릉.

거친 마찰음이 들리고 땅거죽이 들썩이자 흙들이 밀려났다. 흙 사이로 드러난 것은 거무튀튀한 색의 돌 판자였는데 돌 판자와 지면 사이에선 희미한 불빛이 새어 나오고 있었다.

"아가씨!"

불빛을 확인한 노인이 황급히 소리치며 돌 판자를 잡았다. 아래에서 밀고 위에서 잡아당기는 힘에 의해 지면과 지하의 공간을 막고 있던 돌 판자는 손쉽게 치워졌다.

돌 판자를 치워낸 노인이 횃불을 들이대자 가려졌던 좁은 입구가 드러나고 지하로 향하는 계단이 모습을 보였다.

계단에는 한 아가씨가 조그만 유등(油燈)을 들고 엉거주춤 서 있었다.

"역시, 곽(郭) 할아범이었구나. 고마워."

남궁민(南宮珉)이 긴장을 풀며 환하게 웃었다.

"오늘이 칠 일째였습니다. 어찌나 걱정이 되던지……."

곽 노인이 남궁민의 손을 잡아끌며 안도의 한숨을 내쉬었다.

"칠 일? 그렇게 오래됐단 말이야?"

남궁민이 깜짝 놀라 되물었다.

"자정이 지났으니 팔 일째로군요. 이 늙은이는 아가씨께 무슨 일이라도 생긴 줄 알고 심장이 다 오그라들었습니다."

곽 노인이 왼쪽 가슴을 부여잡고 쥐어짜는 시늉을 했다.

"이상하네… 난 그저 한나절 잠을 잔 줄 알았는데."

남궁민이 믿어지지 않는다는 듯 대꾸를 하다 뭔가가 생각났다는 듯 괴이한 표정을 지었다.

"설마, 그것 때문인가……."

"무슨 일이 있었습니까?"

곽 노인이 잔뜩 걱정을 하며 물었다. 남궁민이 고개를 흔들었다.

"무슨 일이라기보다는… 그저 단환(丹丸) 하나를 먹고 잠들었는데……."

"단환이라니요? 대관절 무슨 단환이기에."

"나도 몰라. 그냥 취하라는 말이 있어서."

남궁민은 점점 더 이해할 수 없는 말을 하고 있었다. 이를 괴이 여긴 곽 노인이 재차 물었다.

"단환은 뭐고 취하라는 말은 또 무엇입니까? 그곳에 다른 사람이라도 있었단 말인가요?"

"아니, 금지에는 오직 조사님의 석상뿐이었어. 그리고 세 가지의 물건과 함께."

남궁민이 쓸쓸한 미소를 지었다.

시조(始祖)인 남궁치세(南宮治世) 이후 수백 년 동안 열리지 않았던 곳, 최후의 희망을 안고 금지로 들어섰던 남궁민은 실망을 금치 못했다.

수백 년 동안 금지가 되었다면 그만한 이유가 있을 터. 가문을 다시 일으켜 세우는 데 필요한 무엇인가가 있을 줄 알았다. 막대한 재물이나 혹은 경천동지할 위력의 무공, 수많은 영약들. 그 모든 것을 기대한 것은 아니었지만 최소한 그중 하나는 존재할 것이라 여겼다.

하지만 최후의 보루라 생각하고 들어선 금지는 텅 비어 있었다. 계단을 내려가 제법 긴 통로를 지나 들어선 자그마한 석실엔 오직 시조 남궁치세의 석상과 그 앞에 놓여 있는 한 자루의 검과 단환이 들어 있는 옥합, 그리고 간단한 글귀를 적은 동판(銅版)이 전부였다.

"옥합 안에 들어 있는 것을 취하라고 했어. 그리고 검에 대해서도 뭐라고 적은 것 같던데 동판이 부식되어 글씨를 제대로 알아볼 수가 없었어."

"그래서 옥합 안에 들어 있던 단환을 드셨단 말입니까? 그게 어떤 것인지도 모르고?"

"취하라고 했으니까. 단환을 취하라는 뜻은 먹으라는 것 아니겠어? 그리고 그때는 꼭 먹어야만 할 것 같아서……."

남궁민은 곽 노인이 단환을 집던 순간의 그 묘한 느낌에 대해 아무리 설명해도 이해하지 못할 것이란 생각에 말끝을 얼버무리고 말했다.

"아무튼 그 단환을 먹은 이후로 기억이 없어. 그때 잠든 것 같은데."

잠들었다는 말에 곽 노인의 얼굴이 일순 밝아졌다.

"어쩌면 그것이 시조께서 안배하신 영약이었을지도 모릅니다. 영약을 취하면 아가씨처럼 며칠 동안 잠이 든다는 소리를 들은 적이 있습니다."

"그래? 그랬으면 얼마나 좋아. 하지만 별로 달라진 것을 느끼지 못하겠는데. 밖으로 나오기 전에 운기조식(運氣調息)을 했을 때도 예전과 다르지 않았어."

남궁민의 말에 곽 노인의 얼굴에 순간적으로 안타까움이 스쳐 지나갔다.

모르긴 몰라도 남궁민의 취했다는 단환은 분명 내력(內力)을 증진시킬 수 있는 영약일 것이었다. 하지만 영약을 취한 이후에는 반드시 적절한 연공(練功)을 통해 그 기운을 흡수해야 한다. 말을 들어보니 남궁민은 그 과정을 그냥 지나친 것 같았다.

'아쉽구나! 제대로만 되었다면 아가씨께 큰 힘이 될 수도 있었을 텐데. 하나 영약의 기운이 몸 어딘가에 모여 있을 것. 운이 좋다면 언젠가는 제 힘을 발휘할 수 있겠지. 때를 보아 말씀드려야겠구나.'

곽 노인은 남궁민에게 지금 당장 모든 사실에 대해 말해 줄 필요는 없다고 생각했다. 이미 끝난 일 들춰봐야 남궁민의 마음만 아프게 할 것 같았기 때문이다.

마음을 굳힌 곽 노인이 화제를 돌렸다.

"그 검이?"

곽 노인이 남궁민의 허리춤에 달린 검을 가리켰다. 남궁민이 고개를 끄덕이며 검을 빼 들었다.

스르릉.

경쾌한 소리를 내며 검이 모습을 드러냈다.

별다른 장식도 없고 크기 또한 여타의 검과 다르지 않는 실로 평범

한, 다만 특이한 것이 있다면 검신(劍身)에서 은근히 혈광(血光)이 비친 다는 것 정도였다.

"꽤나 좋은 검 같아. 들고 있어도 그다지 무게가 느껴지지 않고. 게다가 동판이 부식될 정도로 오랜 세월이 흘렀는데도 손상된 곳이 한 곳도 없어. 검집이 이렇게 부식되었는데 말이야."

남궁민이 이리저리 검을 놀리며 말했다.

비록 지금은 볼품없이 늙어버렸고 변변치 않던 무공마저 잃었지만 곽 노인 또한 젊어선 남궁세가의 무인이라 자랑스러워했던 적이 있었다. 검을 보는 눈은 남궁민보다 낫다면 나았지 결코 부족하진 않았다. 그런 곽 노인의 눈에도 남궁민의 손에 들린 검은 결코 평범하게 보이지 않았다.

"늙은이의 눈에도 그리 보입니다. 은근히 풍기는 기운이 범상치 않아 보입니다. 어쩌면 시조께서 쓰시던 검일지도."

"할아범 생각도 그렇지? 나도 그런 것이 아닐까 생각은 하고 있었는데."

기쁜 얼굴로 말을 하던 남궁민의 얼굴에 급격히 실망의 빛이 떠올랐다.

"후~ 그래 봤자 검일 뿐이야. 내가 기대한 것은 이런 것이 아니라고. 아버지의 만류에도 불구하고 고집을 부린 결과가 이름도 모를 단환과 고작 검 한 자루라니……. 아무리 좋은 검이 있으면 뭘 해? 지금의 나에겐 있으나마나한 물건인데."

남궁민이 거친 동작으로 검을 집어넣었다.

"꼭 그렇게 생각하실 필요까지야 있겠습니까? 예사 검이 아닌 것으로 보아 반드시 큰 도움이 될 것입니다."

"그럴까? 그렇다면 다행이지. 아무튼 실망이야. 그건 그렇고, 아버지는 좀 어때?"

남궁민의 질문에 곽 노인의 안색이 급격하게 어두워졌다.

"그, 그것이……."

가슴을 부여잡고 대성통곡하며 눈물을 흘리던 남궁민이 입을 연 것은 더 이상 흐를 눈물이 말라 버린 이후였다.

"언제였지?"

"아가씨께서 금지로 들어가신 날 밤이었습니다."

"부르지… 그랬어."

"가주께서 엄명을 하셔서… 죄송합니다."

"할아범이 죄송할 것은 없어. 고집을 피운 내가 나쁜 애지."

남궁민은 힘없이 자책하며 앞에 놓인 관(棺)을 응시했다. 적갈색 오동나무로 만든 관에는 남궁민의 아버지이자 남궁세가의 십사대 가주인 남궁혼(南宮魂)이 잠들어 있었다.

변한 것은 아무것도 없었다. 왜소한 체구며 이마에 깊게 패인 주름살이며 웃을 때마다 살포시 만들어지던 보조개의 자국까지. 하나 그녀가 왔음에도 남궁혼은 눈을 뜨지 않았다.

'죄송해요, 아버지. 아버지 말씀이 옳았어요. 금지에는 제가 기대한 것들이 없었어요. 괜한 고집을 부리는 바람에 마지막 모습도 뵙지 못했군요.'

남궁민은 그녀가 금지를 깨뜨린다고 했을 때 몇 번의 반대를 하다가 결국 처량한 눈으로 허락한 남궁혼의 눈빛을 떠올리며 괴로워했다. 만약 고집을 부리지 않고 포기를 했다면, 아니, 며칠만 더 미루었다면 임

종(臨終)을 볼 수 있었을 것이란 생각에 더욱 가슴이 아파왔다.

"그래도 편안히 가신 모양이네."

한참 동안이나 관을 응시하던 남궁민이 눈가와 볼에 난 눈물 자국을 살짝 닦아내며 말했다. 그녀의 말대로 눈을 감고 있는 남궁혼의 안색은 너무나 평온해 보였다.

"어깨에 드리워진 짐을 벗어던지셨으니까요."

곽 노인이 처량한 미소를 지으며 대꾸했다. 남궁민이 힘없이 고개를 끄덕였다.

"고생은 하실 만큼 하셨어. 그만 쉬실 때도 되었지."

남궁민은 매일같이 힘들고 괴로워하던 남궁혼을 떠올리며 처연한 미소를 지었다.

지난날 패천궁과의 싸움에서 회복하기 힘든 치명타를 맞은 남궁세가가 결정적으로 몰락하게 된 계기는 남궁혜가 소문을 따라 장백산으로 향하고 얼마 후, 장자였던 남궁진(南宮瞋)이 부상의 후유증을 견디지 못하고 세상을 뜨면서부터였다.

거기에 마지막 버팀목이라 할 수 있었던 남궁우(南宮羽)마저 심화를 끓이다 세상을 뜨게 되자 남궁세가에 남은 직계는 오직 병약한, 해서 미리 세가를 떠나 있던 남궁석(南宮石)뿐이었다.

남궁석은 과거 가문에 많은 도움을 받았던 가문들과 사람들을 일일이 찾아다니며 도움을 요청했고 곳곳에 흩어져 있던 방계(傍系)의 친지들을 불러 모았다. 살아남은 세가의 여인들까지 그를 도와 필사적인 노력을 하며 세가를 일으키기 위해 동분서주했다. 그러나 소용이 없었다. 그들의 눈물겨운 노력에도 한번 기운 가세는 회복될 기미를 보이지 않았고 가깝게 지냈던 이들과의 관계도 점점 소원하게 변해 버렸다.

무엇보다 그들에게 힘이 되어줄 수 있는 문파와 사람들의 대부분이 장강 이북에 존재했다는 것이 문제였다.

남궁세가는 장강 이남, 패천궁의 영향력이 미치는 곳에 위치하고 있었고 그들은 가급적이면 패천궁의 심기를 건드리지 않기 위해 힘을 필요로 하는 남궁세가를 은연중 외면하게 되었다.

냉혹한 현실의 벽을 넘지 못한 남궁석은 절망했다. 결국 자신의 무능력을 한탄하며 괴로워하던 그는 사십을 넘기지 못하고 세상을 뜨고 말았다.

남궁석이 그렇게 명을 달리하자 그에게 주어졌던 짐이 그를 대신해 어린 남궁혼을 짓누르기 시작했다.

남궁혼도 피하지 않았다. 남궁석을 닮아 유약하고 병치레가 잦았지만 그는 자신이 할 수 있는 모든 힘을 바쳐 세가를 일으켜 세우려고 노력하였다. 그리고 어느 정도 성과도 있었다. 하지만 남궁석이 그랬듯 그에게도 현실의 벽은 너무나 높기만 했다. 특히 주변 흑도문파들의 보이지 않는 견제는 견디기 힘들 정도로 가혹한 것이었다.

세월이 지나면서 세가를 지키고 있던 여인들도 하나둘씩 세상을 떠나고 남궁세가를 돕기 위해 모였던 친지들과 남궁석, 남궁혼이 받아들였던 제자들도 하나둘씩 세가를 떠나기 시작했다. 그리고 몇 남지 않은 하인들마저 야반도주를 하면서 결국 세가에 남은 사람이라곤 남궁혼과 남궁민, 그리고 평생을 남궁세가와 함께한 곽 노인뿐이었다.

남궁혼이 얼마나 힘들고 괴로워했는지, 또 가문을 일으켜 세우기 위해 그 유약한 몸을 어떻게 혹사시켰는지, 그래서 병을 얻고 힘든 나날을 보냈는지를 곁에서 지켜본 남궁민은 너무나 잘 알고 있었다. 그랬기에 슬픔을 느끼면서도 한편으론 다행이라는 생각까지 하고 있는 것이었다.

'잘하셨어요. 그렇게 애쓰셨으면 짊어진 짐을 놓으실 때도 되었지요. 하지만 걱정하지 마세요. 아버지를 대신해서 이제는 제가 짊어질게요.'

"가주께서 남기신 것입니다."

곽 노인이 곱게 접은 서찰을 내밀었다. 유언장이었다.

남궁민은 애써 마음을 진정시키고 그다지 길지 않은 유언장을 찬찬히 읽기 시작했다.

이렇게 아비 먼저 떠나게 되어 면목이 없구나. 나를 짓누르던 짐에서 벗어난다고 생각하니 홀가분하긴 하지만 가문을 지키지 못한 죄인으로서 선조님들을 뵐 것을 생각하니 죄송스런 마음에 고개를 들 수가 없다. 무엇보다 마음에 걸리는 것은 내가 떠남으로써 모든 짐들이 네게 가지 않을까 하는 것이다. 이제… 그만 했으면 한다. 남궁세가의 운명은 여기까지였나 보다. 내가 그랬고 네 할아버님을 비롯하여 많은 분들이 애를 썼지만 안 되는 것은 안 되는 것. 나는 네가 우리가 겪었던 고통을 다시금 겪는 것을 바라지 않는단다. 너무나 힘든, 그리고 결과가 뻔히 보이는 길이야. 수많은 적들이 너를 모욕하고 수치를 줄 것이며 짓밟고 억누를 것이다. 아비로서 당부하나니 나는 네가 여자의 길, 좋은 남자와 아름다운 인연을 맺고 귀여운 자식들을 보는 기쁨을 누렸으면 한다. 네가 이 글을 읽으며 어떤 표정을 지을지를 생각하니 웃음이 나는구나. 절대로 그럴 수는 없다고 펄쩍 뛰고 있겠지. 하나 그것이 아비의 진정임을 알아주었으면 좋겠구나.

"알아요. 알고말고요. 하지만 제가 어찌하시리라는 것도 잘 알고 계시잖아요. 저는 포기할 수 없어요."

남궁민은 남궁혼의 애틋한 마음을 느끼며 슬픈 미소를 지었다. 말라 버렸다고 생각한 눈물이 어느새 그녀의 볼을 적시고 있었다. 눈물이 떨어져 서찰을 적시자 남궁민은 황급히 고개를 쳐들어 눈물을 지웠다.

…그래도 해야겠다면, 네가 정녕 그 형극의 길을 간다면 아비로서도 끝까지 말릴 수는 없구나. 너 또한 자랑스런 남궁세가의 후손임을 부정할 수는 없음이니. 하지만 힘들다면 언제든지 포기해도 상관없다. 힘들구나. 이제는 가야 할 때가 되었나 보다. 아비로서 네게 해준 것이 하나도 없어 미안하기만 하구나. 부디 금지에 네가 원하는 것들이, 세가를 일으켜 세울 만한 무엇인가가 있기를 간절히 바란다. 한 번만 더 보았으면 좋았을 것을… 사랑하는 내 딸아.

기력이 떨어져서 그런 것인지 아니면 죽음이 가까워져서 그런 것인지 서찰의 뒷부분은 제대로 말이 이어지지 않았다. 그러나 남궁민은 자신을 위하고 사랑하는 남궁혼의 마음을 충분히 느낄 수 있었다.

"여기까지였습니다. 가주께서 워낙 힘들어하셔서."

유언은 받아 적은 곽 노인이 한마디 한마디를 떼어놓을 때마다 힘들어하던 남궁혼을 떠올리며 안타까워했다.

"고마워. 할아범이 없었으면 어찌했을까?"

서찰을 고이 접어 품에 넣은 남궁민이 슬픈 음성으로 말했다.

"고맙긴요. 그리고 그것이 끝이 아니었습니다."

"끝이 아니라니?"

남궁세가(南宮世家) 233

"상황이 급박해 미처 적지는 못했지만 몇 마디 말씀을 더 하셨습니다."

"어떤?"

황급히 되묻는 남궁민은 남궁혼의 자취를 조금이나마 더 느껴보려고 애쓰는 모습이 역력했다.

"가능성은 희박하지만 장백산에 남궁세가의 어른이 한 분 계실지도 모른다고 하셨습니다. 혹, 기회가 되면 찾아뵙고 도움을 받으라고."

"나도 그런 말을 들은 적이 있었어. 하지만 말씀하신 그대로 가능성이 희박한 일이야. 그게 전부야?"

남궁민이 약간은 실망한 표정으로 되물었다.

"한 가지가 더 있었습니다."

"어서 말해 줘."

잠시 망설이던 곽 노인이 입을 열었다.

"어머니를 용서하시라고……."

"못해!!"

남궁민이 벌떡 일어나며 소리를 질렀다. 슬픔으로 가득 찼던 얼굴에 슬픔 대신 격노한 빛이 떠오르고 있었다.

"아, 아가씨."

"할아범은 그 여자가 무슨 짓을 했는지 잊었어? 나보고 용서를 하라고!"

"……."

"어림없는 소리! 천지가 뒤집어지는 한이 있어도 안 돼!"

"그래도 가주께서 마지막으로 당부한 말씀입니다."

자신의 언성이 높았다는 것을 의식한 남궁민이 조용히 무릎을 꿇고 관 속에 누워 있는 남궁혼을 물끄러미 바라보았다.

"죄송해요, 아버지. 이래저래 저는 아버지가 말씀하시는 것은 모조리 어기는 나쁜 아이인가 봐요. 그래도 할 수 없어요. 야단을 치셔도 소용없어요. 누가 뭐래도 그 여자는 용서할 수 없어요. 아버지는 용서하셨는지는 몰라도 저는 아니에요. 죄송해요."

"후~"

지금껏 남궁세가에 어떤 일이 일어났는지 모든 것을 알고 있던 곽 노인이 어찌 남궁민의 마음을 모를까. 그저 안타까운 마음에 한숨만 내뱉을 뿐이었다.

밤이 깊다 못해 점점 새벽으로 달려갈 즈음이었다. 일단의 무리들이 남궁세가의 주변에 나타나기 시작했다. 어림잡아 이십여 명이 넘는 인원이었는데 그들은 자신들의 존재를 감추고 싶은 마음이 없었는지 거리낌없이 떠들고 소리치고 고함을 질러댔다.

무리 중앙에는 여덟 명이 밧줄에 묶여 끌려오고 있었다. 찢어진 옷이며 헝클어진 머리, 그리고 전신에 피칠갑을 한 상태에서 그들은 잔인할 정도로 철저히 농락을 당했다. 지친 걸음으로 발을 놀리다 쓰러지기라도 할라 치면 어김없이 발길질과 몽둥이가 날아들었다. 침을 뱉고 오줌을 휘갈기며 모욕을 주는 이도 있었다.

"아서라. 그러다 뒈질라. 벌써부터 뒈지면 흥이 깨지지 않겠느냐?"

무리의 우두머리인 듯한 자가 잔인한 미소를 지으며 수하들을 말렸다. 반쯤 벗겨진 머리와 뱀의 눈을 가진 사내의 이름은 갈천(喝川)으로 유가촌(柳家村) 인근을 중심으로 패악을 일삼는 용두파(龍頭派)의 우두머리였다.

갈천의 한마디에 모든 행동이 멈추어졌다. 그것만으로도 갈천이 평소 이들을 어찌 다루어왔는지 알 수 있었는데… 바로 그때 또 한 무리의 인원이 그들에 뒤이어 모습을 드러냈다.

"형님!"

가장 앞서 오던 자가 갈천을 불렀다. 그의 뒤로 수레를 끌고 있는 한 남자와 대여섯 명의 여인이 뒤따르고 있었다.

갈천은 자신을 부른 사내는 본체만체하며 뒤따라오는 여인을 살폈다. 그리곤 마음에 들지 않는지 인상을 찌푸렸다.

"저게 여자로 보이냐?"

"죄, 죄송합니다. 하지만 밤이 늦고 반반한 계집들은 이미 저마다 다른 손님들이 꿰차고 있어서……."

"병신 같은 놈, 내가 언제 고이 모셔오라 했느냐? 반반한 것들이 없으면 끌어오기라도 했어야 할 것 아냐!"

"그게 아니라……."

"시끄러!"

갈천은 자신의 명도 제대로 이행하지 못한 데다가 변명까지 늘어놓는 사내가 마음에 들지 않는지 냅다 발길질을 했다. 하필 맞은 곳이 사타구니 깊숙한 곳. 사내는 비명도 지르지 못하고 입에 거품을 물고 쓰러졌다.

"으이구! 병신 같이 그것도 못 피하냐?"

갈천은 때려놓고는 약간 미안했던지 두어 번 헛기침을 하며 혀를 찼다. 그러더니 전혀 엉뚱한 사람들에게 화풀이를 해댔다.

"어이, 네년들. 왜 그렇게 인상을 쓰고 있는데? 불만있어?"

뭐가 그리 못마땅한지 갈천은 이것저것 트집을 잡았다.

"얼씨구! 그것도 얼굴이라고 단장들을 하긴 했고만. 단체로 쥐를 잡아 처먹었느냐? 꼴들 하고는!"

여인들의 용모를 요리조리 뜯어보며 한참 동안 욕설을 퍼붓던 갈천이 고개를 휙 돌리며 물었다.

"술은?"

"대, 대, 대령했습니다. 최고급 여아홍(女兒紅)입니다."

괜스레 잘못하다간 게거품을 물고 쓰러진 동료 꼴이 날까 봐 서둘러 대답한 사내는 수레에 실린 술동이를 가리켰다. 수레에는 혼자선 들지 못할 정도로 큰 술독 세 개와 막 잡았는지 핏물이 줄줄 흐르는 돼지 한 마리가 실려 있었다.

"병신, 이따위 촌구석에 그만한 양의 여아홍이 있을 리가 있냐? 어디서 비슷하게 흉내를 낸 것을 가지고 와서는."

그래도 술은 술이었다. 벌써부터 갈증이 나는지 입맛을 다신 갈천이 또다시 소리를 질렀다.

"뭣들 하고 있어! 어서 움직여!"

소란스러웠던 상황은 갈천의 한마디로 종료되었다.

쓰러진 동료를 업고 수레를 움직여 이미 그 기능을 잃고 있는 정문을 지나 풀이 무성하게 나 있는 연무장에 들어선 용두파의 무리들은 남궁세가가 마치 자신들의 집이라도 되는 듯, 아니면 종종 이용했던 장소에서 얻는 편안함 때문인지 행동에 거침이 없었다.

"불을 지펴라."

그렇게 트집을 잡았으면서도 막상 술판이 벌어지려 하자 갈천은 양쪽으로 기녀를 끼고 앉아 자리를 잡았다. 제각기 흩어진 용두파의 무리들은 바삐 움직였다. 몇몇은 불을 지피기 위해 나무를 구하러 뛰어다녔고 몇몇은 술독에서 술을 퍼 담고 있었다. 또 다른 몇몇은 늦은 저녁부터 무려 두 시진에 걸친 치열한 싸움 끝에 포로로 잡은 흑수파(黑手派)의 인원들을 한쪽으로 몰아 감시하고 있었다.

불이 지펴지고 돼지가 통째로 올려졌다. 하지만 안주로 준비한 돼지가 익을 때까지 기다리는 사람은 아무도 없었다.

"다들 수고했다. 오늘로써 우리 용두파에 대항할 놈들은 사라졌다! 이제는 우리가 왕이다!"

한껏 기분이 좋은지 갈천이 술잔을 치켜들며 소리치자 나나 할 것 없이 소리를 지르고 잔을 들며 승리를 자축했다.

갈천을 비롯하여 용두파에서 제법 힘깨나 쓴다는 이들과 기녀들이 어울리며 지르는 웃음소리와 교성이 하늘을 찌르고 조금 떨어진 곳에서 정신없이 술을 퍼마시고 있던 다른 무리들은 저마다의 무용담(武勇談)을 늘어놓기에 정신이 없었다.

그렇게 남궁세가의 드넓은 연무장은 순식간에 아수라장으로 변해 버리고 말았다.

"마셔라. 마시고 마음껏 취해라! 크하하하하!"

술잔을 치켜 올린 갈천이 주변이 떠나가라 웃어 젖히며 술을 들이켰다.

단숨에 넉 잔의 술을 비운 갈천의 손이 좌측에 앉아 술을 따르는 기녀의 옷을 풀어헤칠 때였다. 흥이 오른 술판에 찬물을 끼얹는 차가운 음성이 들려왔다.

"이게 무슨 짓인가요?"

모든 이들의 시선이 일제히 음성의 주인을 찾았다. 서넛은 벌써부터 몸을 일으켜 적의를 드러냈다.

"호오~ 이게 누구신가? 남궁세가의 어여쁜 아가씨가 아니시오?"

갈천이 함부로 움직이지 말라는 신호를 보내더니 누런 이를 드러내며 웃었다.

"무슨 짓이냐고 물었어요!"

어느새 소복으로 갈아입고 있는 남궁민이 싸늘히 외쳤다. 곽 노인 또한 분개한 표정으로 남궁민을 따르고 있었다.

"짓은 무슨, 하도 기쁜 일이 있어 이렇게 술을 먹고 있지 않소."

그리 말을 하면서 갈천은 자신의 곁에 앉아 있던 기녀의 몸을 발로 차버렸다.

"꺼져, 이년아! 최소한 얼굴은 저 정도는 되어야 들고 다니는 거야. 알겠냐? 자자, 그렇게 무서운 얼굴을 하지 말고 이리 와서 함께 술이나 하는 것이 어떻겠소?"

갈천은 기녀를 대할 때와는 정반대의 얼굴에 실실 미소까지 지어가며 손짓을 했다.

남궁민이 초대에 응할 리가 없었다. 마치 벌레라도 보는 듯 경멸의 시선으로 노려볼 뿐이었다.

"나가주세요."

"어허, 가긴 어딜 간단 말이오? 애써 이 먼 곳까지 찾아왔건만. 잠시만 기다려 주시구려. 내 재밌는 구경을 시켜줄 테니까."

남궁민의 태도에는 아랑곳없이 혼자 떠들어댄 갈천이 턱을 까딱 움직이며 신호를 보냈다. 그러자 한쪽 구석에서 돼지를 대신해 술안줏감으로 희롱을 당하던 흑수파의 무리들이 끌려 나왔다.

그사이에 더 얻어맞았는지 사지가 결박당한 채 끌려오는 사내들은 가히 목불인견(目不忍見), 바라보는 것만으로도 속이 뒤집힐 정도였다.

"하하, 이놈들이 누군지 알겠소? 그 악명 높은 흑수파의 악도들이라오. 그동안 이놈들의 꼴을 그냥 두고만 있었는데 악행을 보다 못해 오늘 드디어 놈들을 일망타진했소이다. 하하하!"

늘 검은 장갑을 끼고 다닌다는 흑수파는 비록 인원은 얼마 되지 않았지만 저마다 악과 오기로 똘똘 뭉쳐 인근 무뢰배들 사이에선 감히 상종 못할 독종들로 소문나 있었다. 하지만 그녀는 갈천의 말과는 달리 흑수파가 악행을 일삼는 악도들이 아니라는 것도 알고 있었다.

곽 노인의 말에 따르면 그들 개개인은 미천한 출신임에도 나름대로 직업을 가지고 있다고 했다. 다만 천애고아로 태어나 서로 의지하고 자신들을 보호하기 위해 흑수파라는 조직을 만들었으며 오히려 갈천과 같은 인물로부터 백성들을 보호하는 역할까지 하고 있다고 전해 들은 터였다.

"몇 놈은 그 자리에서 뒈졌고 이놈들은 그래도 살아보겠다고 바동거리기에 잡아왔소. 백성들이야 쌍수를 들어 환영하겠지만 그러잖아도 마음 약한 이들에게 험한 꼴을 보여야 쓰나. 조용히 처리해야지. 해서 예까지 오게 되었소. 아울러 승리의 축배도 들이킬 겸 말이오. 말이야 바른말이지 조용히 처리하기에 이만한 장소가 어디 있겠소. 아니 그렇소이까? 크하하하하!"

목젖이 보일 정도로 입을 벌려 웃어 젖히는 갈천의 입에 당장에라도 주먹을 처박아서 말도 되지 않는 헛소리를 늘어놓는 혀며 웃을 때마다 요란하게 흔들리는 목젖이며를 가리지 않고 짓이기고 싶은 마음이 굴뚝같았지만 남궁민은 그럴 수 없었다.

장례식은커녕 이제 겨우 집에 돌아와 소복으로 갈아입은 터. 남궁혼의 영혼이 아직도 세가에 머물고 있을 것이다. 마지막 떠나시는 길에까지 험한 꼴을 보여 드릴 수는 없다는 생각에 참고 또 참았다. 아울러 혼자의 힘으론 이 많은 인원을 절대로 감당할 수 없다는 냉정한 이성이 그녀의 행동을 제지하는 결정적인 역할도 하고 있었다.

"흑수파든 뭐든 간에 우리와는 상관없어요. 돌아가세요."

남궁민이 치밀어 오르는 화를 간신히 억누르며 말을 했다. 하나 돌아오는 것은 갈천의 빈정거림뿐이었다.

"어허, 이거 왜 이러실까? 좋은 일 좀 하겠다는데 돕지는 못할망정 방해를 해서야 어디 쓰겠소? 대남궁세가에서 말이오."

"돌아가라 했어요."

"나~ 원, 우리가 어디 하루 이틀 본 사이요? 지금껏 아무 말도 하지 않다가 오늘따라 왜 이리 빡빡하게 구는지 모르겠네. 무서운 얼굴을 하고 말이야."

"크하하하!"

"하하하하!"

갈천이 말을 하며 무서워 죽겠다는 듯 몸을 떨자 이곳저곳에서 웃음소리가 터져 나왔다.

"이, 이놈들! 예가 감히 어디라고 함부로 아가씨께 무례를 범한단 말이냐!!"

남궁민의 제지로 지금껏 참고 있던 곽 노인이 노호성을 터뜨리며 좌중을 둘러보았다. 그 기세가 짐짓 대단해 일순간 침묵이 흘렀다.

"어이, 영감. 이 몸이 아가씨와 오랜만에 밀어(密語)를 나누고 있는데 어디서 감히 구린내나는 입으로 끼어들고 있어. 웬만하면 나서지 마."

벌떡 몸을 일으킨 갈천이 흉험한 눈빛을 빛내며 살기를 뿜어댔다.

남궁세가(南宮世家)

"닥쳐라!"
곽 노인도 지지 않고 소리치며 지팡이를 치켜 올렸다.
"오호~ 잘하면 치겠어."
갈천도 무기를 잡았다.
"물러서, 할아범."
남궁민이 재빨리 끼어들어 말렸다.
"거봐. 비키라잖아, 영감. 괜히 나서서 황천길 재촉하지 말고 저리 꺼져 있어."
곽 노인은 갈천의 비아냥에 당장에라도 덤벼들 듯 성을 냈지만 남궁민이 고개를 가로저으며 말렸다.
"돌아가 주세요. 아직 아버님의 장례(葬禮)도 치르지 못했어요."
남궁민이 한껏 정중한 어투로 부탁했다.
"장례? 오, 이런! 가주께서 돌아가기라도 하셨단 말이오?"
"정문에 걸린 조등(弔燈)을 보지 못하셨나 보군요?"
"아, 그게… 그런 게 있었나?"
갈천이 고개를 돌려 수하들에게 물었다.
"그러고 보니 있기는 했습니다만……."
대답하는 사내는 자신이 멋진 돌려차기로 조등을 박살 냈다는 사실까지는 말하지 않고 대충 말을 얼버무렸다.
"이제 아셨으면 돌아가 줬으면 해요. 상가(喪家)에 와서 피를 보고 이렇듯 소란을 피우는 것은 예가 아닌 것으로 압니다."
"허참, 이거 정말 미안하게 되었소이다. 그런 줄도 모르고. 얘들아!"
갈천이 미안한 기색을 띠며 몸을 일으키자 수하들 또한 일제히 일어났다.

"장소를 잘못 잡은 것 같다. 오늘은 이만 물러가는 것이……."
 슬그머니 말꼬리를 흐린 갈천이 남궁민에게 고개를 돌리며 사악한 미소를 지었다.
 "좋겠다, 라고 말할 줄 알았소? 하하하! 죽은 사람은 죽은 사람이고 산 사람은 살아야지. 가주가 죽었다고 우리의 행동까지 막으면 도리가 아니지. 얘들아, 내 말이 틀리냐?"
 "옳습니다요. 하하하!"
 "옳고말고요."
 평소와는 다른 갈천의 행동에 의아해하던 수하들은 '그러면 그렇지' 하는 표정을 지으며 왁자지껄 웃음을 터뜨렸다.
 "그래도 죽은 사람이 있다고는 하니까 한 잔 술을 바치는 것도 좋겠다. 자자, 술잔을 들어라. 황천길로 떠난 사람을 위하여!"
 "위하여!!"
 신이라도 난 듯 축배를 드는 갈천과 용두파의 사내들. 그들의 모습에선 죽은 자에 대한 애틋한 애도는 고사하고 조롱만이 남아 있을 뿐이었다.
 갈천과 그 수하들의 행동은 모욕감에 부들부들 떨고 있는 남궁민, 관 속에 누워 있는 남궁혼은 물론이고 남궁세가 전체를 가지고 노는 것이었다. 이쯤 되면 죽은 남궁혼이 되살아나 말려도 참을 수 없는 것이었다.
 "더러운 놈들!"
 남궁민의 신형이 하늘을 날았다.
 거리는 삼 장여. 깜짝 놀란 사내 하나가 사이게 끼어들며 막았지만 그녀는 그의 허벅지와 어깨를 짓이기며 갈천을 향해 더욱 빠르게 움직였다. 그리고 땅에 착지하는 것과 동시에 발을 놀렸다.

"하핫, 내가 좋으면 좋다고 말을 할 것이지. 이렇게 다짜고짜 다리를 벌려서야 원, 남세스럽지 않소?"

이미 그녀의 도발을 예상하고 있던 갈천은 서둘러 몸을 피하며 음흉한 웃음을 흘려댔다.

"죽일 놈!"

언제 이런 모욕을 받아본 적이 있던가. 남궁민은 발과 손에 더욱 힘을 주며 갈천을 쫓았다. 하지만 이미 그녀와 갈천 사이엔 용두파의 무리들이 에워싸고 있었다.

"너무 심하게 다루진 말아라. 의식은 있어야 뭘 해도 재밌지. 목석 같아서야 원. 하긴, 아가씨 같은 미모라면 목석이라도 상관은 없소만. 하하하하."

갈천의 한마디를 들을 때마다 수백 수천의 뱀이 온몸을 집어삼킬 듯한 느낌에 진저리를 친 남궁민은 입술을 질끈 깨물며 점점 조여들어오는 용두파의 무리들을 상대했다.

"형님."

남궁민이 수하들과 싸움하는 동안 용두파의 이인자 격인 철두(鐵頭)가 슬며시 갈천의 곁으로 다가왔다.

"괜찮을까요?"

"뭐가?"

철두의 시선이 남궁민에게 향했다.

"저년 말입니다. 계집이 잘못이라도 되면 괜스레……."

"상관없다. 어차피 가주 놈도 뒈졌고 문제될 것은 없어."

갈천은 자신만만했다. 그래도 은근히 꺼리는 것이 있는지 넌지시 명을 내렸다.

"되도록이면 큰 상처 없이 잡으라고 해."

알아들었다는 듯 고개를 끄덕인 철두도 싸움에 참여하기 위해 몸을 움직였다. 철두가 물러나자 갈천은 오만상을 찌푸리며 술을 들이켰다.

사실 철두가 그에게 건넨 말엔 중대한 의미가 포함되어 있었다. 남궁세가가 비록 몰락의 길을 걷고는 있어도 그 상징적인 의미는 무시할 수가 없는 것이었다. 자칫 잘못하여 그들에게 무슨 일이라도 생긴다면 그것을 빌미로 하여 지금껏 평화롭게 지내오던 백도와 흑도가 또다시 싸움을 시작할 수도 있었다.

주변의 흑도문파들은 남궁세가가 다시 일어나는 것을 원하지 않았고 그들로 인해 다른 사단이 벌어지는 것은 더 더욱 원하지 않았다. 해서 그들은 수하들과 주변의 무뢰배들로 하여금 남궁세가를 드나들며 마음껏 농락하되 절대로 큰 문제는 만들지 말라는 엄명을 내려놓았다.

'젠장, 망해도 한참 전에 망한 집안의 연놈들인데.'

수하들 앞에서 음담패설을 늘어놓으며 큰소리는 쳤건만 왠지 위축이 된다는 사실이 기분이 나빴다.

'맞아. 가주가 뒈진 이상 남궁세가는 끝이나 마찬가지잖아. 이제 남은 사람이라곤 계집뿐이고. 그리고 무엇보다 이대로 물러나기엔 저년의 얼굴이 너무 아깝지. 암, 아깝고말고.'

평소의 갈천이라면, 약한 자에겐 한없이 강하고 강한 자에겐 한없이 약한 소인배(小人輩)의 전형이라 할 수 있는 그였다면 지금과 같은 생각은 절대로 하지 않았을 것이다. 그러나 오늘만큼은 달랐다. 적당히 오른 취기와 흑수파를 쓸어버렸다는 기쁨이 그의 이성을 살짝 마비시키고 본능만이 남게 만들었다.

"뭣들 하느냐! 잡아라! 반드시 산 채로 잡아야 한다! 내 오늘 그년에게 남자가 무엇인지 똑똑히 가르쳐 주리라. 크하하하!"

갈천의 광소가 연무장을 쩌렁쩌렁하게 울렸다. 흥분한 갈천의 명을 어겼다간 어찌 되는지 너무나 잘 알고 있는 용두파의 무리들은 죽을힘을 다해 남궁민을 공격했다.

'씹어 먹어도 성치 않을 놈 같으니!'

남궁민은 갈천이 내지른 소리를 들으며 이를 갈았다. 하나 지금의 그녀에겐 그럴 방법이 없었다. 씹어 먹기는커녕 봉변이나 당하지 않으면 다행일 정도로 상황이 좋지 않았다.

남궁세가가 아무리 몰락했기로서니 남아 있는 무공이 아주 없지는 않았다. 더구나 어려서부터 꾸준히 내공을 연마한 남궁민은 일류라 하기엔 무리가 있어도 나름대로 적지 않은 내공을 보유하고 있었다. 일신상에 지닌 무공이 뒷골목에서 싸움이나 했던 자들과 비교할 것이 아니었다.

다만 그녀가 적수공권(赤手空拳)이라는 데 문제가 있었다. 소란스런 소리가 들리기에 급히 나오느라 미처 검을 챙기지 않은 것이 치명적인 불리함으로 작용했다.

그에 반해 상대는 검, 도, 도끼 등으로 잔뜩 무장한 상태인데다 숫자가 너무 많았다. 더구나 무공 같은 것을 제대로 배운 사람은 없다지만 평생을 싸움판 속에서 거칠게 자란 자들. 상대를 어찌 몰아붙여야 하는지 너무나 잘 알고 있었다.

처음 몇몇은 어찌 상대를 할 수 있었으나 그것도 한계가 있었다. 시간이 갈수록 남궁민은 수세에 몰리게 되었다. 몸 곳곳에 상처도 생겼다. 그나마 유일하게 도움을 줄 곽 노인은 예전에 쓰러져 한쪽 구석에 처박힌 신세로 만약 사로잡으라는 갈천의 말이 없었다면 그녀 또한 절단이 나도 한참 전에 절단이 났을 것이다.

그런데 언제부터였을까? 무너지기 일보 직전의 담벼락에 앉아 느긋하게 싸움을 구경하고 있는 일단의 사람들이 있었다.

무리 중 한 명이 고개를 까딱이며 말을 했다.

"무엇보다 말이야, 경험이 없어서야. 아무리 상대가 많다고 해도 그녀가 지닌 무공이면 저 정도까지는 몰리지 않아. 경험 부족에서 오는 차이, 그것이 힘든 싸움을 하게 만드는 것이지."

"꽤나 악착같이 덤벼드는군요."

"어디든 똑같아. 그럴듯한 무공을 익힌 무인이든 뒷골목에서 싸움을 하는 무뢰배든 싸움을 시작하면 저렇듯 지독하게 덤빌 수 있는 악바리 근성이 필요하지. 살아남기 위해서라도."

"악바리 근성이든 뭐든 언제까지 두고만 볼 겁니까? 아무리 앞뒤 분간 못하는 놈들이라지만 상갓집에 와서 저 난리라니. 내 이놈들을 그냥!"

가장 왼쪽에 앉은, 앳된 얼굴이며 유약해 보이는 몸매를 지닌 사내는 겉으로 드러나 보이는 모습과는 달리 상당히 다혈질적인 성격을 지니고 있는 듯했다.

자신들의 집도 아니면서 제 안방인 듯 거칠 것 없이 하는 행동이며 연약한 여자를 상대로 한꺼번에 덤벼드는 것이 못내 못마땅했던지 그는 수그렸던 상체를 벌떡 일으켜 세웠다.

"날뛰지 좀 마라. 그놈의 성질머리 하고는……."

혀를 차며 행동을 막는 사내는 해남파를 떠나 또다시 기나긴 여정 끝에 마침내 남궁세가에 도착한 을지호였다. 그리고 당장에라도 달려

나갈 것 같이 흥분해 있는 사내는 집에서 몰래 빠져나와 합류한 강유였고 그 옆으로 해웅 등이 몸을 숨기고 있었다.

을지호는 앞뒤 잴 것도 없이 무조건 나서고 보는 강유의 급한 성격을 가볍게 나무라고 천천히 몸을 일으켰다. 그의 행동에 발맞추어 당장에 무너져 내려도 이상하지 않을 것 같은 담장에 불안스럽게 웅크리고 있던 해웅과 초번, 뇌전도 허둥지둥 몸을 일으켰다.

그사이에 남궁민의 몸엔 점점 상처가 늘어가고 있었다. 그리고 결국 결정적인 위기를 맞게 되었다. 계집 하나 어쩌지 못한다며 고래고래 소리를 질러대는 갈천의 말이 먹히기라도 했는지, 아니면 불리한 상황에서도 지금껏 잘 버티던 남궁민이 더 이상 버티지 못하고 포기를 한 것인지 돌연 움직임이 느려지며 허벅지에 일검을 허용하고 만 것이었다.

"아악!"

남궁민이 비명을 지르며 자리에 주저앉고 말았다.

혹여 또다시 반항을 할까 저어한 사내들은 누가 먼저랄 것도 없이 재빨리 달라붙어 남궁민의 사지를 무릎으로 찍어누르고 자진하는 것을 막기 위해 땟국이 줄줄 흐르는 옷가지를 찢어 입을 틀어막았다.

급작스레 돌아가는 상황에 급해진 것은 을지호 일행이었다.

"저놈들이!"

깜짝 놀란 강유가 담벼락에서 뛰어내려 득달같이 달려들었다. 하지만 그는 미처 두세 걸음 떼어놓기도 전에 옆을 스치며 지나가는 을지호의 빠름에 탄성을 내질러야 했다.

'뭐가 저리 빨라.'

강유는 순식간에 멀어지는 을지호의 뒷모습을 보며 고개를 절레절레 흔들었다.

"어이, 어이, 그래서야 쓰나?"

단숨에 강유를 추월해 앞으로 나간 을지호가 소리쳤다.

난데없이 들려오는 소리에 남궁민을 포박하던 사내들과 남궁민을 어찌 품을까 흥분하여 들떠 있던 갈천이 깜짝 놀라 고개를 돌렸다. 을지호는 이미 남궁민의 지척에 서서 걸음을 멈춘 상태였다.

"누, 누구냐!"

갑자기 등장한 을지호의 모습에 깜짝 놀란 사내들이 허겁지겁 일어나며 무기를 치켜세웠다. 그들은 을지호가 조금 전만 해도 멀리 떨어져 있는 담장에 몸을 숨기고 있었다는 것을 알지 못했고, 고작 숨을 한 번 내쉴 정도로 짧은 시간에 그 거리를 이동해 왔다는 것 역시 알지 못했다.

"아아, 그렇게 흥분할 것은 없고."

을지호는 얼굴 가득 부드러운 미소를 지으며 손을 흔들었다. 그사이 강유와 해웅 등이 달려와 그를 호위하듯 좌우에서 모습을 드러냈다.

"누, 누구냐고 물었다!"

을지호는 웃고 있었지만 상대는 그런 여유가 있지 못했다.

용두파의 무뢰배들은 실로 안하무인(眼下無人), 거칠 것도 없고 두려울 것도 없고 무서울 정도로 잔인하고 집요한 인간들이었다. 그런 자들이 자신들보다 형편없이 적은 인원에 잔뜩 겁을 먹었는지 뒷걸음질치며 물었다. 만약 이 자리에 그들을 알고 있는 사람들이 있어 지금의 모습을 보았다면 틀림없이 경악을 금치 못했을 것이다.

하나 그들 역시 을지호 일행을 보았다면 연신 뒷걸음질치기에 바쁜 이들의 심정을 이해할 수도 있었으리라.

난데없이 나타나 웃음 띤 얼굴을 하고 있는 을지호와 인상을 구기고는 있어도 한주먹거리도 되어 보이지 않는 강유, 초번은 문제될 것이 없었다. 다만 해웅과 뇌전은 달랐다. 도저히 인간으론 보이지 않는 덩치의 해웅과 인상이라면 그 누구에게도 꿀리지 않는다고 자부하는 그들을 단박에 기죽게 만든 뇌전이 살벌한 눈으로 노려보고 있는데 위축당하지 않을 사람이 없었다.
　"쯧쯧, 그나저나 장난이 아니네. 부자가 망해도 삼 년은 간다던데. 하긴, 꽤 오래되긴 했지만……."
　용두파의 무리들은 안중에도 없다는 듯 주변을 둘러보던 을지호가 기도 차지 않는다는 표정으로 고개를 흔들었다.
　"아무리 그래도 이건 너무하잖아. 도대체 남아 있는 게 뭐야?"
　을지호의 말대로였다.
　벽의 둘레만 십오 리, 사방 백 장에 이르는 거대한 연무장, 수십여 개에 달했던 전각들, 그 옛날 성세를 이루었던 남궁세가의 규모는 실로 대단한 것이었다. 하지만 지금은 아니었다. 정면에 보이는 전각과 좌우의 건물들만이 그런대로 제 모양을 하고 있을 뿐 아무리 둘러봐도 성한 것이 없었다.
　주변의 장벽들은 대부분이 무너져 내려 그 형태만 유지하고 있었고 관리되지 않은 연무장의 곳곳은 수풀과 쓰레기에 뒤덮여 있었다. 또한 패천궁과의 싸움에서 소실된 전각들의 잔해를 미처 치우지 못했는지 그 흔적들이 이곳저곳에 남아 있었다.
　"후~ 돌겠군."
　을지호의 입에서 절로 한숨이 흘러나왔다.
　"후~"

"흐음."

강유와 해웅의 입에서도 동시에 한숨이 흘러나왔다.

그런데 이들의 한숨 소리는 을지호가 내쉰 것과는 분명 어딘가 모르게 차이가 있었다. 한숨이라기보다는 탄성에 가까운 신음 소리였다. 그런 강유와 해웅의 시선은 오직 한곳에 집중되어 있었다.

남궁민.

멀리서 바라보았을 때엔 미처 알지 못했던 남궁민의 얼굴을 자세하게 보는 순간 강유와 해웅은 약속이라도 한 듯 모든 사고가 마비되었다.

갸름한 얼굴, 초승달을 그려놓은 것 같은 은은한 눈썹, 밤하늘의 별처럼 반짝이는 눈동자, 오뚝하게 솟은 콧날 하며 촉촉이 젖은 입술에 연약하게만 보이는 몸과는 달리 상대적으로 풍만한 가슴과 엉덩이, 미려하게 뻗은 허리와 그 아래로 쭉 뻗은 다리, 게다가 오랜 싸움으로 인해 땀으로 흠뻑 젖은 이마며 양 볼에 몇 가닥씩 붙어 있는 머리카락이 그렇게 아름다울 수가 없었다.

'세, 세상에! 이런 미인이!!'

'아, 아름답다. 이건 도저히 인간의 미모가 아니야!'

힘겹게 몸을 일으키는 남궁민의 모습은 단번에 두 영혼을 사로잡아 버렸다. 둘은 마치 꿈이라도 꾸는 듯 넋을 잃고 남궁민을 바라보았다.

"얼씨구! 놀고들 있다. 정신 차려! 여기가 무슨 음식점이냐? 침을 흘리게!"

을지호는 넋을 잃고 있는 강유와 해웅의 모습이 우습지도 않은지 대뜸 소리쳐 주의를 주었다.

"무, 무슨… 누가 침을 흘렸다고……."

황급히 고개를 돌린 강유가 무안했는지 딴청을 피워댔고 해웅 역시 입술 사이로 흐르는 침을 닦으며 한 걸음 뒤로 물러났다.
"어이구, 내 앓느니 죽지. 허우대는 멀쩡해 가지고."
혀를 차고 둘을 매섭게 쏘아보며 핀잔을 준 을지호가 천천히 몸을 돌려 물었다.
"몇 살이냐?"
남궁민이 얼떨결에 대답했다.
"스물하나… 흡."
멍하니 대답을 하던 남궁민은 미처 말을 잇지 못하고 얼굴을 붉혔다.
다 큰 처녀가 나이를 말하는 것은 상당히 조심스런 일이었다. 남궁민은 자신이 어째서 그렇게 순순히 대답을 했는지 이해할 수가 없다는 표정을 짓고 있었다.
그에 아랑곳없이 을지호의 질문은 계속되었다.
"너 혼자냐?"
"……."
남궁민은 대답 대신 질문이 무슨 의미인지를 되묻는 시선을 보냈다.
"혼자냐고."
"무슨……."
남궁민이 여전히 이해를 못하자 을지호가 다소 짜증나는 음성으로 물었다.
"네가 남궁세가의 마지막 후손이냐고? 설마… 아니겠지?"
거의 확실시되어 보였지만 을지호는 그래도 혹시나 하는 기대를 품고 물었다. 그러나 보는 것만으로도 아찔한 입술을 비집고 들려오는 대답은 그의 기대를 산산이 박살 내버렸다.

"맞아요."

"우라질!!"

남궁민은 별 뜻 없이 대답한 것이었지만 을지호는 그럴 수가 없었다.

그가 장백산에서 그 고생을 해가며 수만 리 떨어진 이곳까지 온 이유는 오직 하나, 무너진 남궁세가를 다시 일으켜 세우기 위함이었다. 그리고 어느 정도는 자신이 있었다. 비록 과거와 같은 명성을 얻기 위해선 오랜 시간이 필요하겠지만 최소한 그 기틀만큼은 확실하게 마련해 주겠다고 여기고 있었다.

그러나 그와 일행은 언젠가는 고향으로 돌아갈 사람들이었고 그들이 떠난 후 세가를 이어 나가고 발전시켜 나가야 되는 사람은 의당 '남궁'이라는 성을 쓰는 사람이어야 했다. 그것을 당연시 여겼건만 마지막 남은 후손이 여자라니… 남궁민의 말이 맞는다면 남궁세가는 사실상 대가 끊긴 것이었다.

둔기로 뒤통수를 맞은 듯 잠시 동안 충격에 말문이 막혔던 을지호는 의아한 눈으로 쳐다보는 남궁민과 폐허로 변해 버린 주변을 둘러보며 긴 한숨을 흘렸다.

"후우~ 그래도 할 수 없지. 약속은 약속이고 또 양자(養子)라는 것도 있으니까."

남궁민으로선 도저히 알 수 없는 말을 지껄인 을지호는 어정쩡하게 서 있는 용두파의 무리들에게 손짓을 했다.

"지금 내 기분이 몹시 더럽거든. 좋은 말로 할 때 웬만하면 그냥 가라."

남궁세가(南宮世家) 253

해웅과 뇌전에게서 풍겨 나오는 기운에 이미 기가 죽은 용두파의 무리들은 마치 동냥 온 거지에게 밥 한술 떠주고 달래 보내려는 듯한 을지호의 말투에 토를 달지 못하고 슬그머니 고개를 돌려 갈천의 눈치만 살폈다.

본능적으로 위기감을 느낀 그들이야 물러서고 싶은 마음이 굴뚝같았지만 갈천의 명도 없이 행동을 했다간 뒤에 어떤 치도곤을 당할지 몰랐기 때문이다.

"놀고들 있네. 어디 기죽을 놈들이 없어서 저런 놈들에게."

수하들의 마음을 읽기라도 했는지 어깨를 좌우로 흔들며 다가온 갈천이 욕을 해댔다.

"다 뒈질 줄 알아, 병신 같은 새끼들!"

찍소리 못하는 수하들에게 한참 동안 욕을 퍼붓던 갈천이 그런 행동이 재밌다는 듯 물끄러미 쳐다보고 있는 을지호에게 말문을 돌렸다.

"이 병신들은 그렇다 치고 네놈들은 어디서 굴러먹다 온 개뼉다귀냐?"

그것은 분명 실수였다.

그토록 약삭빠르던 갈천은 오늘따라 유난히 실수를 많이 하고 있었다.

평소의 그라면 자신이 지금 무슨 짓을 하고 있는지 분명 알았을 것이다. 해웅의 덩치, 뇌전의 인상 때문이 아니라 강유의 몸에서 풍겨나는 살기와 그들을 수하로 부리는 을지호의 여유에서 절대로 건드려서는 안 되는 인물들을 상대하고 있다는 것을 느꼈을 것이다.

하나 지금의 갈천은 흑수파를 제압하고 인근 뒷골목을 통일했다는 기쁨에 들떠 있었고, 그 기분에 취할 대로 취해 지금껏 감히 어쩌지 못했던 남궁민을 품어보겠다는 대망을 가졌기에 자신들에게 어떤 위험이 다가와 있는지를 알지 못했다. 마치 저승사자에게 '내가 염라대왕이다'라며 소리치는 꼴이었는데도…….

당장에 달려들어 목을 치려 하는 뇌전을 말린 을지호가 입가에 지어졌던 웃음을 엷게 하고 약간은 겁을 먹은 것처럼 움츠리며 되물었다.

"개뼉다귀의 정체는 알 것 없고, 그러는 댁은 뉘시오? 대충 보니 알기는 하겠지만 어디 말이나 한번 들어봅시다."

을지호 일행이 남궁세가에 도착한 것은 갈천이 흑수파 운운하며 소리를 칠 때였다. 대충 이들이 조그만 동네에서 어깨에 힘을 주는 인간들로 대충 짐작은 하였지만 그래도 정확히 어떤 인물이며 무리인지를 알지는 못했다. 해서 혹시나 하는 마음에 한번 물어본 것이다.

자신의 기백에 상대가 겁을 먹었다고 착각한 갈천이 가슴을 두드리며 소리쳤다.

"귓구멍을 후비고 새겨들어라! 내 이름은 용두파의 우두머리 갈천, 이 유가촌의 어둠을 지배하는 절대자다! 뒈지고 싶지 않으면 어서 용서를 구하고 목숨을 구걸해라! 잘만하면 기분도 좋고 하니 수하로 거둬주겠다!"

"허!!"

을지호는 짐짓 놀랐다는 듯 탄성을 지르며 한 발 물러나 몸을 돌렸다. 갈천은 한껏 여유를 부리며 을지호와 그 일행에게 약간의 말미를 주는 아량을 보였다. 용두파의 무리들은 갈천의 위력을 새삼 깨달으며 그의 주변으로 모여들었다.

"들었지? 저렇단다."

고개를 돌린 을지호의 입에선 호기롭게 소리치며 자랑스러워한 갈천을 무색케 하는 무심한 음성이 흘러나왔다.
"쟤네들 뭐 하는 놈들이냐? 용두파? 갈천?"
"자, 잠시만 기다리십시오."
갑작스런 질문에 당황한 뇌전이 허겁지겁 하나의 책자를 꺼내더니 넘기기 시작했다. 반면에 초번은 책을 펴볼 것도 없다는 듯 고개를 흔들었다.
"모르겠습니다. 용형문(龍形門)이라면 모를까 용두파라는 이름도 기억나지 않거니와 갈천은 더 더욱 그렇습니다."
"그, 그렇습니다. 어디를 봐도 갈천의 이름은……."
뇌전이 살았다는 표정을 지으며 고개를 끄덕였다. 그것이 못마땅했는지 을지호가 눈을 부라렸다.
"시끄러. 내가 다 외우라고 했지?"
"죄, 죄송합니다."
뇌전이 기어들어 가는 음성으로 대답했다.
"초번은 세력편뿐만 아니라 인물편까지 다 외운 것 같은데 너는 뭐 했냐? 세력편에 비해 얼마 되지도 않는 양을 가지고."
"그, 그것이… 그러니까……."
"에그. 관둬라, 관둬. 나만 답답하지."
매몰차게 돌아서는 을지호의 태도에 뇌전만 죽을상이었다.
말이 좋아 얼마 되지 않는 양이지 책에 적힌 인원만 근 이백여 명에 달했다. 더구나 그들의 성격이며 문파, 무공까지 자세하게 나열되어 있어 그 양이 엄청났다. 물론 초번이 책임진 세력편에 비하면 별것 아니라지만 책과는 도통 인연이 없던 뇌전에겐 실로 벅찬 일이었다.
'젠장, 그냥 들고 다니며 참고하면 되는 것이지 꼭 외울 필요는 없는

것 아닌가!'

 억울한 마음에 버럭 소리라도 지르고 싶었지만 그랬다간 을지호에게 당하기도 전에 솥뚜껑만한 해웅의 주먹에 뼈와 살이 분리될 터. 그런 두려움에 뇌전은 자신의 생각을 차마 입 밖으로 내지도 못했다. 그저 혼자 되뇌이며 삭일 뿐이었다.

 "아무튼 그러니까 별 볼일 없는 놈이라는 것이고, 그런 별 볼일 없는 놈이 상갓집에 와서 난리 피우는 것도 모자라 우리보고 개뼉따귀 운운하는 것이란 말이지. 다들 어찌 생각하냐?"

 "볼 것 있습니까? 그냥 박살 내면 그만이지요!"

 강유가 핏대를 세우며 소리치자 해웅이 이에 동조했다.

 "강유 말이 맞습니다. 노닥… 아니, 말을 들어줄 이유가 없다고 봅니다."

 해웅이 좌우로 째지는 을지호의 눈을 보며 황급히 말을 정정했다.

 "흠, 좋아. 그럼 누가 할래?"

 슬쩍 고개를 돌려 남궁민을 쳐다본 해웅이 재빨리 나섰다.

 "제가 하겠습니다."

 강유라고 가만있지 않았다.

 "아니, 내가 쓸어버릴 겁니다."

 "저런 놈들 버릇을 고치기엔 제가 적격입니다."

 "무슨 소릴. 여긴 상갓집이야. 최대한 조용히, 그러면서도 신속하게 처리해야 한다고."

 "내가 못한다는 소리냐?"

 "그건 아니지만 아무래도 나보다는 느리지 않겠어?"

 "느리기 누가 느려? 그리고 설마 싸움이 된다고 생각하는 것은 아니겠지?"

강유와 해웅은 서로 나서겠다며 말싸움을 벌였다.

싸움이라면 뇌전도 마다하지 않는 사내였다. 분위기 파악을 하지 못한 뇌전이 앞으로 나서려고 했다. 하지만 그는 은근히 만류하는 초번의 손길에 멈칫할 수밖에 없었다.

"왜?"

"괜히 나섰다가 바보 되지 말고 입 다물고 있어."

"바보라니?"

"그런 게 있어. 그러니까 후회하지 않으려면 가만있어."

다혈질인 뇌전과는 다르게 초번은 늘 생각이 깊었다. 그런 초번이 만류하는 것을 보니 뇌전은 자신이 알지 못하는 뭔가가 있는 모양이라 생각하며 힘을 뺐다. 그사이에도 강유와 해웅의 말싸움은 한 치의 양보도 없이 계속되고 있었다.

"그만! 이러다간 끝이 없겠다. 내가 정해주마."

강유와 해웅이 기대에 찬 눈으로 을지호를 응시했다.

"강유가 해라. 시간은 반 각, 네 말대로 조용하면서 신속히 처리해."

"반 각도 너무 길어요."

대답하는 강유는 희희낙락이었다.

"큰 부상은 입히지는 말고."

"예?"

"그게 싫으면 네가 이곳을 다 치우던지."

대답 대신 을지호가 힐끔 시선을 던지는 곳은 수풀이 우거지고 쓰레기가 굴러다니는 연무장이었다.

"아!"

그 즉시 말의 의미를 깨달은 강유가 흔쾌히 고개를 끄덕였다.

"맡겨주세요."

"그리고, 해웅."

"예, 주군."

해웅이 힘없이 대답했다.

"그래도 본보기는 있어야 되니까 네가 저 쥐새끼를 맡아라."

쥐새끼라 지칭하는 사람은 당연히 갈천이었다. 해웅의 낯빛이 조금 밝아졌다.

"그렇다고 죽이지는 마라."

"호호호, 알겠습니다. 적당히 주물러 주도록 하지요."

강유와 해웅에게 명을 내린 을지호가 몸을 돌렸다. 이들의 대화를 거만하게 쳐다보던 갈천이 음침한 미소를 흘렸다.

"호호호, 내 넓은 아량으로 기다려 주었다. 꽤나 긴 시간이었어."

"길긴, 얼마 되지도 않았고만."

을지호가 피식 웃으며 대꾸했다. 을지호의 대답에 노한 갈천의 이마에 주름이 잡혔다.

"버르장머리없는 말투로구나. 왜? 한번 덤벼보려고? 무슨 짓을 하든 그것은 네놈들 마음이지만 용서를 구하지 않는다면 돌아가는 것은 오직 죽음뿐이야."

"그건 두고 보면 알겠지. 조심해야 할 거야, 병신 되기 싫으면."

그 말을 끝으로 을지호는 어느새 쓰러진 곽 노인을 안고 한쪽 구석으로 피신한 남궁민의 곁으로 다가갔다.

강유와 해웅이 나선 이상 자신들의 할 일은 없다고 생각한 초번과 번뇌도 을지호의 뒤를 따랐다.

"어리석은 놈들, 권주(勸酒)를 마다하고 벌주(罰酒)를 택하다니. 오냐, 내 오늘 네놈들의 머리를 안주 삼아 거나하게 취해보련다! 얘들아!"

"예, 형님!"

"보았고, 들었을 것이다. 더 이상 살기가 싫다는 놈들이다. 원하는 대로 해주어라!"

갈천이 한 발 뒤로 물러나자 흉흉한 살기를 드러낸 용두파의 무리들이 일제히 무기를 치켜들었다. 보기만 해도 오금이 저리고 가슴을 진정시켜야 할 정도로 무시무시한 광경이었지만 천천히 걸음을 옮기는 강유의 얼굴은 흥미로운 장난감을 발견한 어린아이같이 즐겁기만 했다.

"얼마나 빨리 처리하는지 내 지켜본다."

앞으로 나가는 강유와는 달리 슬그머니 뒤로 우회해 갈천에게 향하던 해웅이 한마디 했다.

강유는 대답 대신 검을 살짝 흔들어주었다. 그 순간 강유를 포위한 용두파의 공격이 시작되었다.

"뒈져라!"

가장 앞선 사내의 함성과 함께 전후좌우를 가리지 않고 무차별적으로 시작된 공격, 저마다 무기도 달랐고 빠르기도 달랐으며 외치는 기합소리 또한 달랐다. 하지만 이와 같은 공격을 꽤나 많이 해보았는지 달려드는 시기나 옆 사람과의 간격, 치고 빠지는 순간이 제법 훌륭했다.

"어이, 겁나잖아. 살살 하자고."

강유는 숨 쉴 틈도 없는 공격을 싱겁게 막아내며 엄살을 부렸다. 그 음성에 조롱이 담겨 있다는 것을 느꼈는지 사내들의 공격이 더욱 치열하고 악랄하게 변해갔다.

"어이구, 이거 원 무서워서."

말은 그리하면서도 강유의 눈은 웃고 있었다.

펄펄 뛰는 신선한 생선을 앞에 둔 요리사처럼, 살포시 눈을 깔고 앉아 있는 새색시에게 천천히 손을 뻗는 새신랑처럼 강유는 지금의 순간을 즐기고 있었다.

"병신들, 똑바로 하지 못해! 고작 한 놈을 상대하면서 무슨 꼬라지냐!!"

싸움이 생각과는 달리 요상한 방향으로 흐르자 참지 못한 갈천이 거친 욕설과 함께 위협과도 같은 독려를 했다. 그리고 싸움에 직접 참여하려는 듯 검을 빼 들었다.

그런 갈천을 해웅이 막아섰다.

"갈 필요 없어. 네 상대는 나니까."

"뭐가 어째?"

정면으로 보아선 가슴 어귀까지밖에 보이지 않는, 고개를 쳐들고서야 눈을 마주칠 수 있는 거대한 덩치를 보면서도 갈천은 기가 죽지 않았다.

"네놈 혼자서 나를 상대하겠다는 것이냐?"

"충분하지 않을까?"

"흐흐, 정녕 간이 배 밖으로 나왔구나. 좋아, 웅담(熊膽)이 좋다고 하더니 내 오늘은 미련한 곰, 네놈의 쓸개로 몸보신이나 해야겠다. 안 그래도 요즘 몸이 허하던 참이었는데 잘됐어."

갈천의 말에 때마침 이들에게 시선을 주던 을지호가 웃겨 죽겠다는 듯 박장대소했다.

"하하하, 눈치 하나는 기가 막힌 놈이구나. 해웅이 바다에 살던 곰인 걸 어찌 알았을까?"

을지호가 고개를 돌리며 동의를 구했지만 초번과 뇌전은 스산하게 변한 눈으로 자신들을 노려보는 해웅의 기세에 찔끔하며 치미는 웃음을 억지로 틀어막았다.

"자, 그럼 어디 그럼 몸보신… 죽어랏!"

느긋하게 말을 하던 갈천이 돌연 기습을 했다.

겉으로 드러나는 여유와는 다르게 나름대로 해웅의 덩치에 두려움을 느꼈는지 죽을힘을 다해 검을 휘둘렀다. 그것을 뻔히 보고 있으면서도 해웅은 피하지 않았다.

'덩치만 큰, 별것 없는 놈이었군.'

빈 수레가 요란하다더니 갈천은 꼼짝도 하지 못하고 당하는 해웅을 보며 쓸잘머리가 없는 덩치에 쓸데없이 겁을 먹었다는 것을 부끄러워했다. 그리곤 힘없이 무릎 꿇고 쓰러질 해웅의 모습을 상상하며 즐거워했다.

물론 그런 상상은 오래가지 못했다.

깡!

"뭐, 뭐야!"

해웅의 비명과 살을 베고 지나가는 검의 느낌을 기대하고 있던 갈천은 기대했던 느낌 대신 난데없이 들려오는 쇳소리와 맨손으로 돌멩이를 후려친 듯 손아귀에 전해오는 고통, 찌릿찌릿한 저림에 기겁하며 고개를 쳐들었다.

해웅의 옆구리를 노렸던 검은 그의 팔꿈치에 잡혀 있었고 언뜻 보아도 상처는커녕 생채기 하나 난 것 같지 않았다.

"괴, 괴물!"

"이런, 괴물이라니? 말이 너무 심하잖아."

갈천은 뭐라 대꾸할 말을 찾지 못하고 검을 빼기 위해 악을 썼다. 하나 해웅의 팔꿈치에 끼인 검은 움직일 줄을 몰랐다.

"쯧쯧, 이따위 약한 칼질로 어디 쓸개를 얻어 갈 수 있겠냐?"

까무러치듯 놀라는 갈천에게 담담하면서도 어딘지 소름이 끼치는 웃음을 지어 보인 해웅, 갈천이 뭐라 대답하기도 전에 잠시 힘을 주는가 싶더니만 팔꿈치에 잡혀 있던 검이 그대로 두 동강 나버렸다.

"어이구, 어쩌나. 안 그래도 무딘 칼이 그렇게 동강이 났으니."

그리 말을 하면서 팔꿈치에 끼인 검날을 잡은 해웅은 반쪽으로 변해 버린 검을 들어 허겁지겁 뒤로 물러나 어쩔 줄을 몰라 하는 갈천에게 마치 조약돌 던지듯 던져 버렸다.

"이것도 마저 가져가야지."

"으악!"

힘없이 툭 던진 것 같은 검날이 무시무시한 속도로 접근하자 기겁을 한 갈천은 생각할 겨를도 없이 땅을 굴렀다. 그런데 하필 굴러간 곳이 해웅의 면전이었다. 해웅은 통나무와 같은 발을 들어 그에 비하면 한없이 여리기만 한 갈천의 왼쪽 발목을 밟아버렸다.

나뭇가지가 부러지는 소리가 들리더니 곧바로 처절한 비명이 뒤따랐다.

"크악!!"

머리에서 발끝까지 울리는 고통에 못 이긴 갈천이 비명을 지르며 몸부림쳤지만 해웅에게 밟힌 다리를 뺄 수는 없었다.

"어이구, 이런. 왜 하필 걸음을 옮기는 곳으로 와서 그래."

짐짓 미안한 기색으로 발을 떼는 해웅. 때마침 몸부림치던 갈천의 성한 발이 그의 눈에 들어왔다. 해웅은 조금도 망설임없이 발을 뻗었다.

"으아아악!!"

또다시 연무장을 울리는 갈천의 비명과 함께 미안해하는 해웅의 음성이 들려왔다.

"쯧쯧, 그러게 피하라니까. 왜 자꾸 앞에서 얼쩡거리느냐고? 그러니까 이렇게 다치는 것 아냐?"

그렇게 지껄이며 해웅은 양다리를 부여잡고 죽어라 고함을 질러대는 갈천의 머리맡에 쭈그려 앉았다.

"많이 아픈 모양이네. 내가 좀 어루만져 줄까?"

저승사자의 말이 이토록 끔찍할까? 아니면 목을 베겠다며 달려드는 원수의 외침이 이럴까?

갈천은 친근하게 웃고 있는 해웅의 눈을 보며 사시나무 떨듯 떨었다. 거나하게 올랐던 취기는 온데간데없고 두려움에 떠는 눈동자는 예전의 영활함을 되찾은 듯했다. 그리고 그제야 자신이 무슨 짓을 저질렀는지 깨달을 수 있었다.

깨닫자마자 바로 행동에 옮겼다.

"사, 사, 살려주십시오."

갈천이 해웅의 바짓가랑이를 잡고 늘어졌다.

"고, 고인(高人)을 몰라뵙고 주, 죽을죄를 지었습니다. 부디 목숨만은 살려주십시오!"

이쯤 되자 오히려 김이 빠진 해웅은 난처한 얼굴로 을지호를 쳐다봤다.

"쳐다보긴 뭘 쳐다봐. 네게 일임했으니까 알아서 처리해."

을지호는 간단하게 한마디를 하더니 혼자 신나 설치는 강유에게 시선을 던졌다. 해웅도 궁금했는지 슬쩍 고개를 돌려 전황을 살폈다.

예상대로였다. 어느새 강유의 주변엔 반수가 넘는 인원이 신음성을 내며 쓰러져 있었고 나머지 인원 또한 겁에 질려 연신 뒷걸음질치기에 바빴다.

"크하하하! 뭣들 하는 거야? 그렇게 움직여서야 그림자라도 밟을 수 있겠어? 정신들 똑바로 차리고 다시 한 번 덤벼봐."

하지만 강유를 향해 움직이는 사람은 아무도 없었다.

"오지 않을 거야? 그럼 내가 간다. 웃차!"

피식 웃음을 던진 강유는 호쾌한 음성과 함께 잠시 멈추었던 발걸음을 움직이기 시작했다.

무공도 제대로 익히지 못한 무뢰배를 상대로 검을 꺼낸다는 것은 스스로에 대한 모욕이라 생각했는지 강유는 싸움이 시작됨과 동시에 꺼내었던 검을 도로 집어넣은 상태였다. 사실 딱히 검을 휘두를 것도 없었다. 그저 걸리는 대로 손이며 발을 휘두르기만 하면 그것으로 끝이었다.

"제길, 신났군."

대단한 활약이라도 하는 양 혼자 신나 날뛰는 강유의 모습을 부러움 반, 질투심 반으로 쳐다보던 해웅이 투정 섞인 말을 내뱉더니 고개를 돌렸다. 그리고 살긴 띤 눈으로 갈천을 노려봤다.

"이걸 죽여, 살려?"

양다리에서 밀려드는 고통에 정신이 아득해질 만도 하건만 그보다는 까딱하다간 목숨을 잃을 수도 있다는 생각에 갈천은 죽을힘을 다해 해웅에게 매달렸다.

"제발, 제, 제발 목숨만 살려주십시오! 살려만 주신다면 시키시는 일은 무슨 일이라도 하겠습니다."

"너, 우두머리 맞냐?"

그런 갈천의 행동에 동정보다는 화가 치민 듯 해웅이 또다시 발을 치켜 올렸다.

"으아아아악!!"

새로운 시작(始作)

새로운 시작(始作)

싸움은 싱겁게 종결되었다.

갈천이 해웅에 의해 반신불수가 되는 순간, 강유 역시 '시간 다 되어 간다' 라고 중얼거리는 을지호의 한마디에 부랴부랴 싸움을 끝냈다.

스물세 명의 인원 중 해웅에게 당한 갈천과 남궁민을 상대하다 중상을 입은 네 명을 제외한 열여덟 명의 인원이 일렬로 무릎을 꿇었다.

그들을 감시하는 사람은 초번과 뇌전이었다. 그럴 리야 없겠지만 혹시나 하는 마음에 해웅이 지키도록 명을 내렸는데 묵묵히 자신의 일을 하는 초번과는 달리 뇌전의 심기는 그다지 편해 보이지 않았다.

"꼼지락대지 말라고 했지!"

몸도 제대로 풀지 못하고 한심한 일을 떠맡게 되었다고 생각했는지 화를 풀 기회만 노리고 있던 뇌전은 살짝 고개를 든 사내의 뒤통수를 냅다 후려갈기며 소리쳤다. 찍소리도 못하고 앞으로 쓰러진 사내는 허겁지겁 일어나 얼른 자세를 바로잡았다. 그러나 이미 작심한 뇌전은 그것마저 봐주지 않았다.

"얼씨구! 동작 봐라."

뇌전의 발길질에 사내는 또다시 뒤로 넘어졌다.

그렇게 뇌전이 엉뚱한 상대로 화풀이를 하는 사이 을지호는 정신을 잃고 쓰러진 곽 노인을 치료하고 있었다.

얼마의 시간이 흘렀을까?

노인의 전신을 매만지는 을지호를 초조히 지켜보던 남궁민은 그가 크게 숨을 내쉬며 상체를 일으켜 세우자 더 이상 참지 못하고 물었다.

"괜찮을까요?"

"아마도."

걱정하는 사람은 생각하지 않고 너무나 무심하게 대답하는 을지호에게 질린 표정을 짓던 남궁민은 그래도 한시름 놓았다는 듯 안도의 한숨을 내쉬었다.

'그런데 이자는 누굴까? 생면부지인데 어째서 우리를 돕는 것이지?'

곽 노인에 대한 염려가 어느 정도 가시자 남궁민은 새로운 의문이 솟아났다.

"당신은 누구신가요?"

의혹 어린 시선으로 을지호를 쳐다보던 남궁민은 결국 참지 못하고 질문을 던졌다. 그리곤 대답을 기다리며 슬그머니 경계하는 자세를 취했다.

지금까지의 상황으로 보아 별다른 적의를 발견할 수 없었고, 아니, 오히려 가문을 농락한 용두파의 무리들을 쓸어버린 것을 보면 분명 호의를 지닌 사람들이라 여겼으나 확실한 정체를 모르는 한 안심할 수는 없다는 태도였다.
 질문을 받은 을지호는 대답을 하는 대신 힘겹게 눈을 뜬 곽 노인을 살피는 데 주력했다.
 "아, 아가씨는?"
 정신을 차린 곽 노인이 가장 먼저 물은 것은 남궁민의 안위였다.
 "무사합니다. 걱정하지 마십시오. 흠, 그나저나 이만하길 다행입니다. 큰 부상은 아닌 것 같고 한 사나흘 정양하면 괜찮아지실 겁니다."
 "고, 고맙소이다."
 사의를 표하던 곽 노인의 얼굴이 살짝 굳어졌다. 자신이 기억하는 것은 용두파의 무뢰배에게 당하여 정신을 잃기 일보 직전까지였다. 그런데 정신을 차리고 보니 처음 보는 누군가가 잔뜩 얼굴을 찌푸리며 쳐다보고 있는 것이 아닌가.
 "그런데 누구신지……?"
 곽 노인이 의혹 어린 음성으로 물었다. 남궁민이 안전하다는 소리에 안심이 되었지만 의문이 드는 것은 어쩔 수 없는 모양인지 곽 노인의 눈빛 또한 남궁민과 다르지 않았다.
 "뭐, 이상한 놈은 아니……."
 "할아범, 괜찮아?"
 을지호가 미처 대답을 마치기도 전에 달려온 남궁민이 곽 노인의 손을 잡았다.
 "아가씨! 괜찮으십니까?"
 "나야 괜찮지. 할아범은 어때? 정말 괜찮은 거야? 정말?"
 "예, 다 늙어 폐물이나 다름없지만 아직은 끄떡없습니다."
 걱정하지 말라는 듯 곽 노인은 애써 미소를 지으며 대답했다. 미소

띤 얼굴은 곧 의혹으로 바뀌었다.
"그런데 이분은 누구신지?"
그제야 을지호의 존재를 상기한 남궁민이 재빨리 몸을 일으켰다.
"아직 제 질문에 대답하지 않았어요."
"질문?"
곽 노인을 돌보느라 미처 그녀의 질문을 듣지 못했던 을지호가 고개를 갸웃거리며 되물었다.
"이렇게 도움을 주신 건 고맙게 생각해요. 놈들을 물리치고 할아범까지 구해주신 것에 대해선 뭐라 감사를 드려야 할지 모르겠군요. 하지만 누구시죠? 어인 이유로 저희를 도와주셨는지요?"
살짝 허리를 굽혀 예를 표하며 질문을 던지는 남궁민의 태도는 당돌하리만큼 당당했다. 그런 남궁민이 마음에 들었지만 을지호는 표시를 내지 않았다. 도리어 빈정거리듯 말을 던졌다.
"흠, 고마운 것을 알기는 하는 것일까? 고맙다고 말하는 사람의 태도가 그렇게 뻣뻣해서야 원."
"거듭 말씀드리지만 도움을 주신 것은 진심으로 감사하게 생각해요. 하지만 열 길 물속은 알아도 한 길 사람 속은 모르는 법. 지금껏 가면을 쓰고 본 가를 찾은 사람이 너무나 많아서요."
'가면' 운운하는 남궁민의 음성엔 약자만이 겪을 수 있는 회한 섞인 슬픔이 잠겨 있었다.
'흠, 그동안 고생이 심했나 보군. 하긴, 그럴 만도 했겠지.'
애당초 힘이 없던 사람과 힘이 있다가 그것을 잃은 사람의 차이는 말할 수 없이 큰 법이었다. 더구나 남궁세가와 같이 적이 많을 경우에 겪어야 되는 시련은 상상하지 않아도 짐작할 수 있었다.

을지호는 다른 말이 필요가 없다는 듯 단도직입적으로 말했다.

"나는 네게 오라비가 된다."

난데없이 나타나 오라비라니!

잠깐 동안 당황한 모습을 하던 남궁민은 을지호가 자신을 놀린다고 생각했는지 안색이 싸늘하게 변했다.

"무슨 뜻인가요?"

곧바로 쏘아붙이는 음성 또한 차갑기 그지없었다.

"무슨 뜻이긴, 말 그대로지."

"남궁세가에 남은 사람은 저뿐이라고 말씀드렸을 텐데요."

"누가 남궁 성을 쓴다고 하더냐. 촌수를 따지자면 그리된다는 것이다."

"촌수라니요?"

"그런 줄만 알고 있어라. 따지자면 골치가 조금 아프니까. 중요한 것은 내가 오라비뻘이 된다는 것이지."

태연스레 대꾸하는 을지호의 태도에 남궁민도 결국 분통을 터뜨렸다.

"당신도 어차피 그런 사람이었군요! 가세요! 더 이상의 희롱은 사양하겠어요!"

남궁민은 더 이상 상대할 가치가 없다는 듯 경멸스런 표정을 지으며 곽 노인을 부축해 일으켰다. 그런데 그녀는 뭔가를 깊이 생각하는 곽 노인의 표정을 미처 살피지 못했다.

"쯧쯧, 급하기는. 남궁세가의 사람들은 모두 다 그렇게 성격이 급하냐? 할머님을 보면 그렇지 않을 것 같은데 말이야."

"당장 나가주세요!"

새로운 시작(始作) 273

고개를 홱 돌려 을지호를 쏘아본 남궁민은 용두파에게 그랬던 것처럼 적의를 드러냈다.

"주인이 나가라면 나가야지. 그래도 지금은 때려죽인다 해도 그렇게는 못하겠다. 이제 곧 날도 밝을 것이고 조금 쉬어야겠어. 내가 꽤나 먼 길을 왔거든."

남궁민의 말을 간단히 일축한 을지호가 초번을 향해 손짓을 했다.

초번은 재빠른 동작으로 등에 메고 있던 을지호의 봇짐을 벗어 가지고 왔다.

"무슨 짓을 하려는 것이죠?"

"네 기세를 보니 공짜로 묵겠다면 죽이려 들 것 같아서 그만한 대가를 지불하려고 한다."

"필요없어요. 당장 떠나세요."

자신도 어쩌지 못한 용두파를 간단히 제압한 을지호 일행을 상대하면서도 남궁민은 추호의 망설임이 없었다. 을지호를 향해 호통 치는 기세가 여느 문파의 우두머리 못지않게 단호하고 서슬이 퍼랬다.

"좋아, 좋아. 이제는 네가 남궁세가를 이끌어가야 될 터. 그 정도의 강단과 힘은 있어야지."

연약하게만 보였던 남궁민의 예상치 못한 모습을 발견한 을지호는 만족스런 미소를 지으며 고개를 끄덕였다. 그리곤 그녀를 향해 두 권의 책자를 내밀었다.

"받을 이유도, 필요도 없어요. 어서 나가세요!"

남궁민이 단호하게 소리치며 팔을 휘둘렀다.

"흠, 후회하지 않을 자신 있어? 나 같으면 당장 줍겠다."

손을 떠났으니 자신의 것이 아니라는 듯 을지호는 아무렇게나 내팽

개쳐진 책을 주울 생각도 하지 않고 그저 힐끔 쳐다보며 혀를 차는 것이 전부였다. 오히려 곁에서 지켜보던, 그 책이 어떤 가치를 지니고 있는지 익히 알고 있던 해웅과 초번, 뇌전만이 기겁하며 어쩔 줄을 몰라 했다.

그런데 그 책의 가치를 알아보는 사람은 이들만이 아니었다.

"아, 아가씨!"

곽 노인이 남궁민을 불렀다. 음성이 심상치 않다고 여겼는지 깜짝 놀란 남궁민은 곽 노인이 혹시나 상처가 악화되어 그러는 것인가 살피며 물었다.

"왜, 왜 그래? 어디 아픈 데 있어?"

"그, 그게 아니라……."

무슨 말인가를 하려 했지만 말문이 막혀 나오지 않았다.

"도대체 무슨 일이야?"

다급히 묻는 남궁민의 말에 곽 노인은 그저 덜덜 떨리는 손으로 땅에 떨어진 책자를 가리킬 뿐이었다. 그제야 뭔가 이상하다고 판단한 남궁민이 시선을 돌렸다.

두 권의 책자. 한 권은 활짝 펴져 제목을 알 수 없었지만 곱게 떨어진 다른 하나의 제목은 여명(黎明)의 빛을 받으며 너무나 선명히 눈에 들어왔다.

창궁무애검법(蒼穹無涯劍法).

죽음을 예감한 남궁우가 목숨을 거두는 순간까지 기록하여 남기려 하였지만 실패하고 조부였던 남궁석이 기억을 더듬어 간신히 완성시킨 무공. 하지만 그 역시 제대로 배운 것은 아니었기에 이제는 사실상 실전되었다고 보는 것이 옳은, 남궁세가의 근간이 되는 무공이었다.

"이, 이것은……!!"

제정신이 아니었다. 뭔가에 홀린 듯 달려간 남궁민은 나머지 책자의 제목을 살폈다.

제왕검법(帝王劍法).

그런 검법이 있었다고만 전해진 남궁세가 최고의 검법. 남궁석은 물론이고 남궁우마저 제대로 알지 못하는, 오직 남궁진만이 배운 적이 있다는 바로 그 무공이었다.

남궁민의 눈에서 눈물이 흘렀다.

책의 진위 여부를 떠나 제목만으로도 떨리는 가슴을 주체할 수가 없었다.

남궁민은 두 권의 책자를 가슴에 꼭 품은 채 한동안 일어날 줄을 몰랐다. 그 모습이 어찌나 진지한지 모두들 숙연해져서 함부로 입을 열지 못했다.

"호, 혹시 장백산에서 오셨습니까?"

남궁민과 마찬가지로 눈물을 흘리던 곽 노인이 눈물을 훔치며 물었다. 조금 전 촌수 운운할 때부터 뭔가 마음에 걸려했던 곽 노인은 두 권의 책자를 보고는 자신의 짐작이 맞을지도 모른다는 생각을 하고 있었다.

곽 노인이 태도가 이상했는지 남궁민도 애써 눈물을 감추며 고개를 들었다.

"예."

을지호가 공손히 대답했다.

"성함이……?"

곽 노인의 음성엔 간절한 염원이 담겨 있었다.

"을지호라고 합니다."

이제는 막연한 짐작이 아니라 확신이 되어버렸다.

"아… 가씨께서, 헤… 아가씨께서 보내신 분이군요?"

멈추었던 눈물이 볼을 타고 흘러내렸다.

"그렇습니다. 할머님을 아시는군요."

"알지요, 알다마다요."

어디서 그런 힘이 생겼는지 지팡이를 내팽개친 곽 노인이 절뚝거리며 다가와 을지호의 손을 움켜잡았다.

"또한 귀인(貴人)의 조부님도 익히 알고 있지요. 이 늙은이는 그 옛날 패천궁을 상대로 싸우시던 그분의 모습을 결코 잊지 못합니다. 어찌 잊겠습니까? 궁 하나로 패천궁의 악도들을 물리치신 그분을 말입니다."

곽 노인은 격동을 참지 못하고 눈을 감았다.

그 옛날, 노도(怒濤)와 같이 밀려들던 패천궁에 대항해 죽음을 무릅쓰고 막아내던 남궁세가의 무인들이 있었다. 거기엔 갓 약관이 지난 곽 노인이 있었고 그의 사부가 있었으며 사형제들, 남궁세가를 돕기 위해 불철주야(不撤晝夜) 달려온 친구들이 있었다. 그리고 궁귀 을지소문이 있었다.

"할아범, 무슨 소리야? 장백산은 뭐고 아가씨는 또 누구야?"

남궁민이 궁금증을 참지 못하고 물었다.

그녀 역시 장백산으로 떠난 남궁혜의 얘기를 얼핏 들어 알고 있었다. 더구나 부친의 유언까지 있지 않았던가. 하나 너무도 갑작스레 밀어닥친 일들로 인해 거의 모든 사고가 마비되다시피 한 그녀는 그것들을 기억해 내지 못했다.

한참 동안이나 눈을 감고 옛 생각에 잠겼던 곽 노인이 눈을 떴다.

"아가씨……."

"응, 할아범."

곽 노인이 붉게 충혈된 눈으로 을지호를 응시했다.

"신(神)은… 신은 남궁세가를 버리지 않았습니다."

장례식은 과거 무림을 좌지우지하던 명문세가의 가주라는 지위에 걸맞지 않게 간소하면서 조촐하게 치러졌다. 손님들이라야 고작 을지호와 일행이 전부일 뿐이었고 상갓집에서 들리는 그 흔한 곡성(哭聲)과 손님들을 위해 준비하는 풍성한 음식 또한 찾아볼 수 없었다.

남궁혼의 장례가 끝난 이튿날부터 형편없이 무너져 내려 사람의 손길이 전혀 미치지 않던 북쪽 전각들의 잔해들이 치워지기 시작했다. 무너지고 허름해진 전각과 담벼락의 잔해물이 서서히 사라지고 세가 곳곳에 무성하게 자라 있던 잡초들이 하나둘씩 뽑혀 나갔다.

그렇게 며칠이 지나자 마치 흉가(凶家)처럼 변했던 남궁세가는 비록 남아 있는 전각이 얼마 되지 않고 그나마도 엉망이었지만, 세가를 둘러싸고 있던 담벼락 중 칠팔 할은 유실되어 존재하는 것 자체가 민망한 상태였으나 나름대로 모양새를 갖추게 되었다.

이것을 위해 을지호 일행이 한 것은 아무것도 없었다. 딱히 사람을 부른 것도 아니고 그렇다고 스스로가 직접 나서서 땀을 뺀 것도 아니었다. 그저 어찌해야 할지 감을 잡지 못하고 있던 용두파의 무리들 중 한 명을 붙잡은 뇌전이─그에겐 참으로 재수없는 일이었지만─살벌한 인상에 어울리지 않는 웃음을 지으며 그의 누런 이를 깨끗하게 훑어내 버린 것이 전부였다.

그 이후엔 일사천리였다. 뭐라 지시할 것도 없이 그들은 그저 하루하루 깨끗해지는 세가의 모습을 감상하면 될 뿐이었다.

해웅과 강유의 무시무시한 괴력과 무공, 마치 지옥의 야차(夜叉)와도 같은 뇌전의 인상에 겁을 잔뜩 집어먹기는 하였지만 고되고 적성에 맞지 않는 일에 지쳐 개중에는 야음을 틈타 도주를 시도한 자들도 있었다.

하나 얼마 못 가 잡혀온 그들이 허연 이를 드러내며 휘두르는 뇌전의 주먹에 반죽음이 된 이후에는 언감생심(焉敢生心) 그 누구도 감히 도주란 말을 입에 담지 못했고 시도는 더 더욱 하지 못했다. 그저 '일이 마무리되는 대로 무사히 돌려보내 주겠다' 라는 을지호의 말을 마지막 희망 삼아 죽어라 일할 뿐이었다.

근 이십여 일이 지나고 남궁세가에 쌓여 있던 건물들의 잔해와 곳곳에 자라나 있던 수풀들이 깨끗하게 정리되자 을지호는 약속대로 그들을 풀어주었다. 대신 지금까지의 일에 대해 함구하겠다는 다짐과 만약 발설할 경우 응분의 책임을 묻겠다는 경고와 함께였다.

물론 그것이 지켜지지 않으리라는 것은 누구보다 그가 더 잘 알고 있었다. 그럼에도 그런 위협을 한 것은 남궁세가의 일거수일투족을 살피고 있을 누군가에게 전해질 세가의 소식을 조금이나마 줄여보고자 하는 의도였다.

어쨌든 악몽과도 같은 생활에서 벗어나게 된 용두파의 무리들은 양다리가 짓뭉개져 불구가 되고, 제대로 먹지도 움직이지도 못하며 시름시름 앓고 있던 갈천, 뇌전에게 당한 몇몇 동료들, 그리고 얼떨결에 붙잡혀 그들의 식사와 빨래를 담당하게 되었던 기녀들과 함께 뒤도 돌아보지 않고 줄행랑을 쳤다.

용두파를 동원해 손 하나 까딱하지 않고 주변 정리를 끝낸 을지호는 그들이 떠나자 곧 곽 노인에게 물어 인근에서 명성을 날리고 있다는 대목(大木) 풍악(豊岳)과 그와 함께 일하는 목수 십수 명을 불러들였다. 그리고 과거와 같이 웅장하거나 화려하지는 않지만 어디에 내놓아도 빠지지 않을 건물들을 짓기 시작했다. 아울러 망가진 연무장이며 무너진 담벼락 또한 수리케 하였다.

하루하루가 지날수록 마치 폐가처럼 방치되었던 남궁세가는 눈부실 정도로 변모하기 시작했다. 그러나 그에 따라 들어가는 비용 또한 실로 막대했다.

동원된 목수만 열아홉에 목수 한 명에 딸린 일꾼이 대여섯 명이나 되니 하루에 들어가는 일당이 만만치 않았고 건물을 짓기 위해 끊임없이 들어가는 목재(木材)며 석재(石材) 등 자재(資材)의 값 또한 상당했다. 공사의 시일을 당기기 위해 그들 모두 남궁세가에서 합숙을 하는 바, 거의 백오십에 달하는 그들의 식사와 빨래를 담당할 하녀들에게 들어가는 비용 또한 만만치 않았다.

거기에 인심이 후해야 조금의 정성이라도 더 들어가는 법이라며 곽 노인을 통해 대부분의 진주를 현금화한 을지호는 돈을 쓰는 데 조금도 인색하지 않았다. 일이 끝나는 밤이면 매일같이 거나하게 술상을 차려 목수들과 일꾼들을 위로했고 새로 맞아들인 하인 하녀들의 처우에도 상당히 신경 썼다.

그 모든 것들이 막대한 비용을 요하는 일이었지만 해남도를 떠나기 전 을지호가 외조부로부터 받은 진주의 가치를 생각했을 때 크게 걱정할 정도는 아니었다.

그렇게 석 달간에 걸친 공사가 끝났다.

기존에 있던 세 개의 전각이 보수되고, 새로이 아홉 개의 전각이 들어섰다. 하지만 목수들과 일꾼들이 떠난 이후 남궁세가에 거주하는 사람들은 남궁민과 곽 노인, 을지호 일행과 스무 명 남짓의 하인 하녀들, 그리고 어느 정도 몸을 추스른 뒤 은혜를 갚는답시고 일꾼으로 일했던 흑수파의 생존자들이 전부였다.

무릇 한 가문을 일으키려면 많은 인재를 거느리고 있어야 하는 법이었다. 하나 이미 몰락한 남궁세가에 인재가 남아 있을 리 없는 터. 공사가 어느 정도 마무리될 때부터 을지호는 밖으로 시선을 돌리기 시작했다.

그러기 위해선 먼저 해야 할 일이 있었다.

공사가 시작되고 며칠 지나지 않아 남궁세가의 주변은 인접해 있는 흑도문파에서 보낸 첩자들로 붐비기 시작했다. 그들의 시선을 의식한 을지호는 격렬하게 반대하는 남궁민을 설득하여 전격적으로 봉문(封門)을 결행했다.

봉문이란 말 그대로 한 문파의 공식적인 모든 일을 접는다는 것으로 문파 내에 큰일이 닥쳐 스스로 봉문을 하는 경우와 세력 간의 다툼에 패했을 때 봉문을 강요당하는 경우가 있었다. 봉문을 하는 동안에는 문파와 문인(門人)의 공식적인 대외 활동이 모두 금지되고 강호 출입 또한 엄격하게 통제되었다.

원인이야 어떻든 봉문이란 그 문파에 있어선 더할 수 없는 치욕으로 봉문을 선언한 문파에 대해선 여타 다른 문파에서도 그 사안을 존중하여 일체의 분쟁을 제기하지 않는 것이 관례였다. 설사 당장 원수를 갚아야 할 처지에 놓였을 때라도 예외는 아니었다.

남궁세가에서 일어나는 일련의 상황이 의심되기는 하였지만 봉문한 문파에 대해 딱히 시비를 걸 수 없었던 그들은 그저 주변을 맴돌며 감시의 눈길을 거두지 않을 뿐 본격적으로 나서 딴죽을 걸 수는 없었다.

봉문이라는 파격적인 방법으로 남궁세가에 쏠리는 이목을 어느 정도 차단한 을지호는 본격적으로 움직이기 시작했다.

우선 용두파의 무뢰배들에게 목숨을 위협당하다 간신히 구원받은 흑수파의 사내들을 세가의 사람으로 거두었다. 또한 존재하는 모든 방계 집안에서 인재를 구했고 때로는 '남궁' 이라는 성을 쓰기는 하지만 방계조차 되지 못하는 이들도 재질이 우수하면 받아들였다.

그것뿐만이 아니었다.

지금은 장강 이남이 패천궁의 영향 아래 흑도의 세력으로 굳어져 버렸지만 과거엔 남궁세가를 위시하여 많은 정도문파가 존재했다. 그들 대부분이 멸문을 당하거나 몰락하여 뿌리를 찾아보기 힘들 정도였으나 명맥만은 간신히 유지하고 있는 곳도 꽤 되었다. 을지호는 바로 그들에게 눈독을 들였다.

참담한 현실을 이기지 못해 자포자기했던 자들, 명문의 후예로서 흑도문파에 대해 뿌리부터 반감을 가지고 있는 자들, 과거 남궁세가와 친분이 있다는 이유로 멸시와 핍박을 받았던 이들 중 나이가 이십을 넘지 않은 이들을 모으기를 한 달여, 남궁세가엔 을지호가 직접 고르고 고른 이십육 명의 인재가 남들의 이목을 피해 은밀히 모여들었다.

물론 모든 일이 순탄할 수는 없었다. 두 눈에 불을 켜고 세가 주변을 감시하는 이들의 눈을 피해 인재들을 데리고 오는 것도 어려운 일이었지만 또 다른 문제가 그들을 기다리고 있었다.

"지금 이들을 세가의 식솔로 맞아들이란 말씀이신가요?"
죽 늘어선 인재들을 유심히 살피던 남궁민이 차갑게 일갈했다.
남궁민은 처음부터 을지호를 탐탁하게 여기지 않았다.
가문에 더할 수 없이 중요한 무공비급을 전해준 것은 뭐라 말을 할 수 없이 고마운 일이었고 고강한 무공을 지닌 수하들을 부리며 세가를 찾은 그가 먼 친척뻘 된다는 것 또한 다행한 일이었지만 왠지 싫었다.
가문을 떠나 수십 년 동안 모른 체했던 남궁혜에 대한 거부감도 한 이유가 되겠지만 가문의 재건을 전혀 엉뚱한 사람에게 맡겨야 한다는 것이 그녀의 자존심에 큰 상처를 주었기 때문이다.
곽 노인의 설득과 눈앞에 닥친 현실 때문에 어쩔 수 없이 을지호에게 모든 일을 맡길 수밖에 없었지만 막상 인재라고 데려온 자들을 보니 기가 막힐 따름이었다.
차갑다 못해 한기가 풀풀 날릴 정도로 냉정한 남궁민의 반응과는 달리 을지호의 대답은 태연하기만 했다.
"고르고 골랐다. 지금은 보잘것없지만 다들 대단한 인재야."
무려 두 달 동안이나 발품을 팔아 직접 고른 인재들이었기에 을지호가 이들에게 거는 기대는 상당했다. 하지만 남궁민은 전혀 그렇지 못했다.
"오라버니는 남궁세가를 너무 무시하는군요."
"무시하다니?"
"비록 힘든 세월을 보내고 있지만 남궁세가는 수백 년의 전통을 자랑하는 어엿한 명문정파예요."

"그래서?"

"몰라서 묻는 거예요? 아무리 힘들어도 아무 사람이나 식솔로 맞아들이는 남궁세가가 아니란 말이지요. 물론 저들을 받아들이는 데에는 이견이 없어요."

남궁민이 가리킨 곳은 같은 성을 쓰는 방계의 후손들과 그녀도 들어 알고 있는 문파의 후예들이었다.

직계의 인물이 없으니 방계에서 사람을 찾는 것은 당연했다. 또한 몰락은 했지만 과거 정파의 후손들을 데려온 것도 동병상련(同病相憐)으로 이해할 수 있었다.

"하지만 저들은 안 돼요."

흑도의 악도들과 조금도 다를 바 없는 흑수파의 무뢰배들을 끌어들이는 것으로도 모자라 이제는 연고도 없이 떠돌아다니는, 거렁뱅이와 다를 바 없는 인물들까지라니! 도저히 용납할 수가 없었다.

남궁민은 단호하게 소리치며 허락할 수 없음을 거듭 천명했지만 을지호의 입에선 냉소만이 흘러나왔다.

"놀고 있군."

"뭐예욧!"

"남궁세가가 언제부터 명문이었나? 처음 시작할 때는 누구나 다 마찬가지다. 듣기론 태조(太祖) 또한 비천한 출신이라 했다. 개국공신(開國功臣)이라 말하는 자들 역시 모르긴 몰라도 대부분 출신은 비천할 것이라 생각된다. 하지만 그들은 나라를 일으켰고 칭송받고 있다."

"그건 궤변에 불과해요."

"궤변이라… 아직 정신을 차리지 못했군. 배가 불렀어."

"저, 고, 공자님……."
"말리지 마세요."
보다 못한 곽 노인이 중재를 하려 했지만 을지호는 고개를 가로저으며 말렸다.
"그 누구도 그들의 과거를 가지고 왈가왈부하지 않는다. 너는 이들이 남궁세가의 식솔로 맞아들이기엔 그만한 자격이 없다고 말하지만, 도대체 그 자격이 무엇이냐? 가문이 변변치 못해서? 이름을 날리지 못해서? 그럼 말해 봐라. 네가 이들에게 소리칠 무엇인가가 있는지를. 이들과 네가 다른 것이 무엇이냐? 남궁세가가 언제의 남궁세가더냐! 지금은 한낱 뒷골목의 왈패들에게도 희롱을 당하는 처지로 전락하지 않았더냐? 그런 세가를 위해 네가 한 것은 무엇이냐? 그저 쥐꼬리만큼의 가치도 없는 자존심을 내세우며 큰소리만 치지 않느냐!"
"이……!"
남궁민의 얼굴이 시뻘겋게 달아올랐다. 을지호는 그에 아랑곳하지 않고 계속 말을 이었다.
"그렇게 따지자면 나도 별 볼일 없는 놈이다. 그래, 소위 말하는 오랑캐쯤 되겠군 그래. 그리고 내가 데리고 온 수하들은 해적이니 그 또한 마음에 들지 않겠고. 하니 차라리 돌아갈까?"
당장 대꾸를 하려 했지만 남궁민은 그러지 못했다. 곽 노인이 은연중 그녀의 팔을 꽉 쥐었기 때문이다.
"……."
남궁민은 뭐라 말을 하는 대신 입술을 질겅질겅 씹으며 화를 삭였다.
"다시 말하거니와 네 머리 속에 박힌 그 굴러다니는 개똥만도 못한 자존심과 우월감은 당장 내다 버려. 그래선 아무것도 할 수가 없다. 진정 중요한 것을 볼 수가 없어. 이들이 빌어먹는 거지면 어떻고 사기꾼이면 어떠냐? 과거가 중요한 것이 아니다. 중요한 것은 과연 이들이 얼마만큼 힘을 기를지, 진정 남궁세가를 위해 충성을 다할 것인가 하는 것이지 출신 성분 따위가 아니란 말이다. 그래도 싫다면 네가 구해와라. 한 줌도 되지 않는 인간들 중에서 남궁세가를 일으킬 인재를 말이다. 난 도저히 자신이 없다."

 뭐라 반박하고 싶었지만 을지호의 말에 틀린 곳은 없었다. 선뜻 받아들이기에도 뭐했지만 그렇다고 무작정 거부하자니 을지호의 말마따나 사람이 없어도 너무 없었다.

 남궁민은 찬바람이 연무장을 휩쓸 정도로 냉랭한 얼굴로 을지호와 그가 데려온 인재들을 쏘아보았다. 그리곤 어쩔 수 없이 을지호의 의견을 수용할 수밖에 없다고 판단했는지 몸을 돌려 거칠게 걸어가는 것으로 무언의 허락을 했다.

 "형님, 너무 심한 것 아닙니까? 아무리 그래도 남궁세가의 가주인데."

 빠른 걸음으로 사라지는 남궁민을 우두커니 응시하던 강유가 다소 볼멘 음성으로 말했다.

 "흥, 심하긴 뭐가 심해. 아직도 멀었어."

 "이 정도가 심하지 않다니요? 도대체 무슨 생각을 하고 있는 건데요?"

 강유가 황당한 표정을 지으며 물었다. 을지호가 점점 멀어지는 남궁민에게 시선을 던지며 말했다.

 "무너진 남궁세가를 일으키는 일이다. 그리고 저 아이는 그 정점에서게 되겠지. 물론 우리들이 돕기는 하겠지만 그건 어디까지나 한시적인 일이잖아. 한데 저런 마음가짐으로 무엇을 할 수 있을까? 독기와 오기는 가지고 있으되 저토록 편협한 생각은 조금의 도움도 되지 않는다. 앞으로 얼마나 힘들고 무시무시한 일들이 우리를 기다리고 있을지는 누구도 알 수 없는데 그때마다 명문이네 뭐네 하는 자존심을 내세우며 부딪칠 수는 없는 노릇이지. 구부릴 땐 구부릴 줄도 알아야 하고 기어야 할 땐 길 줄도 알아야 한다. 발을 핥으라면 핥을 각오도 해야 하고."

"에이, 아무리요."

"아닐 것 같아? 문파를 일으켜 세운다는 것, 또 그 문파의 우두머리가 되어야 한다는 것은 그만큼 힘든 일이야. 물론 힘을 갖추게 되면 상황은 달라지겠지만 말이다."

을지호의 말은 비단 강유에게만 하는 말이 아니었다. 해웅과 초번, 뇌전에게도 해당하는 말이었고, 그가 데려온 모든 인재들에게도 미리 말해 두는 것이었다.

『궁귀검신』 2권으로 이어집니다

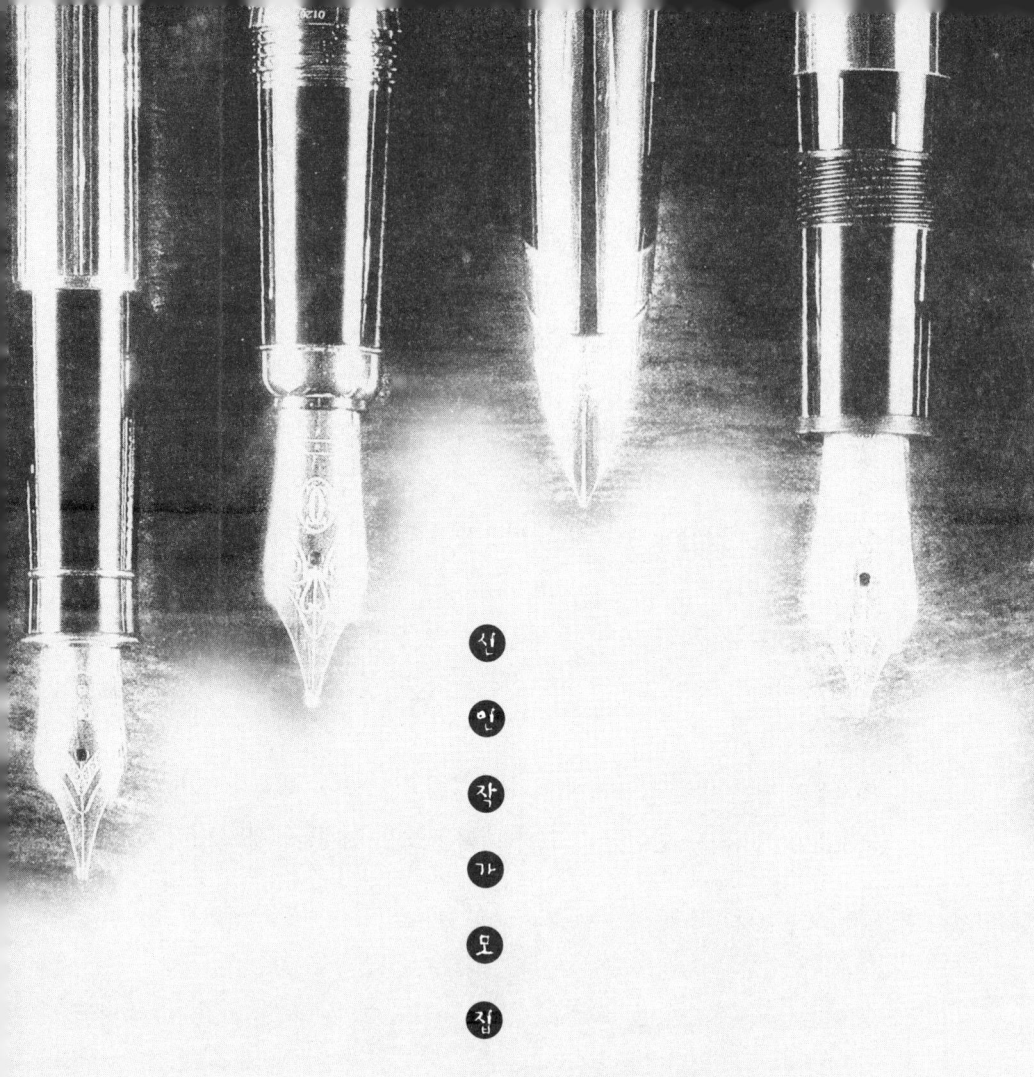

신인작가모집

시작이 반이라고 했습니다.
작가의 길에 대한 보이지 않는 벽을 과감히 깨뜨리십시오!
청어람은 작가 지망생 여러분들의
멋진 방향타가 되어드리겠습니다.

저희 도서출판 청어람에서는
소설 신인 작가분들을 모집합니다.
판타지와 무협을 사랑하시는 분들의 많은 참여를 바랍니다.
소정의 원고(A4용지 150매)를 메일이나 우편으로 보내주시면
검토 후 출판 여부를 알려드리겠습니다.

주소 : 경기도 부천시 원미구 심곡1동 350-1 남성B/D 3F 우편번호420-011
TEL : 032-656-4452 · **FAX** : 032-656-4453
http://www.chungeoram.com
e-mail : chungeoram@chungeoram.com